人民共和國文化與文學叢書

八 編

李 怡 主編

第 **3** 冊

中國當代新潮小說論（下）

吳 義 勤 著

花木蘭文化事業有限公司

國家圖書館出版品預行編目資料

中國當代新潮小說論（下）／吳義勤 著 -- 初版 -- 新北市：
花木蘭文化事業有限公司，2020〔民 109〕
目 2+186 面；19×26 公分
（人民共和國文化與文學叢書 八編；第 3 冊）
ISBN 978-986-518-211-3（精裝）
1. 當代文學 2. 中國小說 3. 文學評論
820.8   109010889

ISBN-978-986-518-211-3

9 789865 182113

人民共和國文化與文學叢書
八 編 第 三 冊　　　　ISBN：978-986-518-211-3

中國當代新潮小說論（下）

作　　者　吳義勤
主　　編　李 怡
企　　劃　四川大學中國詩歌研究院
總 編 輯　杜潔祥
副總編輯　楊嘉樂
編　　輯　許郁翎、張雅淋　美術編輯　陳逸婷
印　　刷　普羅文化出版廣告事業
出　　版　花木蘭文化事業有限公司
發 行 人　高小娟
聯絡地址　235 新北市中和區中安街七二號十三樓
　　　　　電話：02-2923-1455／傳真：02-2923-1452
網　　址　http://www.huamulan.tw 信箱 hml810518@gmail.com
初　　版　2020 年 9 月
全書字數　362722 字
定　　價　八編 18 冊（精裝）台幣 55,000 元

中國當代新潮小說論(下)

吳義勤 著

目

次

下 冊

下篇 作品論

下篇　作品論

第十三章　絕望中誕生：新潮長篇小說的崛起

　　在九十年代的中國，文學失敗的命運似乎早已注定。文學不但被擠壓在社會和時代文化話語的邊緣，而且它只能痛不欲生而又無可奈何地聽任商業巨手的任意塗抹和侮辱。商業對文學的吞沒和文學對商業的投誠規定了中國文學在世紀末文化屠場裏的基本景觀和宿命。雖然在末日來臨之際中國文學經由王朔、賈平凹、陳忠實等導演了一齣齣絕處逢生的喜劇，但洋溢在這些喜劇中的歡聲笑語卻不是歌唱文學的凱旋而是在舉杯歡慶商業主義的全面告捷。文學的高地終於在虛假的狂歡儀式後徹底淪陷了。絕望的文學和文學的絕望標誌了我們這個時代文化的空前頹敗和沒落。從理論上講，在這樣一個慘不忍睹的文學時刻如果我們仍奢望那從誕生之日起就被壓迫在文學話語的邊緣並無所作為危在旦夕地匍匐在文化懸崖上的新潮（先鋒）小說再展宏圖，那麼我們無疑是不自覺地把自己投身在一個天方夜譚式的白日夢中了。而從實踐上說，這種空想顯然也因其兩眼一抹黑的不切實際而呈現出一種荒誕意味。然而，也許在一個荒誕的時代裏荒誕總是無法避免。新潮小說卻正是在文學落荒而逃地慘敗的廢墟上真實而不可思議地復興了。這次復興大典的旗幟由新潮長篇小說扯起，那群在八十年代中期剛剛登場就被文化接受的悶棍擊退，連「最後的儀式」也未及舉行就倉皇地銷聲匿跡了的新潮作家們突然一夜間就蘇醒了過來，格非的《敵人》《邊緣》，蘇童的《米》《我的帝王生涯》，余華的《呼喊與細雨》，呂新的《黑手高懸》《撫摸》，洪峰的《東八時區》《和平年代》，北村的《施洗的河》，遲子建的《樹下》，潘軍的《風》，孫甘露的

《呼吸》等新潮長篇小說彷彿雨後春筍般地蒞臨了我們這個虛弱時代，並給予了得意忘形的商業文化以迎頭的痛擊，這次文學暴動完成得如此徹底果斷毫無預兆，以至我們整個時代都茫然無措目瞪口呆，在鋪天蓋地的商業沙海中新潮作家們竟然能夠營構出自己如此豐饒的精神綠洲，這使關於我們時代文學（文化）徹底消亡的預言最終成為一個不確的假設，也使我在這個沒有希望的時代裏有了言說希望的信心和勇氣，我相信商業和金錢根本上無力也不可能完成對於文學真正意義上的解構與消解。文學如果存在著危機那這危機只能根源於文學內部而不會是別的什麼。因此，我不能同意目前彌漫在我們文壇上的那一片悲涼之聲，我尤其不能同意有些人對於新潮（先鋒）文學滅亡的一次次宣判。我以為這些悲觀的歎息和宣判起碼表明了其發出者對於新潮長篇小說的蜂擁而至這樣一個重大的文化（文學）事件的視若無睹。如果，我們的時代和我們的文學界不能為我們時代的如此重大的精神成果驕傲，而仍然樂此不疲地奔波於商業巨人掀起的一個個虛假的文學熱點之中，以一種「批判」的態度從一個相反的方向完成和商業主義的殊途同歸，那麼文學的厄運也就真的來臨了。我們的理論界和評論界至今對新潮長篇小說非但沒有表現出應有的熱情而且簡直就毫無反應。如果新潮小說的這一輪衝擊仍被冷落和遺忘，那就只能說明我們文學自信心和生命力的徹底淪喪，我們也就只能無奈地聆聽文學的喪鐘在我們時代的天空中迴蕩。顯然，對於商業和文學的雙重曖昧構成了我們這個時代最為矛盾的文化（文學）現象。

幸運的是，新潮長篇小說本身並沒有對讀者抱太大的期望。它不但習慣了寂寞和孤獨，而且正是把寂寞和孤獨作為自己成長的營養品的，因此，新潮長篇小說的繁榮和復興在本質上就銳不可擋。我現在相信，新潮小說在第一次浪潮中的提前謝幕是一個純粹的文學策略，這種策略既是一種自我保護，也是一次自我再認識。他們從文化話語中心的主動撤退，其實並不是消失而是潛伏在文化視野之外。從他們的最初命運來說，讀者的冷漠和大眾的拒絕固然是他們夭折的外因，而新潮小說自身藝術力量和藝術能力的缺乏也是一個內在原因（新潮長篇小說的缺席正是這種不足的重要表徵）。這樣，新潮小說的被置之「死地」正是賦予了它一個完善自我和重振旗鼓的機會。整個文化防禦系統對它的棄之不顧，使新潮作家們可以自由甚至放肆地沉醉在他們的「精神象牙塔」中把新潮小說的探索和實驗極端化、絕對化和純粹化，在這樣的環境中新潮長篇小說終於孕育成熟並破土而出了。新潮作家選擇一

個文學幾乎被放逐的絕望時刻舉行了自己重新登臺的復興大典，這一方面捍衛了新潮小說永不媚俗的文化精神，另一方面也充分證明了他們藝術自信心的強大和藝術水平的提高、藝術能力的擴張。他們對這個時代的抗擊也許是悲壯的，但決不是失敗的。他們對這個時代精神上的征服和佔領是絕對的也是深刻的，這個時代最脆弱的神經已經被擊中，其存在本身就已經是一個巨大的勝利。花城出版社的「先鋒長篇小說叢書」印數能達到萬冊、長江文藝出版社的「跨世紀文叢」能躋身暢銷書行列似乎都是對這個勝利的證明。如果說新潮作家在他們首次出場時努力完成的是對小說敘述態度和觀念的背叛以及中短篇小說結構操作方式的顛覆的話，那麼新潮作家的此次出征其藝術起點就更高。新潮長篇小說不僅深化了新潮小說固有的藝術實驗，而且在對長篇小說詩學規範和操作模式的全面顛覆中把新潮小說對小說觀念和態度的革命與反叛現實化了。也就是說新潮長篇小說在完成對傳統的解構和顛覆的同時也在致力於重構——對新潮小說自身美學規範和美學原則的重構。因此，新潮長篇小說標誌了新潮小說這一文學方式和文學過程的最後完成。自從新潮長篇小說一面世，新潮小說就有了一個從萌芽到發展再到成熟的完整線索和形態，新潮小說從此將不再是殘缺的而是完整的了。本章其實無力承擔對新潮長篇小說的主題和藝術特徵進行全面而準確闡述的繁重使命，我之所以仍然不揣淺陋嘗試著來做這力所不及的工作，只是為了拋磚引玉，喚起廣大專家學者對這一文學現象的關注和研究。

二

　　新潮長篇小說的主題深深地打上了新潮作家精神探索的孤獨印記。對於人類生存的追尋是這些小說的一個總主題，而新潮作家們對新潮小說悲劇命運的絕望體驗和靈魂抗擊也正隱喻般地貫穿在這個總主題中。新潮長篇小說不僅在主題上疏離了中心意識形態和主潮文學話語，而且徹底消解了經典和現實的關於小說主題的理論話語系統。雖然，新潮長篇小說仍然不能逃脫對「歷史」和「現實」這兩個小說母題的書寫，但這時的「歷史」和「現實」經由新潮作家悲劇眼光的浸潤和形而上的思想過濾已經完全脫離了它們原先的語義，喪失了它們的傳統意義上的可理解性和概括性，本質上說，「歷史」和「現實」在新潮作家這裡只是一種主題和主題手段，它們在經典小說中作為主題本身的光榮已經一去不復返了。由於新潮長篇小說致力於對宇宙性和

人類性主題的思索，因而抽象性和寓言性成為這些小說的首要特色。而從主題形態上看，對人類生存狀態和生存圖景的描繪以及對人類終極命運的關懷正構成了新潮長篇小說主題所指的兩個互為因果的方面，可以說由淪落→救贖的終極人類意識正是新潮作家主題建構的核心和基本線索。

在我看來，還從未有作家（特別是中國作家）像新潮作家這樣表達出對人類災難處境和苦難命運如此深刻的理解。新潮長篇小說也正是在對災難的終極體驗和本體書寫中描繪出生命的「存在版圖」的。這樣新潮長篇小說的主題就必然沿著兩個維度展開：其一是小說與現實（歷史）的關係；其二是小說與主體（人和生命）的關係。而聯繫這兩者的共同人生圖景就是災難和末日景象，其共同的主題詞彙就是深淵墮落。我們發現在我們這個充滿商業狂歡氣氛和消閒娛樂趣味的時代，新潮作家卻義正辭嚴地書寫著苦難和災難，這是一種反叛，同時也是一種迫不得已的潔身自好。

本來，無論基於什麼樣的小說觀念和小說態度，小說與「現實」和「歷史」在小說中出現的方式可以大相徑庭，然而文學的事實卻注定了無法抹殺。新潮作家對歷史的癡迷和對現實的遺忘是他們早就確定了的文學策略和原則，新潮長篇小說也基本上繼承了這樣的寫作傳統，但相對於前期新潮小說來說現實性的滲透和介入已是大大增強了。然而，我不同意有人把新潮小說執著於歷史理解為缺乏把握和表現現實生活能力的武斷意見。我以為這本質上根源於對新潮作家小說觀念的誤解。從實質上來說，現實和歷史是根本無法分開的，現實是發展中的「歷史」，歷史是過去的「現實」。更關鍵的是，在新潮作家筆下的「歷史」和「現實」的區分其實毫無意義，它們不僅是相通的，而且有時甚至是同一的。更何況新潮小說之所以偏嗜於歷史，其本身不過是一種文學策略。一方面，新潮小說被冷落的命運是「現實」施加給他們的，他們主動地冷落「現實」正是一種自衛和還擊；另一方面，「現實」與中心意識形態和主潮文學話語的關係總是異常密切，這與新潮小說旨在疏離中心意識形態話語的純粹藝術實驗相齟齬。新潮小說放棄對「現實」的書寫既貫徹了自己永不媚俗的先鋒態度，同時又營造了自己藝術實驗的更多自由，這完全是一椿一舉兩得的事情。此外，新潮小說選擇「歷史」也是對小說本質的一次回歸。因為小說本質上是一種「過去」的藝術，「回憶」本是小說最本源最典型的方式。小說敘述永遠只能是過去時，它對現在和未來的無能為力是理所必然的。因此，即使是寫「現實」的如孫甘露的《呼吸》、洪峰

的《和平年代》、潘軍的《風》等新潮長篇小說也總是設立一種現實和歷史的對比結構，「現實」的意義只不過是對「過去」的冥想和回憶。雖然，新潮長篇小說充滿了眾多「歷史情境」，但是這些「歷史」都是無法指認沒有具體時間背景的冷化的「歷史」，是一種主觀的想像中的虛擬「歷史」。它在小說中更多地是被精神化、情緒化和象徵化了的，而當它作為人類生存處境的象徵時其甚至具備了相當濃厚的現實意義。在這方面，蘇童的《我的帝王生涯》《米》，北村的《施洗的河》，呂新的《撫摸》等小說提供了絕好的例證。而即使在那些歷史具有某種程度可確認性的長篇小說如余華的《呼喊與細雨》、洪峰的《東八時區》和格非的《邊緣》等小說中，「歷史」也是根本上脫離了那個具有意識形態性的本真「歷史」，它不是以事件和事變的意義凸現，而是作為一種籠罩性的精神氛圍和心理力量自在自為地出現在人類命運之中的。「文革」「戰亂」等歷史情境就是以這樣的方式被再現的。而當我們對這些歷史情境進行審視時，我們發現新潮長篇小說所描繪的其實正是「歷史」的一種崩潰和頹敗狀態，它純粹是一種負面的「歷史」、一種失去了真實辯證性的「歷史」。這裡有連綿不斷的戰亂（《我的帝王生涯》《撫摸》），有瘋狂肆虐的洪水、乾旱和瘟疫（《米》《故鄉相處流傳》），也有命運的恐怖和殘酷（《施洗的河》）……這些災難性的「歷史」圖景作為一種整體的生存背景矗立在小說人生命運的背後，以一種腐朽沒落的氣息彌漫在小說上空並成為一種對人生怵目驚心的壓迫力量。它一方面是人類災難處境的一個構成部分，另一方面又是人類災難處境的寓言和象徵，預言了人類末日和生存之夜的降臨。

　　與歷史的頹敗因果相連的則是主體（人）的頹敗和淪落。新潮長篇小說對歷史頹境的書寫其最終目的還是在於對人和生命的關懷。新潮作家已經徹底放棄了新時期中國文學對於「大寫的人」的樂觀和理想，他們專心書寫的其實卻是人的沉淪和墮落。所有的新潮長篇小說的主體幾乎都是人生的失敗者，無論是《米》中的五龍，《我的帝王生涯》中的端白，還是《撫摸》中的「我」、廣春，《施洗的河》中的劉浪、馬大；也無論是《呼吸》中的羅克，《和平年代》中的段援朝，抑或是《敵人》中的趙少忠，《呼喊與細雨》中的孫光林，他們人生的掙扎和奮鬥無不以悲劇性的慘敗而告終。生命的扭曲、變態、孤獨、恐懼和沉入深淵的絕望構成了新潮長篇小說最深刻的精神主題。這些長篇小說一般多從下面幾個層面來表現主體（人）的淪落：其一，性愛。如果說前期新潮小說乃至新時期文學都把性愛作為一種生命的火花來書寫的

話，那麼在新潮長篇小說中性、愛則是作為人生命力萎縮的證明來表現的。在五龍、劉浪、馬大等人的性愛生活中我們不但無緣讀到生命的輝煌與美麗，相反卻只能目睹一幕幕醜惡的人性圖景，目睹在性愛生活中主人公生命的流逝。性愛給予主人公的不是激情、衝動和渴望，相反卻是無邊無際的厭煩、恐懼和憎惡，愛變成恨正是新潮長篇小說性愛主題的基本模式。其二，人性。新潮長篇小說總是把對於生存意義的追尋和對人性的拷問緊密結合在一起。個體生命在無力突破文化、歷史和社會倫理之網的包圍和束縛時，孤獨、空虛和無邊的絕望情緒的侵襲就變得無法抗拒。他們不但沒有勇氣面對生存的殘酷，而且幾乎是心甘情願地跳入黑暗的深淵，用主動的人性墮落和精神死亡去揮霍掉最後的一絲生命能量，最後以無可奈何而又卑瑣骯髒的死亡為生存之夜再塗上一層黑漆。某種意義上，他們本是罪惡的受害者，但更多的時候他們又把自己異化為罪惡的製造者。他們無限制地放大自己的貪婪、殘暴、嫉妒、狡黠，在罪惡中消耗社會、他人也消耗自己。他們把自己武裝成了他人的地獄，而首先得受這地獄煎熬的卻是他們自己。《米》中的五龍、《我的帝王生涯》中的前期端白以及《施洗的河》中的劉浪都是這種人性墮落和異化的典型。他們是歷史頹敗的受難者，又是歷史頹敗的參與者，主體和歷史在這裡以一種巧妙的遇合共同創造了一幅人類末日降臨的黑暗畫卷。其三，死亡和命運。新潮長篇小說對於死亡和命運的深刻體驗在此前的中國小說中是十分罕見的。在新潮小說提供的每一個故事單元裏主人公都難免一死，眾多生命奔赴死亡之門可以說是新潮小說最常見的存在意象，死亡作為主體沉淪的最後一個場景，成了新潮作家觀照生命、歷史，理解人類終極命運的重要窗口，而「歷史」也不過是一個生命走向死亡的過程。它其實正是以對生命送葬的形式完成了自身。因此，無論是歷史的頹敗還是主體的沉淪都不得不以死亡作為最終的結局，而在這種存在終局中，新潮作家又打開了命運的黑匣子，並把它表現為造成人類生存災難處境的又一隻看不見的黑手。命運強化了人類生存的悲劇性，也預言了末日來臨的不可避免性。這樣，小說反覆渲染的人生絕望、恐懼和孤獨的情緒就有了合理的闡釋性。而小說的主題也據此獲得了某種宗教意味。讀新潮長篇小說我們之所以有一種強烈的宗教感，很大程度上也正源於新潮作家對於命運和死亡的體驗與描寫。

可以說，新潮長篇小說正是以「沉淪」的基色描繪了人類的生存狀態和生存景觀。在歷史和主體的雙重沉淪面前，生存的本真性已經喪失。黑暗的

「世界之夜」無可逃避地降臨了，任何生存主體都已無法迴避苦難的洗禮。有人認為新潮小說對人類生存災難性的渲染是對生存假象的揭示，是缺少精神向度的表現。這是對新潮作家的極大誤解。其實，新潮長篇小說刮骨療毒式的對生存假象的誇張性描寫，正是新潮作家關注人類精神生存的具體表現。新潮小說對沉淪式生存狀態的描摹正是為了尋求一種精神超越和救贖的路途。如果只看到「沉淪」而看不到「救贖」，那麼我們對新潮長篇小說的理解就只能是買櫝還珠式的理解。我始終認為新潮小說之區別於傳統小說，最本質的還是它的精神力量和精神亮度。還從未有小說能像新潮小說這樣對人類精神世界表現出如此本真而深刻的理解，也從未有小說能像新潮小說這樣讓人類精神的河流如此自由奔放地流淌過。只不過，由於新潮小說的精神追求本質上陌生於中心意識形態話語和經典文學方式，因而不斷地被人誤解和冷落而已。我覺得在新潮長篇小說的沉淪景象背後始終有一束穿透生存黑暗的強勁精神火光照耀著我們的心靈。這束火光就是對人類精神家園的追尋，就是對超越和救贖的追求。我發現，在新潮長篇小說中存在著兩種最基本的救贖。一種是端白式的自我救贖。在《我的帝生生涯》中端白正是在經歷了人生的絕境之後激起了生活的勇氣。而由帝王→庶民的生存角色的轉換正成了他人生救贖的前提。在經歷了人生的流浪和磨難之後，隨著人性的復蘇和潛能的發揮他終於有一天變成了一隻「會飛的鳥」、一個絕世藝人──走索王。失落的自由已經找回，被拯救的靈魂愉快地飛揚，他不但拯救了自我，同時也拯救了八歲的女孩金鎖，拯救了燕郎。他徹底實現了生命對於自由的幻想。另一種是劉浪式的宗教救贖。《施洗的河》中劉浪以自己的罪惡製造了自己的墮落和恐怖。而他的救贖之路也就比常人更曲折。他的救贖大致說來經歷了由人→鬼（妖）→神（上帝）三個階段。他的讀書、穴居、奔喪以及與唐松的傾訴和獨居都是他自我救贖的悲愴努力，然而他一一失敗了。其後，他又轉向對鬼、對妖術、對「推背圖」的歸附和企求，然而他的這一輪救贖也只能以失敗告終。最後，主人公聽到了神的召喚，傳道士作為上帝和神的使者降臨到了他身旁，並給他指明了獲救的坦途：「你要認識神。」在神的感召下劉浪終於變成了上帝的「羔羊」，不但他自己獲救了，而且還拯救了仇人馬大。當然，新潮長篇小說所表現的人類救贖模式還不止上述兩種，但無論怎樣的救贖模式，它吸引我們的都是在這種模式背後貫穿著的作家終極性的人類眼光。顯然，對於人類終極命運的關懷和永恆存在的思索使新潮長篇小

說的主題本質上超越了傳統小說的世俗性，而具備了一種形而上的世界性宗教品格，這才是新潮小說的主題魅力所在。

<h2 style="text-align:center">三</h2>

新潮長篇小說所掀起的最深刻的文學革命還是表現在長篇小說的文體形態上，新潮作家用創作短篇或中篇小說的敘述與結構方式來經營對長篇小說的實驗，從而使經典長篇小說的規範和形象遭到了全面顛覆。不過，從本質上說新潮長篇小說形式風格的確立首先仍然根源於新潮作家反動於經典美學原則和主潮文學話語的嶄新小說態度和小說觀念。這些觀念包括：1. 重敘述，輕描寫，把小說敘述最終本體化終極化了；2. 重想像，輕體驗，不認同於「文學根源於生活」的經典訓條，也不承認「中短篇靠技巧，長篇靠生活」的文學經驗，他們認為文學與生活之間只存在一種想像和虛構關係而不存在實際的體驗關係；3. 反對長篇小說全景化與包容性的史詩追求，張揚長篇小說的藝術純度。新潮長篇小說普遍不追求篇幅和容量（表層的生活容量而非精神容量），顯得體制短小；4. 反對割裂內容和形式的關係，主張內容形式化，形式本體化等等。而只有當我們對新潮作家這些激進的小說觀念有了比較全面的理解之後，我們才對新潮長篇小說在藝術形態和文體風貌上表現出的下列諸特徵具備了闡釋的可能性。

第一，敘述遊戲。我個人認為新潮小說的最大成就和最大貢獻歸根結底都根源於其在小說敘述方式上的實驗。儘管他們在敘述上的撲朔迷離和遊戲成份曾給他們自身帶來了許多尷尬，但他們能把這種敘述「遊戲」繼續到長篇小說的寫作中，卻也充分證明了新潮作家在敘述方面的強烈自信和出色才能。我們發現，一經新潮作家將中短篇小說的技術性操作融合於長篇小說的文體，長篇小說的文體面貌頃刻間就煥然一新了。新潮作家們在如此長的篇幅裏揮灑他們的敘述遊戲，不僅毫無力不從心之感，而且簡直就像在進行一場輕鬆自如的技術表演，他們水漲船高般的敘述能力只能讓傳統的長篇小說望洋興歎。在敘述人稱的選擇上，新潮作家們對主觀操作性很強的第一人稱傾注了巨大熱情，蘇童的《我的帝王生涯》、潘軍的《風》、格非的《邊緣》、余華的《呼喊與細雨》、呂新的《撫摸》、王安憶的《紀實和虛構》、洪峰的《和平年代》等長篇新作都成功地使用了這種敘述人稱。一般來說，第一人稱具有內視性和心理化敘述的優勢，但同時這種內視敘事的侷限性也與生俱來，

它能較好地適應中短篇小說的內容和結構，卻無法滿足長篇小說文體對其內容豐富性和結構多重性的要求。因此，在傳統的長篇小說中進一步擴張了第一人稱的敘述功能，從而使它站在了新潮長篇小說藝術的最前沿。我們發現，經由新潮作家們天才想像力和創造力的浸潤，出現於新潮長篇小說中的第一人稱事實上已經被篡改為一種包容進了第三人稱的異己和多功能敘述視角，這種敘述視角以其你中有我，我中有你的多維性賦予了長篇小說操作前所未有的自由。而即使是第三人稱視角在新潮長篇小說中也往往由敘事者的主人公化和主人公敘事能力的強化等藝術手段而擁有了第一人稱的敘述功能並某種程度上「第一人稱化」了。顯然，這種敘述視角的整合正是新潮長篇小說敘述遊戲的前提和基礎，它本質上規定了新潮長篇小說特殊的敘事魅力和風格。對於新潮長篇小說敘述操作的遊戲性，我們可從下面幾個方面作進一步的分析：

其一，敘述的解構性。新潮長篇小說在對「故事」的態度上相對於他們從前的中短篇創作似乎有所妥協，幾乎所有的新潮長篇小說都不再拒絕「故事」的介入了。在蘇童的《米》等小說中我們甚至還可以讀到一種充滿古典色彩的淒美故事，然而，在更多的情況下，新潮長篇小說中的「故事」對比於傳統小說理論和實踐中的「故事」範疇實在已是面目全非了。新潮長篇小說中的敘述者明顯地超越於故事之上。他不僅以自己的至高無上分割、重組著故事，而且他還常常以自己的敘述遊戲在同一篇小說中完成著對故事的建構與解構的雙重循環。在這種情形下，新潮長篇小說的故事形態就呈現出鬆散性和片斷性的色彩。它如散兵遊勇般地在小說的各個領地全線鋪開、彼此間以一種偶然性的非邏輯無因果的關係共同陳列在小說的空間裏，傳統小說故事中司空見慣的那種完整情節線索在這裡是徹底灰飛煙滅了。潘軍的《風》、王安憶的《紀實與虛構》、呂新的《撫摸》在這種意義上可視為新潮長篇小說最典型的文本。在這些小說中敘述者風塵僕僕地奔波於小說的時空中不惜以自己的破綻百出和矛盾重重樂此不疲地製造著生活和小說、真實和虛構、人生與命運、偶然與必然之間的矛盾，從而使小說中的故事不僅支離破碎而且互相拆解、顛覆。即使在蘇童的《我的帝王生涯》這樣具有故事相對完整性的小說中，解構也同樣無所不在。端白的庶民生涯是對他帝王生涯的解構，而他的隱居生涯無疑又是對前兩者的雙重解構。我們發現，在新潮長篇小說裏不僅故事與故事之間存在一種解構關係，而且同一個故事的不同

階段也互相解構和顛覆著對方。顯然,在新潮作家的小說觀念裏,故事的經典意義已經被埋葬,它只不過作為一種遊戲的對象和道具,演示著敘述者的智力和敘述能力。通過對於故事的解構,新潮作家最終解構了敘述者也解構了小說本身。其二,敘述的超驗性和分析性。正由於新潮作家蓄意製造著小說邏輯和生活邏輯的分離,敘述者在小說中的特權就被無形中放大了。他一方面在小說中進行著解構的遊戲,另一方面又不斷地「神化」和異化著自己,進而從相反的方向解構了敘述者自身。正因為如此,新潮長篇小說從敘述方式上看超驗性的預言式敘事就佔了相當大的比重,《施洗的河》《撫摸》《呼喊與細雨》《九月寓言》《敵人》等小說就多充斥了預言式敘述語句,這帶來了新潮長篇小說文體形式上濃重的神話寓言色彩以及思想內容上強烈的神秘和宿命傾向。表面上看似乎「後來,我也以近似的方式威脅了王立強,後來,我在學校遭受誣陷時,只有她一個人相信我是清白的」(《呼喊與細雨》)等超前地概括故事的預言句式是對哥倫比亞人馬爾克斯的「多年之後,面對行刑隊,奧雷良諾上校將會想起,他父親帶他去見識冰塊的那個遙遠的下午」這個經典名句的模仿,然而,我卻更願意把這看成新潮作家敘述遊戲衝動的必然結果,是他們解構故事和解構小說的藝術需要。因為,在新潮長篇小說裏超驗性敘述其實也只不過是一種遊戲手段,它在更多的情況下是和分析式敘事共同發揮遊戲功能的。可以說超驗性敘述賦予了敘述者一個萬能的有預見性和後瞻性的視角,從而使他獲得了隔離直接進行態的故事並超越時代進入不同人物心靈空間解剖眾多心理世界的高度自由,這是進入分析式敘事的前提。借助於分析式敘事敘述者又可以對整部小說,對各種故事的空缺進行超越的理性分析,有時甚至將作家構思和寫作小說的過程加以呈示和剖析。這樣預言又遭到了懷疑,其超驗性又被分析性擊破,而小說的遊戲也就在這種顛覆和輪迴中深化了。

總之,對於新潮長篇小說來說,遊戲性是其敘述的首要特徵和主要方式。借助於小說敘述的遊戲,新潮長篇小說實現了小說原則和生活原則的徹底分離,獲得了創作和表達的更多自由和自尊。在這個意義上,我非常不同意有人所謂新潮小說已經陷入技術主義迷津和形式誤區的聳人聽聞的看法。我以為這如果不是偏見,至少也是一種偏執。我不能設想離開了技術和形式的革命,文學的現代化將如何實現,我也不能設想如果「五四」先驅者在傳播「民主」和「科學」的同時不從形式上首先打破文言的枷鎖中國文學的面貌將如

何更新。事實上，離開了技術（包括各種形式實驗和敘述遊戲），新潮小說將不成其為新潮小說，技術是新潮小說存在的前提和基礎，也是新潮小說重要的內涵。同時它還是新潮小說實現自我的主要手段。本質上，它是一個二而一、三而一乃至四而一的文學範疇。離開了技術，新潮小說失去的將是它最重要的本體性文化符碼，面目全非無疑是它自我迷失後無可挽回的宿命。

第二，語言的狂歡。如果說敘述方式是顯示新潮小說自我的一個重要的本體符碼的話，那麼語言無疑是新潮小說的另一個重要的本體性文化代碼。作為小說物質化的前提，漢語語言自身的差別並不明顯，但一經它和作家的語感及詞語組合能力結合，不同的小說風格也就自然形成了。可以說，語言既是小說的物化，同時又更是一種方式，一種進行小說的方式，因而，它也是小說風格的基礎。從某種意義上我認為新潮作家最傑出的天才就是他們的語言天才。在新潮小說這裡，漢語語言的一切功能，無論是抒情聯想還是造型會意都被「窮形盡相」了。新潮小說無疑是漢語語言真正的狂歡節。在這個小說舞臺上漢語第一次放棄了自己的羞澀和拘謹，充分享受了放浪形骸地自由舞蹈的歡樂。新潮作家把語言還原為了小說的本源、起點和最終目的，語言成了小說事實上的主體和本體。通過語言的強化，新潮作家試圖證明，小說不是故事，不是人物，不是情節，也不是結構，它是語言而且只能是語言。離開了語言，小說什麼都可能是，但也什麼都可能不是。因此，語言的本體化可以說正是新潮小說的首要特點，如果說在新潮中短篇小說中我們曾領略過新潮作家揮灑語言的狂熱和激情的話，那麼在新潮長篇小說中語言的流光溢彩就更令人賞心悅目。走進新潮長篇小說，你首先遭遇的只能是它的語言，它的卓爾不群的話語方式，而不可能是別的。

其一，語言的鋪張性。新潮小說顯示了新潮作家強烈的話語欲望。對語言裝飾性的刻意追求成了新潮小說鋪張化的語言使用方式的首要特徵。《呼吸》等長篇小說甚至給人一種語言淹沒故事淹沒人物淹沒小說的感覺。新潮作家一方面在他們的小說中創造寓言和象徵的風格，另一方面又棄傳統的簡潔含蓄的語言規範於不顧，大肆地用充滿修飾語的長句揮灑著自己對語言的暴力佔領。在新潮長篇小說裏我們既可以讀到《施洗的河》式的一浪高過一浪的「天問」句式，也可以讀到《撫摸》等小說中語言對於客觀物體以及抽象範疇的彎彎曲曲山重水複的語詞演示。例如，在孫甘露眼中，圖書館「是一個象徵。它是無數時代人們艱苦或隨意寫作的縮影，同時，它也是伴隨著

一切寫作的綿長沈寂的一種寫照。它使古往今來形形色色的詞和個人陳述在靜默中簇擁在一起，成為圖書館的一種日常情景，它是一種心智的迷宮，一處充滿危險而又美不勝收的福地，一個布滿標記而又無路可尋的迷惘的樂園，一個曲折的情感洩洪道，一個規則繁多的語言跳棋棋盤，一個令人生畏的靈魂寄宿處，一個小件知識飾品加工場，一個室內公園或者一個由書架隔開的散步迴廊，一個紙張、油墨、文字構成的生命的墓園。」(《呼吸》)在呂新眼中「死亡」是「在文字覆蓋下的一個月黑風高的夜晚裏，幾個巨大的名字將一隻蠟染布包袱從書中的某一章節裏排擠了去，沉重的包袱沿著山崗上舞蹈般的紋路一直向山下滾去。」(《撫摸》)新潮作家不僅具有特殊的語言欲望和語言感覺，並由此形成了各自獨特的言語風格，如余華無限切近對象的那種語言與感覺所處的臨界狀態，北村的那種緩慢向前推移的蠕動狀態，蘇童那種純淨如水明朗俊逸的情境，格非的那種優美俊秀的抒情意味，孫甘露的那種冗長的類似古代駢文的清詞麗句等等，而且正如陳曉明先生所言他們還特別酷愛和擅長使用「像……」的比喻結構，通過「像……」引進比喻從句既引進另一個時空中的情境使敘事主語在這裡突然敞開，發出類似海德格爾的「光」或「空地」的那種感覺，又表達了一種反常規的經驗以「反諷」的方式不斷瓦解著主句的存在情態及確定意義，從而在語言上配合了小說的敘述遊戲。

其二，語言方式的陌生化。新潮長篇小說乃至所有新潮小說之所以被冠之「新潮」之名，敘述和語言方式的陌生性不能不說是一個重要原因。新潮小說完成了小說觀念上從「寫什麼」到「怎麼寫」的轉變，這「怎麼寫」的一個重要內涵就是指語言的如何操作。新潮小說其實最終還是以它的特殊小說話語指認和證明了自己，我們只要讀小說的第一句話就能判斷出其是新潮小說與否，其根據正源於此。大致說來，新潮長篇小說獲得它語言陌生化的途徑有兩條：一是語言的哲學化和詩化。孫甘露的小說可為代表，整部《呼吸》讀來彷彿是遠離人世的內心默誦，又彷彿是來自天堂的優美奏鳴，超驗世界、現實人生、哲學寓言、變形物象等接踵而至，經由語符的精心編織閃爍出奇異美麗的光澤。無疑，孫甘露以他的訴諸感覺的理性和超常的語言敏感創造出了一種近似哲理詩的文本境界。二是語言所指和能指的分離。在新潮小說中敘事在一定程度上只不過是一次語詞放任自流的自律反應，在語言的暴力面前，敘事被徹底能指化了。話語在小說中隨意跟蹤、中斷、遺漏所

造成的縫隙和斷裂層中不斷湧現出來，而敘事的所指卻被放逐了。我們已經無法在新潮小說的話語世界裏追尋語言的傳統和世俗意義，語言的指涉被無限制地擴大了，各種可能的能指層出不窮地出現在小說的天空裏，我們習以為常的閱讀經驗只能在一籌莫展之中接受這陌生的考驗。讀孫甘露、呂新和北村的小說我們都會有這種語言的痛苦，這種痛苦正是語言快感實現的前奏，一旦我們的心靈真正沉浸到那一無所指的語言之流中，我們對一部新潮小說的進入和對話就實現了。這是一種美好的前景，但我們首先必須穿越一個語言的煉獄，才能到達最後的目的地。

第三，變幻靈動的結構。新潮長篇小說敘述的遊戲性和語言的本體化都無疑給小說的結構增加了許多困難。但新潮作家卻正是在限制中求自由，以一種漫不經心的結構方式創造了新潮長篇小說充滿空靈氣韻的結構美感。他們摒棄了傳統長篇小說對於完整、嚴謹和邏輯性的強調，也不以經典的情節和故事線索作為結構的關鈕。而是以敘述和語言本身來完成小說的結構，這無疑是對長篇小說結構的一次重大革命。新潮小說具體的結構方式多種多樣，但主要有兩種：

其一，意象式結構。這是新潮長篇小說運用得最為成功也是最具魅力的一種結構方式，《呼喊與細雨》《我的帝王生涯》《撫摸》等小說都是這種結構最為成功的範例。拿《我的帝王生涯》來說，蘇童正是通過有象徵性的意象組織了這部小說的結構層次和主題意蘊。小說前半部的主題意象是「白色的小鬼」和「美麗的紙人」。它們是主人公淪落為空心人的絕望生命過程的展示，是一種生存命運的象徵性縮影。「白色的小鬼」一方面是一種生存境況的寫照，另一方面又是主人公生存恐懼的根源，「美麗的紙人」的生命感受其實正是「白色小鬼」壓迫的結果。此外，「鳥」在小說的前半部也有重要意味，它是聯結「白色小鬼」和「美麗紙人」意象的中介，體現了在兩者之間的生命掙扎歷程，它正是灰暗生命中的最末一線曙光，是絕望中的希望。不過，從另一個方面說，「鳥」又是大燮國這個文化存在的象徵，因此在上半部的最後，我們看到了「鳥」變成「死鳥」的悲劇意象，它是對存在的一種悲歌。而小說後半部分的主題意象則是「自由的飛鳥」，它代表了主人公「想飛的欲望」，象徵了主人公人生救贖的途程。最終，它與自由馳騁於棕繩之上的「走索王」合為一體，意味著主人公人生救贖和人生超越的完成。其實不只是下半部，整部小說敘述的也正是「我」學「飛」，並最終成為一隻「自由飛鳥」的過程。

只不過「鳥」在上半部還只是一種生存理想，一種不能實現的心靈承諾，但它卻又正是對後半部的預言，後半部因而既是一種應答又是一種實現。這樣，在巧妙的意象轉換中小說完成了它結構的過渡和轉換，也完成了小說結構和主題涵旨的深層整合。

其二，複調式結構。與新潮作家對於人類精神世界的探求聯繫，陀思妥耶夫式的複調結構在新潮長篇小說中也得到了廣泛的運用。張煒的《九月寓言》、潘軍的《風》、王安憶的《紀實和虛構》、洪峰的《東八時區》和《和平年代》等小說都以這種結構方式引人注目。在這些小說中大都存在「過去」和「現在」兩種時空，而小說其實正是以一種雙重本文的對話方式而展開。以洪峰的《和平年代》為例，小說敘述時間雖然是在劉明明和段和平婚後，他們婚後的日常生活也事實上構成了小說的一條情節線索。但小說在劉明明和段和平的「對話」中卻重點在營構一次歷史敘事，對話的內容和旨向都是針對過去的。在這意義上小說自然形成了「過去」和「現在」兩個結構單元，「過去」影響了「現在」，而「現在」則在挖掘「過去」，兩種時空就在小說中彼此交叉地不斷對話並互相切割。而對於這種時空上的轉換，敘述者基本上不去人為調度而是自然地運用「時間」寫實的方法，以自然的「1929」「1990」「1980」這樣的時間標碼完成結構上的交替和過渡，這不僅給小說敘述帶來了極大的自由，而且也把小說的結構和對人物心理的剖示巧妙地結合起來，形成了獨特的「複調」小說魅力。

當然，對於新潮長篇小說這種特殊文學體裁，我對它藝術形態的分析只能是淺嘗輒止的，這不僅因為它本身就是一種最拒絕概括性和共性而永遠處在個性化的變動不居狀態中的文學形式，而且也受到我自身理論素養和閱讀視野的限制，我期待著更全面、深入、系統的研究成果出現。

四

我發現，當我在本章中大唱反調不停地批評別人對於新潮小說的主觀武斷和誤解的同時，我自己也無法避免理論上武斷化的嫌疑。雖然，就目前的創作態勢而言，新潮長篇小說蒸蒸日上的磅礴氣勢似乎支持了我對於新潮文學的樂觀態度，但我卻發現一個真實的文學困境終於無法遮掩。這個困境就是文學與讀者的關係。在我們印象中新潮作家的讀者意識絲毫也不遜於通俗文學作家，甚至在許多方面還有過之而無不及。在中國文學界最能經受住接

受美學理論闡釋和解析的文本也只有新潮小說文本。只不過，通俗作家往往以「媚俗」的姿態刺激大眾閱讀口味，而新潮作家則試圖從本質上修覆文學與讀者的關係，他們以一種反傳統的姿態不惜以故意的文本空缺和意義流失來召喚讀者的悟性和智力，把小說創作的另一半權力拱手相讓。然而，不幸在於，新潮作家這種禮賢下士的閱讀期待在大眾讀者這裡卻被嗤之以鼻了。大眾傳媒的發達已使現代讀者越來越傾向於感性畫面接收和對消閒讀物的懶散閱讀，他們在閱讀方面的智力、悟性和素質是大幅度下降了。在這樣的情形下，新潮作家努力發動的對於閱讀的革命無疑是一次與讀者自身實際南轅北轍的文化行動，其曲高和寡乃至慘不忍睹的結局幾乎可以說是必然的了。因為整個民族文化素質和審美水平的提高，並不是僅依賴於文學就能完成的。它還必須依賴於政治、經濟、歷史等等許多綜合性因素。新潮作家以卵擊石收覆文學失地的努力無疑是悲壯而令人尊敬的。然而「謀事在人，成事在天」，新潮文學最終能否在商業主義重重包圍下的文化荒原上建立起一個雄偉的文學金字塔，其前景仍然是令人憂慮的。

　　我覺得，新潮作家雖然可以在自己的象牙塔裏從事自己的文學實驗而不管身前身後事，但文學畢竟不能永遠呆在象牙塔裏，它終究必須走向社會才能得到最終的價值確認。因此，對於新潮作家來說如何在保持藝術純度時融入對於讀者問題的策略化思考，這是一個必須提到議事日程上來的話題了。我認為作家與影視界的聯姻就不失為一種文學策略，儘管在作品變成影視劇後它已經由導演的個人讀解而面目全非，讀者觀看的已不是小說本身，而是一種適合他們需要的文化畫面。讀者與作者的隔膜問題雖未真正解決，但至少借助於這個商業策略文學贏得了表面上的生存權利。此外，我覺得新潮作家文學策略的另一方面就是應在先鋒性的實驗中儘量減少極端色彩，把先鋒性進行適當的遮蔽和包裝，充分考慮新潮文學得以存活的空間質量。在這方面蘇童等作家的嘗試我覺得就值得借鑒，在對先鋒精神的內化和轉化中他們的小說就秘密地把先鋒性融化在小說深層血液中，小說的表層則被賦予了一種讀者樂於接近的形態。

　　當然，對於新潮小說來說，其前途的最大關鍵仍在於新潮作家藝術能力和藝術水平的不斷提高，如果他們能一如既往地保持如今新潮長篇小說這樣的創造活力，那麼，他們的存在和興盛終將是無法阻擋的。然而，不管怎樣，我可以寬容大眾讀者對新潮長篇小說的束之高閣和不屑一顧，我卻絕不能容

忍評論界對新潮長篇小說的冷落和隔膜。如果，我們的評論界、文學界自己都不能珍惜、保護、溫暖我們時代這最難得的精神花朵，眼睜睜地看著它在商業爐火的烘烤中凋謝、零落最終煙消雲散，那麼我們還有什麼資格喋喋不休地對文學衰亡之命運鳴發哀歎？難道我們一面誇大其詞地感歎文學的沒落，一面又對文學復興的現實熟視無睹，這不是自欺欺人的商業騙局？

第十四章　《米》：在鄉村與都市的對峙中構築神話

　　中國文學從來也沒有像當代新潮小說這樣需要闡釋。新潮作家和新潮小說在各種各樣的批評視界中可謂是面目全非了。蘇童發表於 1991 年第 3 期《鍾山》上的長篇小說《米》也無疑正是一部具有這種闡釋可能性的小說。對它的閱讀將有助於我們把握九十年代新潮小說發展變化的某種嶄新信息。

故事表層：個體的流浪與家族的頹敗

　　應該說蘇童是以他的「楓楊樹」系列小說而為文壇注目的，成名之後，他也曾有過走出「楓楊樹」的創作轉移。而一進入長篇新作《米》的語言情境，我很快就又感受到了久違了的「楓楊樹」故事氣息。對主人公逃亡歷程和不幸命運的刻畫，對家族沒落過程的描繪，都使我有一種重回《1934 年的逃亡》《罌粟世家》《妻妾成群》等小說世界的感覺。「天災人禍」所構成的災難、毀滅、飄泊、流亡可以說是這些小說的共同主題。但《米》完整地刻畫了五龍在鄉村→都市間雙向漂流的全部過程，筆墨重心則落在都市的掙扎上。而《1934 年的逃亡》等小說則重在描寫鄉村家族破敗過程中人物的罪惡、遭遇和精神流浪，卻對人物逃亡進都市後的行蹤缺少縱深跟蹤，人物逃亡後變得無影無蹤，作家的著筆重點仍在鄉村。在此意義上說，《米》正是以前小說的自然延伸和深化，是中篇小說世界的自然伸展。而就描寫家族的衰落這一點上來看，像《妻妾成群》這類小說所描寫的走向窮途的「家族」，往往是在故事開始之前已然存在的，小說是在封閉的格局內展開故事。而《米》

則由主人公出場串聯起若干家族，並在小說時空中由主人公改造和創造出一個新家族，逐步揭示這個家族的毀滅過程，因而呈現出開放性。因此《米》又有著根本不同於以往中篇小說的長篇品格。那麼，作者構築的是怎樣一個故事呢？首先，小說真實地刻畫了五龍逃離鄉村，流浪於都市的精神和生命歷程。在小說刻畫的若干人物中，五龍無疑居於中心地位。他是故事的主體，也是故事的衍生劑。他的流浪生涯無疑是《米》故事表層的核心。在楓楊樹鄉村，五龍是個孤兒，一個無父的精神個體。這特殊的身份使他成為一個鄉村的無家流浪者。然而，儘管如此，他在楓楊樹鄉村的生活仍是自足而安的。但一場大水，使五龍和所有的楓楊樹男人在鄉村的存在失去了現實依據。五龍是懷著對故鄉的依戀和對城市的幻想踏上逃亡途程的。一方面，這種逃離有著歷史和現實的強制性（水災）；另一方面，又有著個體的主動性，儘管這種主動性在潛意識中也許是一種完全相反的運動方向。這就使五龍的流浪不可避免地帶上了矛盾色彩，其現實流浪與精神流浪的背離趨勢必然會影響和伴隨他即將面臨的流浪生涯。從離開鄉村偷偷爬上一節開往南方的運煤列車起，五龍的流浪生命經歷了三個階段：第一，進入都市。五龍一腳踏到陌生都市的土地上，就有一種暈眩感。都市給他的第一個景觀便是一具僵硬的死屍，一具眼睛發藍、頭髮結霜的死屍。這是五龍在都市安身立命前景的一種不良預兆，而「死人」也成為貫穿《米》的主題意象，小說的最後一具屍體便是五龍自己的。在對死屍的逃避中，他偏偏又撞上了都市的毒瘤——碼頭兄弟會。在飢餓的瘋狂壓榨下，五龍被逼著叫了「爹」。一個無父的孤兒，一個「殺」了父親而獲得人格自由的人，一踏進都市，就又被強制性地配給了若干個「父親」，這無疑給漂泊都市的五龍戴上了沉重的人格枷鎖。要在這人生地疏的都市生存，五龍的前途相當黯淡。陌生中唯一感到親切的就是大米和米的清香，米引導他走向米店，並且，以自己極度的愚樸贏得了馮老闆的信任。他走進了米店，他找到了城市裏讓他棲身的房檐。他參與了都市，與米店和都市的故事也就拉開了帷幕。他反覆疑惑著的「我是否正遠離了貧困的屢遭天災的楓楊樹鄉村呢？現在我真的到達城市了嗎？」這一問題，似乎到此才有了肯定性的答案，五龍的流浪旅途此時終於找到了一個可以依靠的港灣。他有了一種幻想滿足的快感，「他覺得冥冥中嚮往的也許就是這個地方。雪白的堆積如山的糧食，美貌豐腴、騷勁十足的女人，靠近鐵路和輪船，靠近城市和工業，也靠近人群和金銀財寶，它體現了每一個楓楊樹男人

的夢想，它已經接近五龍在腦子裏虛擬的天堂。」然而，五龍真的能在都市裏建築美麗的天堂嗎？第二，佔領都市。進入都市之後，五龍物質層面的流浪，轉變為在都市的暫時寓居，現實流浪似乎終止了。但他漫長的精神流浪的征途才漸漸拉開了序幕。都市以它的罪惡和腐敗向五龍張開了血盆大口。五龍的生存地位仍然岌岌可危。他必須隨時承受對都市的失望以及都市對他的侮辱這雙重的精神負荷。而織雲的躁動和淫蕩也在五龍面前展示出了都市普通人的生存景況。如果說五龍的流浪是妄想在對都市的投靠中忘卻鄉村的苦難，那麼織雲的放蕩正是都市平民嚮往另一種生活的精神追求，儘管織雲的這種追求以卑賤甚至罪惡的形式表現出來，但她的精神流浪的痛楚還是令人同情的。小說正以織雲的精神流浪作為五龍都市漂泊的對應和參照，織雲的命運在某種程度上說也正是五龍前途的暗示。而這種對應描寫也表明了都市人與鄉村人在個體存在中面臨的普遍困境和共同掙扎。五龍畢竟是受過災難洗禮的楓楊樹男人。城市侮辱了他，但也磨煉了他。正是在城市的欺凌和打擊下他的生存意志得到強化，而仇恨的烈火也熊熊燃燒起來。他要報復並佔有這個城市！五龍首先對米店和米店的女孩實施他的佔領計劃。一種先天性的狡猾，使他巧妙地借六爺之手殺死了阿保，這是雙重複仇，既報了進城時的胯下之辱，又殺死了潛意識中的情敵。織雲與他的通姦是他從城市手中得到的第一件東西，在織雲身上，他既感到了精神價值的實現，又有一種對城市實施報復的快感。馮老闆無可奈何地把織雲嫁給他，他終於有了一個真正的城市人的身份，開始進入了城市的生存狀態。在馮老闆對他的暗算失敗後，他用「以毒攻毒」的手段氣死了馮老闆，趕走了織雲和抱玉，並最終佔有了綺雲。他在都市有了自己的家，他成了米店的主人，兒女們的父親，並且以自己的殘暴和機警炸了呂公館，趕走了六爺，從而成為碼頭兄弟會的頭領，成了地頭蛇。他的地位發生了根本的轉變，由都市的「兒子」變成了都市的「父親」。不可一世的都市被他佔領了、征服了。第三，逃離都市。五龍對都市的統治是相當殘酷的。他的殘暴和兇狠甚至作為一種精神病毒遺傳給了他的兒子。同時，他也極力把自己消融進都市的生活，他忍著痛苦把自己滿嘴牙齒換上金牙，這是都市用潛隱的力量對他生命力的一次沉重打擊。五龍注定要為他所做的一切付出代價。都市以受虐的形式，通過女人而完成了對五龍的施虐，梅毒使五龍的都市生命出現了逆轉，殺死妓女，並不能拯救他生命力的萎縮，生殖器的潰爛、膿腫，宣告五龍已到了危急時刻。他甚

至無力對家庭的淫亂和罪惡加以治理，抱玉的出現也對他構成了極為現實的威脅。儘管當碼頭兄弟會背叛他時，他用自己的狡詐再次剿滅了敵手，給都市最後一次放了血，但這最後的掙扎絲毫不能挽救他日薄西山的命運。抱玉借用日本人的力量最後給了他致命的一擊，他失去了雙腿，失去了流浪的能力。這時候，他想到了回歸。他玩弄了都市，都市也玩弄了他，他佔有過都市，都市最終又吞沒了他。他只有回家。五龍終於以他個體生命的拋擲完成了由鄉村到都市再返回鄉村的流浪。他得到的是兩車大米，失去的是雙腿和健康的生命，而屬於都市的滿口金牙也在生命終結的時候被敲掉了。五龍是多麼無奈的一個生命體啊！

其次，小說濃墨重彩地刻畫了幾個都市家族的敗落，從而整體上寓言式地揭示了一種歷史的頹敗。《米》的基調是灰暗和壓抑的，充塞著一股冷氣。小說對五龍流浪命運的素描，是在整個都市生存群體的生存窘境和沒落氣象的背景上展開的，小說中的其他人物無一例外地掙扎著走向他們生命的黃昏。沉重的窒息感壓迫著小說主人公的同時，也壓迫著讀者的神經。當然，小說是從家族的角度來串聯人物演進情節的。馮老闆「米店」家庭的變質和衰敗是小說主體。馮老闆的死表明了「大鴻記米店」輝煌歷史的終結，修家史先生的疑惑也正是一種歷史的疑問。五龍強娶綺雲後，其實馮家的歷史就已終結，五龍家族開始登上舞臺，但五龍的罪惡和兇狠並不能拯救這個家的衰敗，一代不如一代，在家的崩潰聲中五龍逃離了都市。作為背景式映襯，小說還刻畫了六爺家的破敗。這個都市的特權人物，擁有令人羨慕而又神秘、恐怖的家，一座豪華的公館。但在一聲爆炸聲中，一切化為煙雲，隨風飄得無影無蹤。雜貨店一家勤懇經營，精明貪婪，但他們的財富和生命在日寇的炮火中歸於虛無……人物總是屬於自己的家族，家族的破落與毀滅，也正是與人物的虛幻而徒勞的生存掙扎相對應著的。織雲拚命想從自己的生存境遇中突圍出去，甚至不惜以自己人格和身體的雙重拋棄為代價，但最終了然無痕地離開了人生；綺雲終身想維持自己「家」的純正與興旺，對五龍有最惡毒的詛咒和仇恨，但她始終掙不脫五龍的魔爪。阿保曾以兇狠和夕毒讓五龍做了他的「兒子」，可五龍要他的命又是何等的輕鬆；六爺既統治著別人，又統治著家族和都市，但面對一堆焦土，他也只能一逃了之……小說事實上寫了都市大家族中的三代人，但每個人物都無一例外的暮氣沉沉，這是怎樣慘烈的一幅圖畫？

　　更為重要的是小說借個體與家族命運的描寫透出了一種關於歷史的氣息。小說對日本人殺人比賽的描寫，正是為了證明這種令人悲哀的歷史原則，而五龍個人的沉浮悲歡，又何嘗不是說明了這一點？

　　但蘇童的小說又畢竟不同於現代主義的小說，《米》把個人的遭際和對形而上的歷史哲學的思考，落實在特定而具體的歷史情境和個體生命情境中，把對整個人類苦難歷程的追索，落實在特定的歷史時空中，並以特定的歷史事件進行穿插，因而歷史的災難和現實個體的災難又有一種生活的原生性質。

故事深層：分離的人性與悖反的人格

　　其一，由「食」和「性」的衝突所構成的人類生存困境。《米》以五龍為焦點，把鄉村生活和都市生活勾連起來，但都市和鄉村的衝突並不是作者關注的重心，作者所要表現的卻是在這種表面衝突背後的人性和人格的變化衝突，表現生命個體在現實存在中追求和失落的永恆矛盾。小說深層作者主要展示的是人性的世界，探究的是人的生存本性。只不過，在《米》中人性形態具有某種單一性，小說執著刻畫和追究的只是人性的一個方面——惡性。人性的主題也可以說是蘇童小說的一貫主題。他總是把人的原始本性進行客觀觀照，極少透露有主觀傾向的價值評價。但作者把人性放在一個動盪、變化的歷史背景中來展示，人物的醜惡，也就自然襯托了歷史的醜惡，從而也就整體性地否定了一種歷史、一種存在、一種生命方式，而這一切又顯然具有超越功能。蘇童是無為而為。

　　《米》在人性的刻畫上又是通過對人性的分離來完成的。小說中的人性在「食」和「性」兩個層面上展開，而這兩個方面正是人性構成的最基本的因素。在「食」的層面上，五龍不能得到基本的滿足，因而帶著一把生米流浪都市。而正是飢餓的感覺，使他遭到了都市的凌辱，精神人格遭到傷害。「食」的本能是與對故鄉「米」的記憶與尋找融為一體的，正是對「米」的執著使他在都市的漂泊中有了精神的著落。他緊緊抓住「米」不放，從而在都市的拒絕中，找到了突圍的缺口，巧妙而執著地闖入了米店，也闖入了都市。他獲得了「食」本能的滿足，這種本能甚至在他從前米倉一樣的故鄉也不能完全得到滿足。這使他對都市有了第一個層次的認同感，也正基於此，我們可以理解五龍吃了三碗米飯後無法形容的舒坦和滿足。可以說在「食」本能的表現上，五龍既有所失，也有所得，他失去的是精神人格，得到的也是精神

人格，得與失在他的生存延續中巧妙地統一起來了。五龍由「食」的本性的壓抑而追求「食」本能的滿足，這本是極正常的人性，問題是五龍在「食」的實現過程中惡的品性得到培養，這最終會損害他人性的正常發展。

但五龍不能滿足於寄人籬下獲得「食」，他還有著日益滋長的其他欲望。青春身體的騷動，使他由對「米」的尋找，轉向對女人的迷戀。既然，五龍十八歲就與堂嫂有過草堆裏通姦的故事，那麼，他那遠勝於「食」的「性」要求也原本是可以理解的。他的第一個「性」目標就是織雲。在織雲豐腴肉體的誘惑下，他的性慾像海潮一樣洶湧。但出於一種生存策略，他對織雲的「性」欲望最初是在潛意識中實踐著的。在除去阿保，離間了六爺之後，他才把對織雲的性慾現實化。而五龍托人給六爺的告密信，則最集中地體現了他的陰險和歹毒。這封信，真可謂一箭雙雕，既導致了阿保的毀滅，又帶來了織雲被遺棄的命運。他巧妙地把兩個情敵都從織雲身邊趕走，自己獨自品嘗著「通姦這一杯酒」。如果說五龍在「食」本能的滿足上還有自己勞動的出賣，因而有其合理性的話，那麼，他在「性」本能的實現上，則使罪惡大放光芒，他是用「以惡抗惡」的方法用自己人性的墮落來滿足性慾的。不僅如此，他在性的發洩中，又開始嘗試利用「性」實施他報復和佔領都市的罪惡計劃。他首先迫使馮老闆把織雲正式嫁給了他，這既使他性的發洩得到城市的正式認可，又在「人」的意義上給他在都市的存在簽發了「女婿」身份證。都市以無可奈何的姿態認可接納了他。此時，他又盯上了綺雲，強姦綺雲之後，他才最終在都市裏獲得了性實現。高傲而冷漠的綺雲可以被佔有，那麼都市中還有哪一個女人能逃出五龍的手心？他乾脆在都市的妓女中暢遊。事實上，就人類的本性來說，「性」與「愛」是不可分的，原始本能的發洩，理應陪伴有愛的溫馨。但五龍的「性」卻根本上棄絕「愛」，他反而要用「恨」去對待女人。他與織雲是通姦，他與綺雲的婚姻是強姦，對都市的妓女們更只有醜惡的淫亂……五龍的「性」很顯然是拒絕「愛情」的畸型的「性」。對他來說，「性」的成功也正是他的失敗。當他以「性」的方式對都市的女人實行佔領時，他自己也在這佔領過程中毀掉了。他的生命力在女人身上得到了迸發和實現，也導致了最終的萎縮。梅毒是女人給他的，也是他自己的罪惡結晶，他的前途悲觀無比。

五龍的悲劇也許正在這裡，他的「食」與「性」的本能滿足的同時，卻又導致了生命的完結。他是個漂泊的孤魂，最終仍將被風吹回楓楊樹鄉村。

小說也正是在這裡，對人類生存進行哲學追問。「食」和「性」的原生態展示所透露出的卻是對人生存困境和生存悖論的揭示。五龍生存掙扎和生命終結背後，正隱含著對人生意義的某種否定，這種特定的存在主義哲學情緒，被蘇童用特定的歷史災難、自然災難和個體罪惡裝飾起來，用冷靜從容的筆調傳達出來，看不出悲觀，倒有一種對歷史徹悟的曠達，這也許正是蘇童高明的地方。

其二，五龍的生存心態與人格構成。長篇小說《米》的故事表層固然活躍著五龍的流浪人生，但作者顯然並不著意於以他人生遭際的變幻吸引讀者，故事深層除了流淌著上文分析過的人性之流外，人物的心態刻畫和人格解剖也佔有相當突出的地位，也正借助於此，小說對人物的描寫才達到了相當的深度。小說也據此透露出文化的意味。

首先，我們看看五龍的生存心態。五龍的人生掙扎途程中，生存心態的巨大矛盾一直縈繞著他。他既熱心於流浪，又盼望著安定，既企慕都市，又貪戀著鄉村。漂泊心態、幻想心態和回歸心態是他矛盾心態的三個構成要素。其實早在楓楊樹鄉村，作為一個「無父」的孤兒，他的漂泊心態就已存在。只不過，一場大水災才把他送上漂泊的旅程。「他仍然在火車上，緩緩地運行」的意象成為他這種心態的最直接的表徵。他的精神一直是流動著的，在鄉村和都市間飄蕩。他在鄉村和都市都不能維持心緒的寧靜和平衡，也許只有那行駛的列車才是他唯一的精神方式，他的流浪並不是指向一個目標，而是在流浪漂泊的過程上得到精神的洗禮與滿足，從這個意義上，漂泊正是他的一種精神需要。因此，即使他在進入米店，與織雲結婚，得到都市認同的時候，他仍覺得新房也是「一節火車，它在原野上緩緩行駛，他仍然在顛簸流浪的途中」，甚至在他把綺雲這個城市「最後的女人」強姦在米堆上，從而實現了對都市的佔領的時候，他也覺得「身下的米以及整個米店都在有節律地晃動，夢幻的火車汽笛在遙遠的地方拉響，他仍然在火車上，他仍然在火車上緩緩地運行。」他不知自己流浪的前途，也不知神奇的列車要把他帶向何方。而且對五龍來說列車的顛簸、震動所帶來的暈眩是他對生活最真切的感受，這種感受伴隨著一種人生深刻的孤獨，使他的漂泊心態又有了精神自尊的深長意味。五龍最終在運動的火車上走完了生命的征程。他不屬於都市，也不屬於即將奔赴的故鄉，他只是一個孤獨的精神浪子，漂泊流浪是他生命的唯一形式和精神的唯一歸宿，但我們又要看到五龍的流浪心態是建立在他對生活

幻想的基礎上，幻想心態正是他流浪心態的動力和催化。他逃離楓楊樹鄉村固然有災難的壓迫，但更多的還是他對都市和金錢與女人的幻想的驅使。他對城市的佔領也正是他夢想的實現過程。五龍打碎他的牙齒而不顧痛苦換上滿嘴的金牙，也正是一種幻想的力量。他所能得到的也僅僅是一種幻想的滿足。而五龍之能夠歷盡磨難在罪惡的都市生根成長，也全依仗他對生活的幻想。同時，他的毀滅也同樣來源於他的幻想。他喜歡宿娼，並把米灌進女人的子宮，這種性癖好正體現了他征服都市女人，改造都市女人，用故鄉的「米」改造都市人種的幻想。他的幻想太多，在幻想的現實化過程中，他的生命也萎縮了。女人給了他梅毒，但他明白，「他並非被女人所貽害」，不僅如此，他的幻想心態，也直接推動和滋生了他的回歸心態。他的出發就寓含著回歸，他是帶著拯救苦難的楓楊樹的幻想流浪都市的。儘管他在都市獲得了巨大的「成功」，但在都市每一個生活的轉折關頭，他無一例外的都是以對楓楊樹的回憶來安撫自己。瓦匠街家庭的醜惡，使他想起了楓楊樹的鄉情；而城市的雪在五龍看來也不過是楓楊樹的霜；都市女人的淫蕩也遠比楓楊樹鄉村女人的苟合庸俗，縱然都市裏的災難在五龍心中也遠沒有遙遠鄉村的洪水真實。特別是在他生命的暮年，他心靈的虛弱和孤獨中，唯一有著活力的思想便是回鄉。他據此對一個逃難的楓楊樹青年表現出極大的熱情，並用楓楊樹的風俗來約束兒媳婦的生產，致使乃芳葬身在日本兵的屠刀下。越到他的生命的盡頭，他回歸心態越為強烈，終於在他設計的諸多「衣錦榮歸」的夢想中，登上了回歸鄉村的列車。由此我們看到，五龍以他的幻想，驅動著他的流浪，而流浪的回歸又正是他幻想的一部分。他的流浪心態和回歸心態，既是他幻想心態的內涵，又是實現和完成他幻想心態的步驟，三者的交叉演進中又透露出人格的因素。

其次，我們來看五龍的人格構成，「衣錦還鄉」的夢想可以說最能代表五龍的精神人格，這是一種相當典型的鄉村人格和農民人格。這種人格佔據著他意識和潛意識的中心，與他流浪都市獲得的都市人格，自始至終發生著衝突，並最終徹底排擠了都市人格，而維持了五龍這個精神個體原始人格的純潔性。鄉村向城市的逃亡，實在是近代文明史上的一種普遍現象，「沒有誰讚美城市但他們最終都向這裡遷徙而來」。而事實上，這遷徙的過程，也正是人格被改造被異化的過程。五龍也是如此。他來城市帶著的一把米其實正是他潛意識中對自己鄉村人格的偏執維護，米實際上是他以後生命旅程中的精神

支柱和人格象徵，是他逃避和回歸的避難所，是他心中的故鄉的唯一安慰。
進入都市之後，他盯上米，並走進米店，其實正是冥冥之中他人格的指引，
他在都市的生活也確實沒有割斷過與「米」的聯繫。他接近城市其實只是為
了改造城市，企圖以自己的鄉村生活方式同化都市生活方式，以自己的鄉村
人格影響都市人的精神人格，他的不良「性」癖好也正是這種潛意識的證明，
他置放在婦人子宮裏的大米，其實正是他幻想中的鄉村人格。然而，儘管他
「心靈始終仇視著城市以及城市生活，但他的肉體卻在向它們靠攏、接近，
千百種誘惑難以抵擋」。在佔領城市的過程中，他的行為方式首先被都市同化
了，「以毒攻毒」其實正是以城市的罪惡方式對付城市的罪惡。而行為方式必
然也有著人格的投影，都市人格對他精神世界的侵略，顯然不可避免。而五
龍以牙齒與都市黃金的這場交換代價是相當巨大的，這是他的鄉村人格向都
市的主動投降。儘管這次退卻很快在心靈深處得到糾正，但是鄉村人格仍然
只能活躍在他的人格深層，而表面上五龍則越來越變成了都市的俘虜（物質
層面）。對都市的現實佔領，並不能驅散他精神改造的孤獨感和失敗感。他只
能以自己的詛咒來維持自己鄉村人格的平衡與自足。他之沒有在心靈上被都
市同化，也同時顯現了鄉村文化因子在他血液中積澱的深厚。「這就是城市，
這就是狗娘養的下流的罪惡的城市，它是一個巨大的圈套，誘惑你自投羅網。
為了一把米，為了一文錢，為了一次歡情，人們從鐵道和江邊碼頭湧向這裡，
那些可憐的人努力尋找人間天堂，他們不知道天堂是不存在的。」這是五龍
對城市的徹悟，是他反身自省之後的一種絕望的叫喊和詛咒！一旦清醒，五
龍對都市人格的清掃就相當輕鬆，他買了三千畝地，買了兩車大米，他設計
的「衣錦還鄉」的場面，給了他鄉村人格巨大的滿足。他不屬於都市，他應
該拋棄它，他一無所有了，但他毫無損失，一身的傷口並沒有毀去他的精神
人格。他帶來了一把米，而運回去的是兩車皮米，他的鄉村人格不僅沒有被
磨損，反而經過磨難而被放大了。然而，不幸的是五龍人格獨立性的維持是
以他個體生命的終結為代價的，這在更深的意義上把他靈魂深處兩種人格的
拚殺變得毫無意義，五龍縱然「鄉音未改」，但終究不能衣錦還鄉。

在考察和梳理了長篇《米》的深層內涵之後，我仍覺得尚有某種遺漏和
欠缺。在主人公五龍的存在心態和人格背後，還活動著作家自己的身影，作
家心態顯然在小說的故事深層有著同等重要的地位。當然，這種心態是相當
隱蔽的，我只能作出主觀的猜測。熟悉蘇童的讀者都知道，蘇童小說創作一

直交織著歷史和現實兩種題材層面，但近兩年來，他和葉兆言、周梅森等許多著名作家一樣都表現出了對「歷史」的過度熱情，對「現實」採取了一種冷漠甚至迴避的態度，小說時空全部在「歷史」中展開。我們當然不會相信作家們缺少把握和反應現實生活的能力，但這種創作轉移作為一種普遍的文學思潮和文學現象則是不能不引人深思的。在我看來，蘇童等作家對現實的迴避，正表明了他們美學思想的嬗變。他們顯然是試圖通過歷史話語的營造，而獲得一種創作心態的自由。而歷史的情境則往往是現實的補充和象徵，作家們試圖通過審美距離的延伸而加深現實反應的濃度。他們的「歷史小說」不同於一般的「歷史題材」的小說，他們不需要借助於真實的歷史事件和歷史人物，完全在虛構和想像中營構小說世界。小說中的「歷史」其實只是借用了一種歷史氛圍、歷史情調、歷史話語方式。當然，無庸置疑，這種創作轉移現象除了美學因素之外還有更為現實的社會歷史原因。這使作家的創作就呈現了矛盾性，作家既有現實情結，而又要用「歷史」來偽飾，這導致了文學表面功能的偏離，以及能指與所指的模糊化。

故事操作：長篇小說的敘述話語系統

《米》的成就也表現在它的小說物態層面上，獨特的風格和話語方式，使這個長篇小說獲得了相當獨特的品格，這既是相對於蘇童的小說創作，又是相對於長篇創作的整體態勢而言的。蘇童以往的創作大都採用第一人稱敘事，強烈的主觀抒情性和隨意機警的敘述風格是他小說的重要特色。從《妻妾成群》等小說開始，蘇童開始採用第三人稱敘事，而出色的冷靜與凄豔的色調使他獲得了極大成功。《米》顯然承襲了這一路的敘述方式。作者以全知敘事，但視角更多歸附於五龍，小說正是以五龍的角度來構思和演進故事的。而第三人稱「他」作為故事的全知全能的敘述人，這個隱含在故事的自我起源、自我發展的情節中的「他」最大可能地構造了現實的客觀歷史性，「他」始終飽含著一種純歷史的過程。因此，《米》的敘述態度相當平靜從容，一反從前小說中躁動、熱切的情緒，小說據此而呈現出一種原生態、客觀化的趨勢。同時，我們也看到，作者敘述人稱的選擇，也正是為了適應長篇小說操作的體裁需要。一般來說，長篇小說頭緒複雜線索眾多，反映的生活面比較廣闊。如果用第一人稱限制敘事，往往會影響小說反映的容量，造成的小說空白就會增多。而第三人稱敘事，由於敘述人跳出故事之外，可以自由隨意

地從不同的角度切入故事，因而故事的操作就瀟瀟自如了。當然，《米》的第三人稱並不是單一和凝固的，第三人稱其實是由眾多分散的第一人稱敘事綜合而成的整體格調上的第三人稱，並不能抹殺局部的第一人稱敘述。這使得整部小說在整一中見變化，平衡中現張力和彈性，因而又有了一種活潑靈動之美。

與敘述人稱相聯繫，《米》的話語方式也與以往的家族小說判然有別。蘇童在他過去的小說中喜歡使用帶有「回憶」性質的、「古老的傳說」這一講述方式，從敘述者的當前回溯過去的故事，時空上有個明顯的倒流和交叉。而《米》則把敘述者擺在和故事時空相同的起跑線上，從順序的時空敘述一個特定歷史階段的故事，「歷史形態」得到本色的再現，沒有那種反觀抽象的「回憶」色彩，彷彿從生活和歷史的河床上截取了一股完整的支流，原色原味，卻醇味無窮。不過，在小說中，敘述者對故事的超越，以及先知色彩，也可以從他的敘述語式上透露出來。這範例要算「直到後來，他屢遇碼頭會兄弟，這些人殺人越貨，無所不幹，五龍想到他初入此地就闖進碼頭會的虎穴，心裏總是不寒而慄」這個「馬爾克斯句式」，這種語式，對故事有一種居高臨下的態度。

從藝術上說，《米》的結構藝術也極為出色。小說以「米」和「五龍」作為兩個基本的結構酵素。小說以五龍為故事的媒介，通過他的命運遭際串連起三條情節線，包容了城市和鄉村兩種生存方式，兩種生活形態，牽連三代人的命運。這種輻射式的結構，把故事組織得精緻、完整。五龍從鄉村逃難到城市是一條情節主線，而他在進城時被阿保毒打，就與阿保、六爺為代表的都市黑勢力掛上了鉤。當他進入米店後，又與馮老闆和織雲、綺雲的糧店生活聯繫起來。一旦他被雇傭為夥計，參與了米店生活，三條線索就擰成了一股，把故事推向了結局。不過，這三條線索中，五龍這條主線一直佔據中心地位並改變和支配著其他兩條線索，而且最終完全吞併和整合了這兩者。此外，這篇小說在結構上還特別講究照應與鋪墊，結構相當圓滿和典雅，古典色彩很濃。小說以五龍乘火車進入都市開幕，又以五龍乘火車離開都市閉幕，故事情節正好構成了一個封閉「圓」。這一方面顯示了作者獨到的藝術匠心，另一方面，也與小說的內涵有高度的一致，暗示了主人公一無所有的最終結局。

當然，在津津樂道於蘇童小說出色的詞語感覺能力和嫻熟、高超的結構

技巧的同時，我們也不能不指出這個長篇小說的先天不足。就個人感受而言，《米》更像一部加長了的中篇小說，精美圓熟有餘而規模氣勢不足。不過，從另一個角度來看，這也許正是蘇童的傑出和高明之處，是他對長篇創作普遍存在的粗糙化傾向的反撥。也許作者正嘗試著以另一種方式為長篇小說的構築貢獻出新的藝術經驗，為長篇小說藝術的完美提供一種嶄新的範式。果然如此，那我們是應該慶幸的。

第十五章　《敵人》：心獄中的幻境與真實

　　在新潮小說家中格非的形象因為那連綿不斷的「格非迷宮」而顯得有些神秘。他進進出出於「迷宮」遊戲的樂此不疲的追求固然給讀者許多誘惑，但其中故弄玄虛的色彩也讓讀者在望而生畏的同時有一種被冷落的感覺，而格非本人對此則似乎毫無意識，或者即使意識到了他也不想改弦更轍，他甚至以《迷舟》《褐色鳥群》《青黃》《風琴》等幾乎每一部小說完成一次變本加厲。發表於 1990 年第 2 期《收穫》上的他的第一部長篇小說《敵人》更是他陶醉於「迷宮」式寫作的一次登峰造極的表演。對於他來說，「迷宮」不僅僅是一種智慧，一種故事方式，而且似乎更是他本人精神存在的一個家園。因此，任何企圖把格非剝離「迷宮」的努力都注定了徒勞無功的結局，正如海明威曾說過的：「真正優秀的作品，不管你讀多少遍，你不知道它是怎樣寫成的。這是因為一切偉大的作品都有神秘之處，而這種神秘之處是分離不出來的。它繼續存在著，永遠有生命力。」自然，本章對《敵人》的解讀也不存此奢望。

一

　　表面上看，《敵人》具有家族演義的色彩，它和馬爾克斯的《百年孤獨》具備了許多結構上的相似性。《百年孤獨》中的馬孔多和《敵人》中的子午鎮同樣都是一個與世隔絕的小鎮，都是憑著浪遊的戲班子維繫著它們與外界的聯繫。布恩迪亞家族和趙氏家族的命運也都被某種陰影所籠罩，只不過對於

布恩迪亞家族來說這個陰影是家族生出豬尾巴的神話;而對於趙氏家族的後代來說則是關於那場遙遠的大火的記憶和恐懼。此外,發黃的羊皮手稿,靈驗的預言,亂倫,眾多的私生子以及為兒子尋找生父的女人,在被打開的塵封已久的小屋與早已故去的老者的「對話」,跟隨戲班子的浪子等等《百年孤獨》中被化解開了的碎片都幽靈般游蕩在《敵人》的各個角落。但是,畢竟梅爾加德斯的羊皮紙手稿和趙伯衡的那些發黃的宣紙講述的是兩種完全不同的「故事」。格非正是借助於家族的框架,讓小說中歧義叢生的故事顛沛流離於歷史和現實、真實和幻境之間,從而營造了一個巨大的「迷宮」。

居於迷宮表層的是趙氏家族由歷史向現實逶迤而至的災難,它以綿綿不絕的姿態徹底摧毀了一個龐大興旺的家族和這個家族的子子孫孫。在這裡,小說的標題「敵人」得到了第一種意義上的解釋,作為一種災難,「敵人」成為趙氏家族無法面對又不得不面對的一種存在,它既是有形的,又是抽象的;既是具體的,又是朦朧的,幾乎宿命般地統治和籠罩了趙氏家族的歷史、現實以及黯淡的未來。小說災難的信息最初是從「引子」部分傳達出來的,「村中上了年紀的人都還記得幾十年前的那場大火」,那場發生在清明節的「大火」,「從傍晚一直燒到第二天拂曉」把趙家的龐大作坊、閣樓、房鋪燒成了一片瓦礫遍地的焦土和廢墟。它不僅燒掉了趙家世代靠勤勞和聰慧建立起來的全部家業,而且還幾乎直接殺死了剛毅的趙伯衡和他的兒子趙景軒,並成為一道永遠抹不去的記憶嵌刻在趙少忠及其子孫的人生路途上。顯然,大火是趙家直接的災難和第一個真正的「敵人」,它直接製造了趙家的沒落。儘管相對於趙家後世子孫來說,發生在歷史時態中的那場大火是那樣遙遠,但實際上「大火的印象」已經成了趙家代代相傳的禁忌,對大火原因的尋找成了趙家共同的隱秘和渴望。小說其後所展示的接二連三的災難都與「大火」有著隱隱約約的聯繫,它是趙家一切災難的源頭和背景。

如果說「大火」是趙氏家族的第一大「敵人」和災難的話,那麼死亡則是小說描繪的第二大「敵人」和第二大災難。傳說中的趙伯衡雖然「在火災後的最初幾天裏依舊孤身一人在門前的白果樹下打拳,他想積攢起殘存生命的最後一絲光亮,但是那絲光亮彷彿是耗盡了油的燈芯草尖上的火星,在風中撲閃了幾下,旋即就熄滅了。」而趙景軒「這個憂鬱的中年人承襲了先輩沉默寡言的秉性,卻染上了一種頹唐散漫的習性。他整天衣冠不整、蓬頭垢面,慵懶的身影像幽靈一樣在林中四處晃蕩」,他把一生中剩餘的幾年光陰完

全耗費在父親遺留下來的宣紙上，直到五十五歲時死於瘧疾。雖然，在「引子」部分小說敘述的兩次死亡具有某種自然性，其災難意味更多地凸現於主人公的精神生命內部。但是，這種「精神」死亡其實才是最本質意義上的死亡，在此意義上趙家後代子孫的死亡無論多麼莫名其妙，更深層卻總是一脈相承的。大火燒掉了一切，更燒掉了從精神上維繫趙氏家族的某種根本性束西，這也天然地賦予了趙家各種生命的飄浮性和無根性。然而，從「死亡形態」來看，相對於歷史祖先趙伯衡和趙景軒的死，「現實」中的子孫們的死則更多某種意外性和陰謀性，這也可以說是兩者的根本區別。在這些死亡中，如果說趙少忠女人在一個大雨之夜吃有毒的花瓣而卒其自殺具有一種主動意味的話，那麼其他人的死亡則無一例外都是被動的，在主人公的死亡背後都隱藏著一個若隱若現的「敵人」。這也是小說「迷宮」特性的一次顯露。在趙少忠六十大壽的時候，趙龍的兒子猴子意外地在大水缸中溺死了，而事實上那麼高的水缸缸沿上還積了一層滑溜溜的冰，猴子本是爬不上去的。顯然，猴子的死亡已經傳達出一種謀殺的信息，只不過謀殺者沒有露面而已。這之後曾經在偃林寨遭到打劫九死一生回到家鄉的趙虎又陷入了「死亡」的追蹤之中，他一度被迫棲息在破廟裏的草堆之中以躲避那如影隨形的隱形殺手。然而，木船修好第二天一早就可離家的消息，雖然把他「在子午鎮蟄居的這個漫長的春夏曾經帶給他的一連串不愉快」以及「內心潛藏的不安」在微微的醉意中化為烏有，但趙虎卻終未能完成他的「勝利大逃亡」，在出走前一天的夜裏他被橫屍家門。而殺手則在趙少忠的視線中露出幾個背影「大模大樣地撥開竹林的枝條，消失在遠處的黑暗之中。」儘管趙少忠怪誕地掩埋了趙虎的屍體並試圖讓趙虎的死亡銷聲匿跡，但腐爛的屍體最終還是被從桑園中挖了出來。此時，柳柳也似乎在劫難逃了，「許多個不眠之夜在院子裏傳出的磨刀聲又一次迴蕩在她的周圍，在那個悶熱的夏季她常常被尖刀在砂石上發出的聲音驚醒，從趙虎從偃林寨逃回來的那個晚上起，她一直感到一種不祥的陰雲籠罩在他臉上，他躲躲閃閃的目光從那件血污染紅的襯衫上，從那座破廟的陰影之中，從一個月明星稀的天空深黛色的背景中迭現出來，使她不寒而慄。現在他的死亡使她心中積存已久的謎團變成了支離破碎的一堆亂麻。」從此，她開始時常徹夜不歸併莫名其妙地懷了孕，她整天昏昏沉沉，對於外界事物敏感的觸覺彷彿在一夜之間就變得遲鈍了，她甚至覺察不到季節的變化。而她生命最後的形象也最終凝結為一個狂奔的逃命的意象，「她漫

無目的地在田野上狂奔著，她跨過一道道的溝溪，最後鑽進了那片橫亘在她面前的密密的葦叢」，在那裡面她慘遭殺害。這接踵而至的死亡不僅徹底埋葬了趙家大院殘餘的一點生命氣息，而且「人們對趙家大院接連不斷的葬儀也早就習以為常，一切莊重的禁忌與葬規似乎成了多餘，人們稀稀拉拉簇擁著那口棺材，嘰嘰喳喳地談論著一些細瑣的往事，一路小跑消失在樹籬的背後」。一個生命的消逝，就如同一片灑落的樹葉寂然無聲地歸於大地，甚至不能激起外人心中的一點漣漪，這是一種怎樣的悲哀呢？然而災難卻似乎永無窮期。兩個外來的瞎子又無情地預告了趙龍的死訊，這使烏雲密布的趙家大院雪上加霜。趙龍覺得一切恍若夢幻，「他似乎已經成了一個死去多年的幽靈」。無論趙龍怎樣枉費心機地追尋兩個瞎子的下落，也無論翠嬸怎樣夜復一夜地在趙龍房門上上鎖，「接連不斷的倒楣的日子」並沒有如他想像的那樣在「這即將過去的一天終於顯出了中止的跡象」。他根本無力跨越他生命的大限，哪怕在死神面前他終於看清了父親蒼白的臉，他的死仍然無可挽救。至此，趙家大院的敗落和災難也達到了高潮，不僅那塊帶有禁忌意味的家族廢墟被出賣給了二老倌，而且趙家大宅「那座搖搖墜墜的房梁隨時都會倒坍下來」。死亡已經扼殺了趙家的一切生機和生命，使它沒有了未來，只剩下了一個灰暗的窮途末日，連啞巴也最終離開了它。因此，除夕之夜的那個葬禮就不僅是為趙龍送葬，而是為趙虎，為猴子，為柳柳，為黃狗，為整個趙氏家族送葬，為趙家的興盛、敗落以及不可捉摸的命運送葬。

在目睹了趙家聯袂而至的災難之後，我們終於無法抵擋一個不期而至的追問：趙家災難真正的原因是什麼？小說正是借助於標題「敵人」和「引子」中的大火構成了這個疑問，並以一個年老家傭的話道出了某種猜測：「如果不是上天有意要滅掉這一族，一定是有人故意放火。另外，好好的水龍怎麼也壓不出水來，也許有人用木塞將水龍頭的噴水管堵住了。」這樣，小說就以陳述的方式提出了一個與家族災難相關的問題：誰是這場大火的肇事者、縱火人或罪犯？是「上天」的旨意，還是有人故意放火？無論是哪一種結論，這個「敵人」似乎都是來自外部的力量。「上天」是命定的劫數，是不可違逆和逃避的自然之力。通常，它反而更容易使人平靜地接受這種命定的安排，因為，自然性的毀滅或打擊固然會使人恐懼痛苦，但它畢竟是暫時的。如果趙家的大火是偶然的事故，那麼趙家後人重建家園應該是完全可能的。然而趙伯衡沒能走出這場大火，其後輩趙景軒、趙少忠也沒有走出這場大火。顯

然，真正打敗他倆的並不是這場大火本身，而是另外一種來自外部的力量，一個他們所獨自面對的外在的敵對世界，一個人為的世界。當村莊的每一個角落都流傳著有關火災的各種傳說時，當大火從鐵匠鋪、木器鋪、鞋店裏同時竄出來時，當好好的水龍怎樣也壓不出水來時，這種意外的巧合本身就是對偶然性的一種否定，使人們很難相信這只是上天的旨意和安排。因此，懸念、恐懼、仇恨和陰雲般的疑慮均由此而生。那麼，潛藏在災難背後的真正敵人是什麼呢？

<h2 style="text-align:center">二</h2>

「誰是敵人？」這聲追問不僅是作家有意設置的迷宮紐結，同時也是主人公們面對災難時的心理紐結。「敵人」已經不僅是一種災難性的人生處境，而是已經幻化成了一種精神氛圍，一種永恆的心理威脅。它對主人公們心靈的傷害其程度要遠遠超過了一個趙氏家族的毀滅。然而，耐人尋味的是，不僅那場大火的縱火者在小說中面目全非，而且在幾乎所有具有兇殺意味的場面中，我們始終看不到「敵人」的面孔，或者至多看到一個背影、一個水中的倒影。這樣，由於「敵人」的隱形化，因而在主人公心中其就被進一步強化、抽象化和世界化，整個宇宙都在他們心中作為一種「敵人」而存在著。因此，「敵人」也就成了他們沉重的心獄，它使真正的大火以及各種死亡災難都虛幻化了。它不僅徹底謀殺了他們生命的激情，甚至還直接造成了他們的精神真空狀態。這具體體現在兩個方面：

其一，徹底的孤獨。那場毀滅性的大火打垮了趙伯衡這個剛毅果敢的老人，他把晚年的時光都消耗在對村子裏的人名的書寫上。「那些歪歪扭扭的文字彷彿刻下了趙伯衡臨終前孤獨深邃的內心」，這句話不僅道出了人物對於孤獨的深刻體驗，同時也道出了那個「剛毅的老人」被打敗的真正原因。宣紙上的名單喻示著這位老人獨自面對著一個過於龐大的完全敵對的世界。但這種對立未必完全是外界強加於他的，並不是村中每一個人都存心與趙家為敵。只是巨大的恐懼和懷疑使他無法擺脫火災惡夢的糾纏，即便他確實有能力在廢墟上重整家園，他也無法真正戰勝他內心的敵人，這個敵人不再僅僅只是一種外在的力量，它蟄伏於意識深處，成為他內在言語中一個最為重要的詞彙，成為他身體內部一個深入骨髓的毒瘤，並且不斷增長彌漫於他的血液中，吞噬著他的生命。而且，他還把懷有巨大恐懼的這種孤獨症像一種難

以治癒的頑疾遺傳給了他的後代子孫。「趙景軒把他一生中剩餘的幾年光陰完全耗費在父親遺留下來的宣紙上」，用來破譯這些名單中潛藏的真正的家族敵人，並把不相干的人名「一個個劃掉」，他的臉也「漸漸呈現和父親垂暮之年一樣的神色」。也許，只有「劃掉」這一動作才可以減輕他內心中的巨大恐懼。十年之後，長大成人的趙少忠也未能擺脫這一惡夢的糾纏，即使在他結婚的時候，「他的腦中一旦掠過那些宣紙上的人名，就感到渾身無力」，他生命的更多日子裏都是一個人孤獨地居住，他天天起得很早，「坐在後院廊下的那處護欄石上，一鍋接一鍋地吸著旱煙，在漸亮的天色中，看著井南邊的那排閣樓發愣。有時，他整天縮在那間塵封的斗室裏翻閱著一本本發黃的舊書，有時獨自一人沿著彎彎曲曲的墨河的堤岸走到趙家的墓地上」，「當他的目光偶然掠過那邊沙土的時候，他驚異地發現沙土上寫滿了模模糊糊的字跡，在一層雪花的掩蓋下，他能夠辨認出地上寫著的那些人名。他被自己的行為嚇得不知所措，彷彿地上的字跡是由另外一個寫出來的一樣。他的眼前漸漸呈現出父親和祖父臉上鑴刻著的迷茫的神情……」他不僅視村中所有人的目光「充滿敵意」，而且幾乎跟自己的兒女們也毫無交流。趙虎「在獨自一人面對父親的時候總是感到一種莫名其妙的緊張，尤其是沉默不語的時候，他更是手足無措，在他的記憶裏，父親像是對沉默上了癮，在他那兩片薄薄的嘴唇中似乎掩藏了無盡的心思。」趙龍也幾乎沒有跟父親說過話，「每到他們獨自面對的時刻，趙龍總是感到一陣莫名其妙的局促不安。」而柳柳、梅梅也都無不有孤獨的癖性。對於父親「柳柳幾乎從來不敢正視他那張冷漠的臉頰」，梅梅則更是很少跟趙少忠講話，趙家人總是孤獨地固守著他們的內心，他們無法溝通，無法對話，彷彿都患了失語症一樣。至於啞巴和翠嬋，他們作為外鄉人最初並不具有趙氏家族所共有的孤獨多疑的特徵。啞巴是隨著戲班子來子午鎮的。他對戲班子的迷戀使人很難把他看作是性格孤僻的人，因為戲班子總是和嘈雜熱鬧的場合聯繫在一起的。而一旦他被趙家正式收留之後，當他真的彷彿已成為趙家中的一員時，啞巴也變得讓人難以捉摸了，「他躲躲閃閃的目光像是包含著某種不為人知的秘密」，他的「沉默寡言」使柳柳擔心，認為他的聾啞是裝出來的，「她害怕有一天他會突然說出一兩句什麼話來」。翠嬋是在經歷了宮塘鎮上那個觸發情焰的夜晚之後來到趙家的。她對趙少忠難以說明的戀情使她無法抗拒趙少忠躲躲閃閃的目光對她的誘惑。最初我們在小說中還能聽到她爽朗的大笑，但當她漸漸與趙家融為一體時，在她臉上也

蒙上了「沉重的陰影」，儘管她試圖使自己成為「一個外來人，一個旁觀者」，但她最終也被大火的陰影所籠罩，甚至她有時覺得自己親眼看到了幾十年前的那場大火。「她感到自己在籠罩在這個大院上空的命運的迷霧中越來越遠，除了心中尚存的她對於未知將來的一種莫名其妙的興趣，她日益覺得心力衰竭，疲憊不堪」。可見，大火、死亡等一連串的災難以及這災難背後鮮為人知的秘密共同鑄造了趙氏家族孤獨的心靈，他們在孤獨的存在中咀嚼和迴避災難，但沉重的心獄卻注定了無法擺脫。

　　其二，無名的恐懼。如果說孤獨構成了主人公心獄的一個層面的話，那麼恐懼則是遙相呼應的另一層面。趙伯衡、趙景軒晚年的恐懼和害怕自不必說。就是外表不失長者威嚴的趙少忠，雖然在家族和鎮子上扮演著權威角色並受到尊重，但他的膽子卻像「菜籽一樣大小」。一個黑影在樓梯拐角處劃亮一根火柴就足以使他魂飛魄散，「骨碌碌地順著樓梯滾了下去」；散落的豆子「像水珠一般濺落的聲音」也使他從夢中驚醒，再也無法入睡。他的臉上永遠鑲刻著焦灼和惶恐，「像一塊發了黴的朽木」。而恐懼多疑症甚至已成了女兒柳柳對於外界環境的超常感覺方式，成為一種被應驗的不祥的預兆，「惡夢一個接著一個向她昭示了未來發生的一切」。趙虎一踏上子午鎮也就「被一種莫名其妙的恐懼感籠罩著」。他總感到在那條船修好之前有一件什麼事在等待著他」，他不但磨了一把尖刀帶在身上，而且甚至到了不敢回家住的地步。但趙虎的死是小說一開頭就注定了的。三個外鄉女子用幾隻髒兮兮的花圈給趙虎拜年，就彷彿宣布了趙虎的死刑，而他也真的就死了。至於趙龍，他不但覺得「這個荒蕪的大宅好像從來都不適合他居住，它就像一艘即將沉沒的船隻，他總是渴望遠離它，或者希望有一天它在地上消失」。這種近乎怪誕的感覺連他自己也無法說清，而且，他生命的末日幾乎就全是在恐懼中度過的，「用一根樹杈抵住門，躺在涼颼颼的床上」，他久久難以入睡，「趙虎的臉上被固定的驚駭的表情不時在他眼前閃現，那把在他的身體上沒入很深的尖刀使他感到胸口一陣陣發麻，村裏那些充滿敵意的人的臉在空氣中隱伏著，他一遍遍地在黑暗裏聚斂著那些散亂的目光，最後他看到了一副枯樹般的瞎子的臉。」當死亡來臨時，他已經絲毫沒有勇氣反抗已過於蒼老的父親，「他感到一種令人難以置信的恐懼正把他的軀體一片片撕碎」。也許真正的兇手並不是他的父親，因為內心的巨大恐懼已經事先殺死了他，所以這間小屋裏發生的事才會「像拂過曠野的輕風沒有留下一絲痕跡」。就是翠嬋也時時被夢幻般的

「莫名其妙的惆悵」纏繞著,「她記不清趙家大院是從哪一天開始倒楣的,在這個空闊的大院裏呆了幾十年之後,翠嬸對它越來越感到陌生。趙虎的猝死帶給了她一絲隱隱的憂傷,除此之外,她更多地感到了恐懼,這個院落的平靜的外表之下似乎一直隱藏著什麼鮮為人知的秘密。」在這裡,我們發現小說所展示的主人公的恐懼其實有兩個方面的內涵:一方面,它是對災難、對死亡、對「敵人」的恐懼;另一方面,它又是對命運和報應的恐懼,是一種心理真實。當柳柳第一次在樓梯上發現死鼠時,她只是奇怪,「老鼠怎麼會死在這兒?」而當她不止一次地在樓梯上看見死鼠時,同一事件的簡單重複就具有了令人恐怖的意味。當第一次「趙家的郎豬被剝掉皮還從地上立起來在地上到處亂竄」時,它也許會引人發笑,而第二次它就成了可怖的事情了,「送葬的人被眼前的情景驚得目瞪口呆」,它因此成為一種凶兆。這些凶兆連同遍布小說中的傳說、預言和夢境都共同傳達出一種不祥的命運氣息,成為主人公精神恐懼的一個重要原因。

而孤獨和恐懼的必然結果就是人生的變態。由於創傷性的經驗,主人公們總是在意識中放大自己想像中的敵人,並在不斷的壓抑中引起不斷的焦慮。這事實上在他們的心獄中已經再造了一個敵人,它不僅僅是一種幻象,而且直接成為主人公對自身處境的一種判斷,成為對周圍事物的一種態度,成為一種對外部世界的感知方式。它既是對孤獨中恐懼的深刻體驗,同時也是一種不斷被反覆體驗著的東西。這種情況下,世界,被認定為「充滿敵意的」,是「我」的對立面和「敵人」。反之,「我」也把自身置於世界的對立面,「我」也成了世界的敵人。這正是解釋主人公們怪誕行徑和變態人生方式的重要關結。

三

格非的小說向來注重故事,他善於運用博爾赫斯式的機智把小說的情節和懸念營造出一種戲劇性效果,虛虛實實,撲朔迷離。然而不同於傳統意義上的情節小說利用錯位的情節在閱讀過程中得以重新組合讓讀者在真相大白後的恍然大悟中實現閱讀期待的藝術手法,格非不僅拒絕對小說最初的懸案提供答案,而且在小說結束時,反而會給讀者留下更多的疑問。它的故事不僅不和「遊戲」同步結束,而且在故事結束時,遊戲才真正開始。這也許就是「格非迷宮」的精奧所在。在《敵人》中情節鏈的補充已變得無足輕重,

甚至連最初那場大火的懸案是否解決也變得毫無意義。小說中正式出場的人物以及所發生的事件與那場火災幾乎沒有任何關聯。那場大火對於他們來說不過是個「遙遠的印象」。它是作者在引子部分為小說中的人物設置的一個陰影，一個「紅色的影子」。重要的是這個影子對人物究竟施予了什麼影響；而對讀者來說，它是智力遊戲中的一個陷阱，誘使讀者過分專注於破譯手稿中的秘密，而把真正的懸念保持到最後，從而使讀者在這場智力角逐的遊戲中始終佔據主動，同時也避免了讀者由於提前破譯或者說閱讀期待的提前滿足，而使故事變得索然無味。因此，我們發現，《敵人》事實上構成了一個特殊的小說世界，在這裡既存在一種隱喻的大方無隅的哲理世界，一種寫實的深入奧秘的心靈世界，又存在一種虛無飄渺的神話傳說世界，一種能觸目驚心的人類現實世界。它們形影相連，無法分開。這個世界好像包孕了一個永遠不會消失的預言，雲集了人類所創造、所想像、可望而不可即的一切現實，主觀的和客觀的不可分割地交織在一起，使讀者在恍惚和清醒之間徘徊，在現實和非現實中徜徉，並在幻境中理解真實，在真實中溶入一個神秘的世界。

雖然，在小說的行進過程中，「誰是敵人？」這個懸念得到了部分應答。比如猴子似乎死於麻子之手，而麻子與趙少忠有某種曖昧關係，趙龍也確確實實死於趙少忠之手，我們在打雷的光亮中看到了趙少忠「蒼白的臉」。但小說開頭破空而來的第一大懸念「誰是縱火者」並沒有得到揭示；趙虎的被刺死和柳柳的被姦殺也都是懸案未破；三個被劃去的人名也被趙少忠丟進了火盆難見天日，三個人名彷彿三個巨大的問號連同那隻燃燒的火盆成為了主人公記憶中的巨大紐結……格非正是通過懸念的增殖和情節的流失過程構築了一個巨大的充滿可能性的「迷宮」，它既帶給讀者不盡的誘惑，也為小說文本增添了神秘的魅力。概括起來說，《敵人》的「迷宮」建構具有以下幾個特點：

第一，非判斷性敘述。《敵人》最大程度賦予了小說情節直達本意的功能。他堅持只作陳述而不作判斷，從而使閱讀過程成為讀者參與創作的過程，成為一種智力遊戲。通部小說完全貫徹了陳述的原則，一切都只是過程的敘述。即使在唯一的一段關於主人公心理的描寫中（第五章第 13 小節），那段未加標點的內心「獨白」，由支離破碎的意識流動碎片連綴而成的大段回憶，也還是以陳述事件的方式來表現的，關於人物心理活動以及性格邏輯的發展究竟怎樣，作者似乎並不比讀者知道得更多。他的唯一的興趣似乎僅僅在於如何巧妙地使事件發生的時間與本文的敘述時間錯位，從而不斷地製造懸念，使

讀者始終在「是誰」「為什麼」「後來怎樣」這一連串的追問中保持一種閱讀期待。同時，小說的語言和故事也據此獲得了一種客觀性效應，它使那些神秘夢幻色彩的故事在語言上獲得了一種真實性。

第二，暗示和象徵手法的大量運用。《敵人》是一部充滿隱喻性的小說，作者有意識地抹去現實與非現實的界限。瞎子的預言和柳柳的夢兆的準確應驗，使最為平常的事件也罩上了一層神秘色彩，它在我們心中引發了一種捉摸不定、朦朦朧朧的情感。這使我們不但不能夠肯定在這個世界中，真實與幻象之間是否真有一條明確的界線，而且也無法判定作者所選擇的世界的真實性質。初看起來，這部小說完全恪守著寫實的原則，沒有什麼過分的誇張和虛幻的色彩，一個家族因為一場大火而衰敗，這是平常的話題，而一旦作者以暗示性寫法來代替原原本本的描述時，事件本身就具有了更多的意味，同時也構成了象徵。錢老闆的花圈店正對著趙家的院門，這可能是完全偶然的細節，但在趙家不斷被「死亡」事件困擾時，這種不尋常的重複，便使原本最為平常的事件突然間具有了象徵的意味，成為一種與死亡做鄰居的象徵。趙家大院本身是災難的承受者，然而當災難接踵而至時它本身就已成了災難的一種象徵，「鴿子、小鳥以及所有的活物都離它而去……趙家大院的每一個人都渴望逃離它」。而象徵之外，我們更多的應注意到這部小說中星雲密布的暗示，可以說理解暗示，正是解讀這部小說的鑰匙。暗示本質上是一種話語的省略，一個眼神，一個手勢或神態都可以成為暗示性語句。翠嬸「以自己獨有的方式向趙少忠傳遞著天真的暗示」，她在為趙少忠趕做的鞋幫上繡上一朵晚茶花包，在為他縫的被子裏夾上一縷自己的黑髮。這種意味深長的表示是否被對方覺察和領會，需要一種默契。而在柳柳被姦殺的場景中作者提供給我們的唯一線索是「一束灰色的光影」和「敲擊她後腦勺的那件東西像一根捶洗衣服用的木杵」。這根「道具」使我們聯想起了三老倌曾把一隻「扒灰用的木榔頭」塞到趙少忠手中……這個暗示性的場景，由家族長者履行的這個儀式彷彿是古老的「初夜權」的象徵。但誰是兇手？是那個有著眾多私生子並時常使柳柳恐懼和心慌意亂的三老倌，還是那個「在她夢中縈繞多回的人」——父親？而柳柳請女尼圓夢的場景則進一步暗示了這個夢中的亂倫意味。這幾乎使趙少忠作為罪犯的可能昭然若揭了。猴子的死在小說中也始終是個疑問。趙龍小時遭到趙少忠毒打本不會「生出孩子」，我們通過暗示才能推測出猴子的真正父親恰恰是那個被他稱作祖父的人。趙少忠顯然同猴子

的母親——那個如花似玉的外鄉女子之間有一段超出名份的私情。第五章第
13 小節那段無標點回憶中將猴子同那場羊圈裏發生的偷情場景聯繫在一起似
乎證實了猴子的身世。於是以往所有朦朧的暗示突然間有了明晰的意味，為
什麼趙龍父子有時會像兄弟一樣；為什麼趙少忠停留在猴子身上的目光會「像
蛇一樣遊開」；為什麼當三老倌戲稱猴子為野種時趙少忠會「像被雷擊了一下」
等等疑難問題頃刻間都有了合理的解釋。而趙虎的死似乎可以免除趙少忠的
嫌疑，但他在埋葬趙虎時「慌亂之中他好像是自己親手將趙虎殺死的一樣」
這暗示性的情節也隱約透露了他內心的某種隱秘，至少我們可以從兇手近乎
「大模大樣」的離開中猜測出趙少忠與兇手不同尋常的關係。至此，我們突
然發現，這個始終保持著「彬彬有禮的外表」的家族統治者，恰恰就是這個
家族的最大「敵人」，幾乎每樁命案都與他有關。當他把世界認定為自己的敵
人時，心理上的巨大恐懼和病態的虛弱反而使他在行動上最終成為整個世界
的「敵人」。他最不能容忍的敵人是離他最近的人和最為熟悉的人，只有當這
些人陸續死去之後，他才終於從病態的恐懼中解脫出來，「枯皺的臉上泛出早
已消失的紅潤光澤」。從某種意義上說，趙少忠甚至對災難和死亡有著潛隱的
期待，「在過去平靜的歲月之中，他總是被隱約的恐懼感壓得喘不過氣來，當
災難在他身邊降臨的瞬間，那種壓抑之感早已消失得無影無蹤。」

顯然，在格非的《敵人》中，作為情節紐結的「敵人」，既是主人公心獄
的癥結，同時也是小說結構的動力，它以一種悖論式的存在營造了一種迷宮
氛圍。作為主人公的趙少忠和家族其他成員一樣都有著對「敵人」的恐懼，
雖然他曾努力壓抑這種恐懼否定「敵人」的存在，並總是扮演一個否認並為
罪犯開脫的角色，他所不斷重複的「猴子太頑皮了」「沒有人能活那麼久」「沒
有人和我們過不去」這些解釋其實他自己也未必相信。但最終他還是自己作
為敵人凸現出來，趕盡殺絕了家族中幾乎全部的生命，從而印證了戈爾丁的
一句名言：「一夥人與另一夥人生來是沒有兩樣的，人類的唯一敵人存在於人
類的內心。」然而，那個縱火者，那個家族的真正敵人依然在迷宮深處微笑，
趙少忠的解脫恐怕注定了只是暫時的，前途依然迷茫。

第十六章　《東八時區》：對於生命的兩種闡釋

　　對於文字之外的那個小說家洪峰我其實根本就一無所知。但他攜帶著《翰海》《奔喪》《極地之側》等小說在當年新潮小說第一個潮頭上踏浪而過的迷人景象是如此令我無法忘懷，以致當《風》《米》《呼喊與細雨》《九月寓言》等新潮長篇小說呼嘯文壇之時，我對他的懷念終於無法遏止。我不知道如果不是洪峰帶著《東八時區》在 1992 年第 5 期的《收穫》上再次破空而來，我將如何終結我那遙遙無期的「單相思」痛苦。從這點來想像，洪峰至少是一個善解人意的作家。而《東八時區》則更是一部善解人意的小說，它帶給我的閱讀快感和滿足是如此強烈，以致我無論如何也無法控制自己的話語欲望。洪峰曾自稱他的小說主要關注人的生命、愛與死亡。史鐵生也指出：洪峰這人主要不是想寫小說，主要是借紙筆以悟死生，以看清人的處境，以不斷追問那個俗而又俗卻萬古難滅的問題——生之意義。這確實是洪峰所有小說的共同主題，《東八時區》自然也沒有超越這個總主題。然而，也就在對這個主題卓有成效的藝術闡釋上《東八時區》提供了嶄新的美學經驗，呈現出一方全新的藝術風景。小說在兩個家族的框架內描繪了歷時和共時狀態中各種不同的生命狀態和生命態度，在由不同歷史時空、地域經濟背景、各異的氣質、經歷與社會地位、文化性格等所促成的人生悲歡和生命、愛、死亡的複雜而又矛盾的形態後面流淌著作家對生命存在的詩意嚮往和對生存意義的永恆追問。而性愛和死亡無疑則是這種追問的藝術視點，它們既是小說故事的結構線索和藝術關杯的焦點，同時又辯證地拆解著生命的神秘，以各自的

主題象徵意義共同構築了《東八時區》深邃幽遠的人生意味。我覺得這部小說對於洪峰的意義是雙重的：一方面，它超越了洪峰以前小說（也是所有新潮小說）晦澀難懂的敘事風格，小說文本形態上呈現出一種技術的明晰境界，這也可算是對新潮小說既有藝術形式的一種顛覆；另一方面，它超越了當前新潮長篇小說的題材囿限和「歷史」化傾向，顯示了新潮作家直接介入現實人生的藝術能力，修正了新潮小說遠離現實的偏激形象，擴張了新潮小說的藝術功能。對於這部具有現實主義或新寫實主義風格的小說，我的解讀不可避免地陷入了一種尷尬，但我無論如何不願放棄小說賦予我的哪怕是荒誕的思想過程，我只有義無反顧地走進《東八時區》的藝術世界，別無選擇。

二

洪峰是以對生命的過分執著和過分敏感區別於其他新潮作家的，但與其他作家沒有顯著區別的卻是他對生命的朦朧而又含混的理解。在《東八時區》及此前的大多數小說中洪峰總是以性愛作為理解生命的邏輯起點，企圖通過性愛來復蘇生命的原欲，當心理體驗和幻覺回憶式的性愛無法拯救現實人生時，他有時乾脆就棄心理與現實的矛盾於不顧，將其演示為一場蓬蓬勃勃的原欲意義上的現實性性愛運動。事實上，就性愛的本質而言，它是一種最基本的人類生命關係，在性愛中包容了生命的全部美感和神秘，它是種族繁衍和綿綿不盡的血緣關係的紐帶，也是人類生命本能的確證，人類的文化行為和生命方式最終都會打上性愛的印記。可以說，在某種程度上性愛正是人類文明演進的根本動力。因此，洪峰選擇性愛作為自己闡釋生命的視角和邏輯起點既是他的深刻之處，又存在著先天性的偏差，尤其當他在《生命之覓》等小說中對性慾作簡化社會性程序的露骨描寫時，這種偏差就更是昭然若揭。顯然，《東八時區》是一種超越。雖然小說所展示的人生故事仍然以各自的性愛經歷為中心，在許多時候作家仍然沒有放棄直接跨入性本能領域的直率甚至粗魯的領會生命的方式，反覆渲染了主人公們的性體驗、性意識、性快感。但同時《東八時區》也賦予了性愛較多的社會性內容，並且不乏抒情性的描寫，這帶來了小說中性愛形態的矛盾性和複雜性，也創造了最動人也最使人困惑的藝術魅力。具體來講，《東八時區》以祖孫三代人的性愛生活為中心展現了三種性愛形態：

其一，祖父輩的性愛。盧振庭和田玉蘭的結合有一種古典英雄主義色彩，

盧振庭親手殺了兩個日本浪人，並以一種原始質樸的方式給了田玉蘭生活的勇氣。從此，他們同生死共患難，劫富濟貧，保護女性，成為具有傳說色彩的神男仙女，最後雙雙殉情殉節而死，共同譜寫了一曲舊時代的俠義愛情頌歌。如果說對比於封建正統婚姻文化形態盧振庭式的性愛畢竟具有邊緣性的話，那麼王先佩的性愛模式正典型地契合了封建婚姻文化的本源形態。作為一個封建時代的商人王先佩有三個太太，照理這種畸形婚姻所完成的應該是最不道德、最違反人性、最醜惡的性愛。然而，小說卻賦予其一種特殊的和諧。這一方面源於二太太的樂天知命；另一方面也源於王先佩的民主性格和善良人性。很顯然，本質上盧振庭的性愛和王先佩的性愛是根本衝突的，前者超越於文化秩序和社會軌道之外，後者正是這種文化的產物，而且王先佩式的性愛也正是盧振庭所切齒痛恨的，但小說卻賦予了他們各自獨立不可或缺的和諧與美感。這不僅體現了作者觀念的大膽和反抗教條式意識形態的勇氣，更重要的是它呈示了藝術思維的辯證法，從另一個側面展示了最具不可言說性的人類性愛的複雜性。

其二，父輩的性愛。如果說在祖父輩的性愛形態中作家揭示的是一種和諧性的話，那麼在父輩的性愛中作家挖掘的則更多是其矛盾性和複雜性。王家四姐妹的性愛中王路琴的婚姻最缺乏現代情愛色彩和生命詩意，但卻是小說時空中最穩定的一組性愛關係，人生也許終究就無法避免這樣的悖論！盧景林和王路遙的愛情則是一場真正「曠日持久和艱苦卓絕」的浪漫的結果，這裡有詩情的夢想，有奔放的激情，也有現實的磨難，更有盧景林式「強姦」的悲壯。而王路敏對姐夫的崇敬和愛則使他們的性愛陷入了三角誤區。時代和文明的進步使他們失去了王先佩在相同處境下的平靜，而是各自陷進了永劫不復的精神苦海。盧景林背著兩個女人的十字架艱難地消耗著自己的生命，而兩個女人則更在愛與渴望、衝動與壓抑的心靈搏鬥中咀嚼各自靈魂的痛楚和生命的殘缺。在這裡，我們發現了主人公本能欲望與文化倫理的激烈衝撞，作家關注和表現的仍是人性中善的一面，反映的是主人公主動的文化倫理壓抑和人性痛苦。而到了王建生式的三角性愛中，我們則發現了完全相反的形態。王建生和王路玲有一段閃電式的性愛關係，但文化大革命中先是造反派派別之爭介入進了他們的婚姻，然後是女大學生周明秀直接製造了他們婚姻的解體。王建生毫不猶豫地完成了盧景林想做而不敢做的抉擇，重新確立了新的婚姻。可惜，時代風雲的變幻很快就改變了這段性愛的顏色。苗

人鳳以幾乎和王建生同樣的方式搶走了周明秀，王建生注定了只能在一種報應般的人生遭遇中品嘗自己釀造的苦酒。如果說盧景林式的性愛還有一種絕望的追求詩意的崇高的色彩的話，那麼王建生、苗人鳳式的三角性愛則是完全的拒絕詩意，在他們的性愛形態中不僅找不到詩意的餘燼，找不到精神性的情愛火花，而且他們根本上就把性愛視為一種純粹的肉體欲望的佔有，一種社會政治性的交易，此外我們還能嗅到一股人性惡的濁臭。當然，這種畸形性愛也有著畸性社會現實的投射，這種投射最典型地表現在李爾剛和鄧婕婕的性愛關係上。政治與愛情的兩難不僅葬送了一個可能相當美麗的婚姻，而且更重要的是從精神上戕殺了一個人。政治和歷史的殘酷就這樣毀滅了愛情的詩意，潛藏在這齣性愛悲劇後面的已不僅是一齣生命和人性的悲劇而更是一齣社會和歷史的悲劇，我們從中讀到了沉重，讀到了反諷，更讀到了憤怒和詛咒。

　　其三，子輩的性愛。不同於上兩代人的性愛觀念和生命態度，以盧小兵、盧小杉為代表的這代人的性愛遠離了文化、道德、倫理的束縛，具有更為自由開放的色彩，然而卻更為現實地拒絕詩意。盧小杉與朱力的浪漫戀情終於無法抗拒戰爭的殘酷，朱力男人功能的喪失帶給雙方的既有巨大的人生傷痛和遺憾，又有性愛理想的幻滅。盧小杉的嫁給萬家喜正是她認同現實的表現，這種認同也驅使她在厭倦西北邊地枯燥的生活後毅然決然地返回家鄉。顯然，這一代人已經不再相信神話，不再執著於精神的虛幻和空洞的詩意，他們根本不願為某種文化的虛榮而作出虛偽的承諾。姜麗在丈夫王路犧牲後，也毫不猶豫地打掉了自己懷孕三個月的胎兒，堅決地割斷了與既往性愛的關係。雖然，她的行為表面上悖於我們文明積澱中的某種文明渴望，但又有誰能對她遠離浪漫和詩意的人生抉擇說長道短呢？

　　而盧小兵的性愛生活又代表了這代人性愛觀的另一個方面，即對本能意義上原欲滿足的渴求，她的性愛經歷正演示了這代人在性愛態度上由追求精神上的詩意浪漫到遊戲性的欲望滿足的過程，也就是由詩意到反詩意的過程。盧小兵和趙啟明的愛情很有祖父盧振庭式英雄美人的古典色彩，甚至為了這段性愛生活她還氣死了父親。但趙啟明流汗的後身及身下女人的呻吟徹底摧毀了她的詩意夢想。其後她和劉大剛、李蒙、畫家等的性交往都有遊戲性質距詩意已是相當遙遠了。直到魏迪降臨她身邊，她才重新拾起了失落的愛情夢想，她的「像妓女一樣看人的眼睛」由此變得清澈，石島偷歡的日日

夜夜，更使她真正體會到了性愛的美和驚心動魄的力量。但這種愛的深刻體驗隨即又從另一個層面驅趕了性愛的詩意。本來性愛的追求作為人生存過程中的原動力之一，它應當融入文化形態而成為一種社會化行為，並通過蓬勃的生命激活外在文化，然而盧小兵卻拋棄了社會、道德、文化、倫理使之成為純生理和心理意義上的性愛運動，這其中必然蘊含著自身無法克服的矛盾。作者顯然也無法解釋這種矛盾，他無力為盧小兵和魏迪設計永恆的世外桃源式的石島，也無法把他們永遠安排在現實之外，作家抬出命運讓魏迪如此倉促的死去，正是迴避矛盾的一種消極方式。

對於《東八時區》來說，上文我們分析的三種性愛形態既有著各自的獨立性和對比參照意義，同時又有著共同的精神聯繫，貫穿於三者之間的是一種濃得化不開的沉重與感傷，在某種程度上這也正是整部小說的基調。事實上，在小說中性愛已不僅是一種人生形式，而是作家觀照歷史滄桑及生命存在的角度。首先，作家在性愛裏寫盡了時代的變幻、世事的滄桑。不同形態的性愛受制約於不同時代，同時又是各自時代的一個側面和投影，從性愛中可以發現文化、政治、歷史的涵容狀態；其次，小說展示了性愛本體的全部複雜性，既渲染描繪了王路敏、周明秀、盧小兵等主人公破身瞬間的或歡樂或痛苦的生理心理體驗，又揭示了性意識、性衝動中的人性色彩；再次，小說反覆強調了命運對於性愛形態的決定性影響，而且某種程度上時代、政治、文化的氛圍也正體現為一種左右性愛進程的命運。性愛的沉重和愛情的殘缺與失落是主人公始終無法逃避的悲劇命運，小說也始終未能突圍出「13」這個不吉利的命運數字，而只能在對「13」的「上、中、下」的環繞中終篇。「13」的陰影籠罩了整部小說。

三

在我們對《東八時區》性愛描寫的分析中我們時常會和死亡的話題不期而遇。雖然我們反覆強調了性愛在小說中的中心位置，但性愛無法繞開死亡而直接奔赴主題。顯然，無論在作家的意識中還是小說的涵義空間裏性愛和死亡都是一對相輔相成的互補視角。如果說性愛旨在激活生命能力的話，死亡則重在審視生命衰竭；如果說性愛描繪的是生命的形而下的狀態，那麼死亡則更關心生命的形而上意義；如果說性愛對生命的闡釋具有世俗的性質，那麼，死亡則提供了一種關於生命超越的超驗的視角。海德格爾曾指出：「日

常生活就是生和死之間的存在。」在任何一個生命的時刻,我們都走向死亡,死亡其實就是生命的一種特殊形態。生命和死亡只是一個統一的存在形態的兩個方面,在其形而上意義上,兩者屬於同一個哲學的問題。對於洪峰來說,它以《東八時區》來完成的對生命的一種構想和對生命的一種想像,本質上正是基於生命意識中性愛衝動和死亡恐懼的相互纏繞,而死亡的宿命性更是直接決定了人的生存態度和生存方式。洪峰總是富有創造性地將他的主人公設置到一個個特殊的情境裏,讓他們孤獨地面對自己生命的種種可能與不可能。這時候,死亡既是被動的宿命,又是主動的選擇,既是人生的沉淪,又是人生的超脫。它已經沒有了通常我們所感觸到的嚴峻、悲哀,而是做為一個起點、一種參照、一種尺度在小說的審美觀照中導演著生命的戲劇。當我們具體考察小說所呈示的各種死亡形態時,我們又發現了死亡和性愛無法割裂的緊密關係:死亡是性愛的結果,性愛是死亡的原因。正如盧小兵所說,他們家有自殺的遺傳,王路敏、盧小紅、朱力乃至盧小兵自己都直接或間接地為性愛而自殺過。雖然,盧小紅和王路敏的自殺是對特殊時代的一種抗議,但同時更是對自身性愛前景的絕望。這種絕望也直接導致了盧小兵和朱力的蹈海自殺,雖然他們最終沒有抗拒生命的誘惑,但如果沒有遭遇拯救,他們精神的死亡則無以挽回。還是讓我們循著洪峰的視角來具體剖視一下他對人類現實生存處境和永恆歸宿間無法克服的矛盾的解釋以及《東八時區》呈示的兩種死亡形態吧:

其一,雖死猶生。這裡涉及的是精神和肉體的二律背反,以及生命極限和靈魂永恆之間的辯證關係。盧振庭夫婦是小說時空中最遙遠的一次死亡,然而他們殉情的慘烈和悲壯卻一直作為一種籠罩性的精神氛圍籠罩在小說的時空中,幾十年後盧景林還夢想著能為父母平反,他大學畢業後到岫岩工作其最隱秘的願望也是為了探訪祖父的事蹟。在李龍崗、七師哥等老人的記憶裏祖父母更是神聖得不容玷污,一談起他們就會止不住的熱淚盈眶。而盧小兵則更是以祖父作為自己第一本書的主人公,她所努力的正是從精神和文字上復活祖父和家族的英雄歷史。在這種死亡形態中王路敏的自殺更具有典型意義。在王路敏決心把盧景林完整地還給姐姐之後,她的心其實早已經死了。她的政治狂熱其實正是轉嫁痛苦的一種方式。老劉頭對她的強姦和虐待只不過現實地堅決了她赴死的決心,她的自殺一方面維護了自己的清白,另一方面,更是為了捍衛心靈中的那塊性愛的聖土,她試圖以死完成的是那段生命

輝煌的永恆。小說最後魏迪臨死前寄給盧小兵關於王路敏仍然活著的信，正是暗示了性愛超越死亡的象徵主題。

其二，雖生猶死。這是一種相反的死亡形態，是一種精神泯滅的本質死亡。朱力被戰爭剝奪了男人的功能，生命理想的幻滅和心靈的空虛絕望事實上已經是一種永無止境的人生折磨了，他的犯罪正是對自我的一種虛妄的證明，是對人生的絕望而悲涼的嘲諷。對於他來說，死亡只是一種儀式，他是如此坦然如此平靜地面對最後的槍聲，因為這槍聲正是他在離開戰場之後就一直期待著的。李爾剛在性愛挫折和政治失意的雙重打擊下，終於變成了一個在大街上強姦老婆的瘋子，他那像女人一樣的嗓音在小說中響起時不由得令人不寒而慄。與他相似，苗人鳳脆弱的心理經不住政治挫折的打擊，以一種畸形的性愛心態陶醉於女人般的尋死覓活和阿Q式的精神妄想中，他事實上已成了一堆毫無生命價值的行屍走肉。對他們來說，活著就意味著一種死亡，一種生命的蒸發。怎麼才能超度自身呢？

顯然，對於洪峰來說死亡既是人類孤獨境界的體現，同時也是擺脫孤獨境地的唯一方式。正如莎士比亞在《俄狄浦斯王》中所說：「在還沒有跨越生命的大限之前，在還沒有從痛苦中得到解脫之前，沒有一個人敢說自己是幸福的。」因為人被置於一個廣大無比的空間之中，在這種空間中他的存在似乎處在一種孤獨的盡頭。他被一個不出聲的宇宙所包圍，被一個對他的宗教情感和最深沉的道德要求緘默不語的世界所包圍。人的孤獨是終極的，近乎命定的。因此，超越孤獨則是人類近乎西西弗斯般努力的最深動力。因而宗教、政治、哲理、愛情、死亡等正成了超越孤獨、超越死亡自身而步入永恆的臺階。確實，在《東八時區》中我們可以發現許多的人生失落以及對失落和孤獨的恐懼，但我們卻很少能看到主人公的死亡恐懼，無論是第一種還是第二種死亡形態中主人公面對死亡都有一種異乎尋常的寧靜，尤其是相對於小說中對於性愛追求的躁狂，這份寧靜就更為觸目驚心。在小說中即使是偶然的或意外的死亡也被賦予一種拯救和解脫的功能。魏迪死了，他可以抹去情感和理智的痛苦，不必為妻子和情人的矛盾而困惑，也徹底解脫了心靈深處對妻子的原罪感和負疚；二太太死了，她終於可以不再為子女操心，不再為老頭子和老三的重修舊好感到痛苦；盧景林也倒下了，許多年來的懺悔與思念，衝動與壓抑再也不能折磨他的生命，他終於可以放棄他的責任和義務自由地去追逐他的情人和實現那遙遠的「俄羅斯夢想」了，倒地而死是一種

多麼及時的拯救啊！

我們發現，洪峰的《東八時區》正是洪峰親自駕馭的生命舟筏，它從性愛之河中漂流而來，卻不得不停泊死亡的港灣，超越人類悖論本性和生存困境的路途依然是「生死兩茫茫」。洪峰揮動著性愛和死亡的雙槳，建構的卻終究是含混的生命。那麼，生命之筏又將如何遠航？

四

當我試圖具體地分析《東八時區》的藝術成就和藝術魅力時，我終於不得不再次撿起關於敘述的話題，儘管前文我曾經說過《東八時區》有非常樸素的敘述形態。而且，我發現正是這種對於洪峰來說前所未有的樸素蘊育了觸目驚心的敘述變幻和美學新質。洪峰其實正是以一種不動聲色的表面復歸完成了一場敘述革命，這場革命不僅對於洪峰本人而且對於新潮小說群落都具有拯救和啟示意義。《東八時區》是一部典型的複調小說，「複調」式的敘述改造了新潮文本的晦澀特徵，而創造了一種具有復合特徵和可接受性的敘述風格。照巴赫金的說法，複調小說具有這樣幾個顯著特點：1. 複調小說的主人公不僅是作者描寫的對象客體，同時也是表現自己觀念的主體；2. 複調小說的主旨不在於展開情節、人物命運、人物性格而在於展現那些有著同等價值的各種不同的獨立意識；3. 複調小說沒有作者的統一意識，它是由不相混合的獨立意識，各具完整價值的聲音組成的對話小說。主人公的自我意識的獨立性、對話性以及主人公與主人公、主人公與作者的平等對話關係在這類小說中被高度重視。而對於《東八時區》來說，其鮮明的「複調」特徵首先體現在小說敘述人的設置上。洪峰放棄了曾經一度使中國當代文學天翻地覆而他自己亦是情有獨鍾的第一人稱敘事，採用了被新潮作家視為落後技巧的第三人稱全知敘事。敘述者潛隱於小說的故事和主人公後面，消泯了第一人稱敘述者的主觀傾向和個體價值評判，而是以敘述的方式全方位地呈現人生。敘述者從未在小說中露面，但卻對故事和小說有一種先知般的超越地位，而敘述語言就具有了一種預言性，像「盧小兵一直熟悉那種氣味，1989 年初夏盧小兵再一次從自己的呼吸中嗅到了十二年前的那種氣味，盧小兵意識到自己的命運在降臨人世的瞬間就已經被規定，她應該對命運表現出尊重」，「後來，副區長毀在鄧婕婕手上」，「王家姐妹、除了小妹王路敏，其他三個都領導了自己的婚姻革命。從九十年代的角度看問題，王路遙的革命最浪漫和艱

苦卓絕」，「如果不是在 1983 年春節突然見到盧小杉、朱力真以為自己的思想
中不再有 20 歲前的記憶」這類敘述語式可以說鑲嵌在小說的各種情節故事的
轉捩處，從而以語言的方式控制著小說時空的切換。同時，由於小說敘述人
的幕後性質，他就具備了自由出入主人公的內外和故事內外的藝術能力，可
以對小說中眾多主人公作視角歸附，因而小說就提供了眾多主人公赤裸裸的
靈魂和精神狀態。雖然，在很大程度上我會把盧小兵誤解為小說的敘述人，
小說從她的出生寫起，又是在關於她的不幸命運中結束，祖父的故事也似乎
是她所尋訪出的，但「爺爺和奶奶，對她說來是一個傳說一個故事，她沒辦
法把時間和兩個老人聯繫起來，她甚至從來不曾被他們的故事真正激動過，
就如同看一幕失聲的電影，一切都有點荒誕不經，一切都可以隨你的心意去
解釋」，「歷史對她說來總有點含含糊糊，時間在她短促的記憶中無法與半個
多世紀前的人物和事件結合起來。盧小兵經常在最需要想像和虛構的地方陷
入困境，文學中的真實二字搞得未來的小說家對已經佔有的材料沒有信心」。
因此，她其實終究也只能發出她自己的「聲音」，她對於別人的故事並沒有發
言權。正因為如此，我感到這部小說具有一種多聲部的合唱性質：各種生命
和性愛形態彼此沒有價值上的評判關係，而只有平等的對比性的對話互補關
係。各個主人公正是以各自獨立的「思想」「聲音」和「態度」與作者、敘述
者進行著自由的對話，並進而交織成一曲關於生命存在的大合奏。

　　其次，《東八時區》的「複調」特徵也體現在小說的結構上。這部小說無
論人物關係、故事線索，還是情節演進都遵循一種「對位」原則，形成了一
種具有高度對話精神的復式結構。家族是一個重要的結構要素。正如前文我
曾說過的，家族的框架正是小說中眾多性愛形態和生命故事的展開背景，而
兩個家族在小說中也處於一種對比關繫之中，當王路遙和盧景林結婚後，兩
個家族的對話關係不僅徹底完成了，而且事實上已經合二為一了。此外，家
族在小說中也具有象徵意義，家族的歷史正是整個中華民族一段歷史的見證
和象徵，家族隱喻般地存在於小說的時空中，成為小說具體人生形態之上的
一股籠罩性的精神氛圍。象徵是一座橋樑，借助於它小說完成了家族與家族，
家族與時代、家族與歷史之間的對話，並從而使各個分散的小說單元和意義
群落有了結構性的關係。而小說的另一個重要的結構要素則是時間。作家在
《東八時區》中對時間的興趣濃烈得近乎反常，以至於讀者對小說中的每一
個關於時間的細節都不敢不深長思之。小說標題「東八時區」無疑是一種提

醒，它對於中國這個文化國度的特殊象徵意義要通過時間的敏感來體現，這本身就是意味深長的。無疑，作家放棄傳統的意象性象徵方式其處心積慮的目的正是為了製造小說總體上的時間氛圍。而在小說展開過程中，像「1957年初秋，盧景林和王路遙開始幫助王路玲籌措婚事」，「1948 年冬天，王路琴19 歲」，「盧小兵的爺爺死於 1947 年冬天」，「1991 年夏天，盧小兵和那個男人經過一番從精神到肉體的較量」這樣直接的紀實性的時間記載方式可以說比比皆是，作家通過時間的紀實作為聯結三代人不同時間段內的生命故事的結構樞紐，一個個的具體時間跳躍在小說中串聯起眾多人物和故事，使得《東八時區》現實時空和歷史時空互相交織，並以共時態的方式自由呈現在小說的敘述空間中，從而具有了電影蒙太奇的閃回效果。這樣，家族線索和時間線索互相推進並互相對話，共同完成了《東八時區》複雜的結構形態。

最後，我們還必須指出《東八時區》的「複調」特徵還直接體現在小說的語言上。小說整體的敘述語調是平靜的，但平靜中有幽默也有反諷。在老老實實正兒八經得使人懷疑的語言裏面，我們常常會讀到一種悲愴一種辛酸。無論是王路敏的故事還是李爾剛的故事都會讓我們體會到浸泡在語言中的這種情緒。而讀盧振庭的故事、盧小杉和盧小兵的故事我們則無法不體味到一種懷念和沉重的感傷。相反，在敘述王建生和苗人鳳故事的字字句句後面我們則發現了掩飾不住的嘲諷，甚至調侃。顯然，洪峰對於不同的生命不同的故事使用的是不同的敘述語言和敘述方式。這也就使得《東八時區》的語言形態具有了雙聲語的特徵，在語言的現實層面之下流淌著甚至根本衝突的不同「意味」。我想，無論如何洪峰的冷漠都是虛假的，「路遙和盧景林結婚後就沒有回蘇子溝，年底時申請退職，此後的幾十年她以一個純粹的家庭婦女身份生活，一直把幾個孩子撫養成人。」這樣的語言背後洶湧的情感力量對於主人公，對於敘述者，對於讀者都同樣是撼人心魄的。作家之所以蓄意製造這種語言假象正是為了讓小說的意蘊自在自為地湧現，為讀者創造一個充分佔有自己的閱讀心境。而這種語言矛盾也正是「複調」小說的典型特徵和特殊魅力。

第十七章 《呼喊與細雨》：切碎了的生命故事

　　儘管余華是捧著溫馨甜美的《星星》走上文壇的，但他確立在文壇的最終形象卻與此背道而馳。他的小說也被視為「人性惡的證明」，精神病者的「瘋言瘋語」。這就使評論界在對余華小說表層故事的盲目投入中難免對作家和作品的雙重誤讀。在誤讀面前，余華保持了寬厚的沉默。這種沉默帶給評論界的欣喜，終於沒能維持多久。1991 年《收穫》第 6 期上他推出了長篇新作《呼喊與細雨》，這部長篇無疑是余華自我文學形象的再次否定，並根本上顛覆了評論界對他的框定。小說回覆和平衡了他以往創作的主題，而顯出一種更質樸的圓熟，尤其是以其「新寫實主義」的濃鬱氣息，為讀者展示了另一個余華形象，並提供了許多新的話題。

一、故事：多重主題的變奏

　　這部小說的故事世界如果概括起來講就是敘述「我」六歲到十八歲所經歷的人生故事。故事演進的時空是「文革」中的「南門」和「孫蕩」。但小說展示的故事本身並不完整，其間充滿了眾多的人生片斷。「我」的故事固然在小說中佔有地位，但通過「我」而講述的馮玉青、國慶、魯魯、王立強、蘇杭、蘇宇等人的故事也同樣舉足輕重。從某種程度上說，小說正是通過切碎了的各自獨立的故事段落組合、構建統一的人生圖式，因而故事的信息呈現出顯明的多維性、開放性和衍生性。正基於此，小說文本通過故事傳達出多重的複合的主題意蘊。儘管，余華的小說的哲學重心總是落實在對人生存在

的追問上，對生命的誕生、掙扎以及毀滅過程的描刻也是這部小說最為深刻的地方。但這種深刻是從具有模糊性的多重題旨的互補作用中透射出來的。而且，就《呼喊與細雨》而言，它所提供的不同範式的人生故事，正是與不同的人生母題互為表裏的。首先，孤獨的母題。在西方世界中人的孤獨體驗是伴隨世界大戰後的「精神荒原」而降臨的。中國特別是解放初期人與人之間的集體主義溫情根本上有別於西方人的個體孤獨。但十年「文革」這種真正意義上的人類災難其殘酷之處還不在於物質世界的毀滅，它根本上徹底摧毀了人的正常心靈。脈脈溫情一下子變得很遙遠，而曾經遙遠的孤獨則成為一種迫切的人生現實。《呼喊與細雨》正是從 1965 年的一個雨夜開始故事的。這種「歷史同步」寓含的人生意味是深長的。由此，作者建造了使主人公不得不體驗孤獨的小說情境。而其中最為孤獨的就是「我」——孫光林。六歲那年他被王立強領養，而十二歲那年回家後又處於一種被父親斥為「災星」的孤獨處境，「彷彿又開始了被人領養的生活」。他與家中兄弟父母格格不入，在村中更是聲名狼藉。這形成了他特有的倔強孤傲的性格，並盡可能地把外面的世界收縮進內心宇宙，一個人坐在池塘邊讓思想「風塵僕僕」，並在與池塘的對話中體味人生的孤獨意味。難怪小說一再提到池塘這個意象，這池塘不但是吞食了他弟弟孫光明的歷史證據，也是他自己生命孤獨的佐證和孤獨情緒的依託。正是池塘撫慰了他受傷的心靈，塑造了他的人格，從而能以孤獨的方式獨立於人生，評判著外面世界。這樣，「孤獨」事實上正成為孫光林的一種人生方式，並一直貫穿到他的學校生活中。在學校這個最具集體溫暖的地方，他感受最強烈的卻只有孤獨。小說對這個時期的友誼的渲染也正突出了孤獨的主題。小說著重刻畫了由馮玉青→曹麗→音樂教師→劉小青哥哥為代表的人生各階段的四次理想的幻滅，失落的心靈創痛積澱為靈魂的沉重孤獨，壓迫窒息著他的人生。而且這種孤獨情緒幾乎是彌漫在小說世界的每一個角落，其他人物如孫廣才、孫有元、王立強、李秀英等也無不在孤獨的苦水裏浸泡著。不過，不同於西方現代主義把孤獨感的抽象化，余華的孤獨是一種形而下的生活孤獨，它是伴隨著具體、真實的人生情境，是有特定歷史、人生內涵的孤獨。如果說孫光林的孤獨是來自與外界人生關係的失落而引發的心靈創痛，那麼孫有元的孤獨則有著人到暮年的末世感傷，而孫廣才的孤獨則源於人生狂熱後的情緒失控……在小說中，孤獨具體化的另一個原因就是與拋棄的緊密勾連。主人公的孤獨人生總是源於某種程度的人生拋

棄。孫光林、國慶是被父親被「家」拋棄，孫有元則經受了被父母和兒孫的雙重拋棄，而魯魯更是由母親對他的拋棄導演了悲劇的人生。這是小說展示的一種意義上的拋棄。此外，父親對母親的拋棄，王立強對李秀英的拋棄則又有了另一種人生背叛意味。蘇宇因父親與寡婦的曖昧誘發家庭自卑並進而厭棄家庭，孫光平因人生失意而渴求對家的擺脫都是如此。拋棄與反抗拋棄都既源於孤獨又創造孤獨，其人生意味是相當具體豐富的。因此，我們說孤獨是人生的旋律，它是一種不幸，又是一種宿命，它固然是一種痛苦，但與現實的對立卻正代表了相對於荒誕歷史而更具真實意義的人生存在，它體現為一種有穿透力的精神力量，它可以蘊育魯魯的剛強，也可以培養國慶的勇敢，更為光林鋪設了新的人生軌道。它其實也正是一種考驗，超越存在的詩化人生正在這種考驗中成長。這樣，孫光林十八歲能出門遠行上大學，其象徵喻義就很明顯了。其次，成長的母題。正如許多新潮小說一樣，《呼喊與細雨》也使用童年視角，從童年的心理體驗來透射人生變幻。因而，人的成長母題在小說中卓然可見。小說設計的人物大致為三組即祖先輩（曾祖父、曾祖母包括祖父有元）、父輩（孫廣才、王立強、國慶父親、馮玉青等）、兒孫輩（我、國慶、魯魯等）。故事以「我」的孕育誕生與曾祖父、祖父等的死亡為兩極構成一種人生循環。而不同人生的故事整合又共同完成了一個完整的成長過程。小說的主要情節也是在「我」這一輩中展開，並著重表述了兩個方面的成長話題：其一，成長的焦灼。「我」、蘇宇、孫光平等人的「性覺醒」正是這種焦灼的典型特徵。其二，成長的恐懼。「我」們的境遇並不適宜「我」的成長，而孤獨感與被棄感則使成長的前途灰暗無比。孫光明的死和魯魯的辛酸遭遇固然印證了「我」的成長恐懼。而父輩孫廣才、孫有元赴死的艱難歷程和悲慘狀態，更加深了「我」們對成長歸宿的畏懼。這就使成長本身成為一種衝突性的存在，一方面既為不能成長而焦灼，另一方面又為成長的沒有出路而絕望。這是種悖反情緒，這情緒的現實根源就是現實之「家」的喪失。在小說世界中，「我」其實在孫蕩和南門都沒有真正的「家」。這也應使我們能理解主人公十二歲回到家中時「悖論」式的陌生感。客觀上家已經異化，而主觀上「我」也極端厭惡這個真實的「家」。事實上，小說動人的地方也正在於主人公的精神漫遊。換句話說，小說本身也正是作家尋找精神之家的心靈記錄，是精神漫遊的產物。

再次，人性母題。余華的小說向來與人性的表現有割捨不開的聯繫，談

論余華的小說,「人性惡」曾經是一個必不可少的話題。但人性從來就不是孤立的,它聯繫著人的生存態度,其具體形態則是多樣的。應該說在《呼喊與細雨》中余華的人性表現模態是生動有變化的。這裡有他一貫擅長表現的人性之惡:孫廣平對「我」的毒打與誣陷;父親的荒淫無恥;寡婦與母親的戰鬥;探人隱私而毀掉兩個生命的女幹部……這些人性的相互仇視、欺騙、攻擊的惡形客觀上已經成了小說情節變化演進的動力因素。但比較起來,這篇小說中作者對美好人性模態的表現給人的印象更為深刻,他對頑強的生命力的歌頌,對純潔童心和赤誠友誼的追求,對愛與奉獻的理解都是相當真誠的。他的人性母題在具體形態上根本不同於以前的抽象的「人性惡」的表現,他不是從人生中抽取人性而是展示有人性的人生。因此,在這部小說中,他沒有對人性的「先入之見」,小說對人的存在的終極關懷反而散發出了余華從前少有的人道主義情懷,這已與《星星》時代無異。不過,表現形態上人性母題所體現的由樂觀→悲觀→樂觀的轉換,並不是一種簡單的回歸,而是一種否定之否定的超越式的回歸。不僅在具體的人生故事裏作者寫足了歷史的作用,而且整體的故事背後也透射出對歷史的沉思。「我」在學校因為一張標語被審查而引發出的人性故事,看似荒誕其實又何嘗不是對「文革」歷史的寓言式寫照?孫光平與孫廣才因孫光明之死而萌生的權勢夢,展示的是最現實主義的歷史人性與時代心態。而他們由權力追求失落而轉向的金錢索求,這已不僅是一種真實的人生心態人性畫面,而且已經跨越了兩個時代的人生層面,既讓讀者體味那段歷史中權力的魅力,又能體味當今社會對金錢的狂熱,這真使人不得不佩服余華的縱橫筆意了。

當然,《呼喊與細雨》在故事主題上多重變幻的複合特徵,並不影響其表達統一的人生意蘊。也許通過這種切割與重組而凸現的人生才是一種更為真實的存在。此外,作者以統一的語言態度,讓零碎的人生故事全部漂浮在流動的生命之河上,以生命作為小說統一的主題和基調,因而分散中見整合,自由中見統一,這自是余華高明的地方。

二、生命:語言意象與終極語義

讀完《呼喊與細雨》,一種沉重,一種令人浮想聯翩的生命沉重緊緊壓迫著我的心靈。這一方面由於余華對生命誕生、生命掙扎、生命毀滅的動態過程的展示,其對生命勃發、死亡顫慄的刻畫都充滿攝人心魄的悲劇力感。另

一方面，則是由於小說世界裏漂浮著凝重的生命意象。可以說，這部小說正是由具有象徵意義的沉甸甸的意象構築而成的。小說敘述的南門和孫蕩兩地的生命故事有幾十個，但錯綜的生命形態卻都為「呼喊」與「細雨」兩個意象所概括，這兩個語言意象正是開解這部小說的鑰匙。而小說一開始也就浮雕般地把兩個意象凸現在讀者面前。一個「哭泣般的女人」的呼喊奠定了整部小說的基調。而伴隨這聲「呼喊」的是綿綿的「細雨」和一個六歲孩童的恐懼。「細雨」既是「呼喊」的背景又是呼喊的原因，是貫徹小說的主題，而細雨也在小說時空中淅淅瀝瀝從未間斷。它是呼喊的應答與響應，是呼喊的映照與襯托，而從另外的意義上它本身也正是小說展示的一種生命方式，一種隱秘的「呼喊」。兩者互相作用，拉開了故事的帷幕，又互相糾結封閉了故事時空。這是小說的兩個主題意象，代表著兩種生命方式、生命形態，余華正是在對「呼喊」的生命與「細雨」的生命的描寫上超越了自我。

第一，「呼喊」的生命意象、生命故事。《呼喊與細雨》中作者濃墨重彩地表現的其實正是「呼喊」的生命方式與生命故事，其體現為兩種呼喊方式：一種是「我」為代表的年輕一輩的「呼喊」。這種呼喊伴隨著上文所談到的孤獨體驗與成長焦灼。「我」六歲時已經處於被拋棄的人生狀態，心靈的絕望構築的是孤獨的居住。孤獨是「我」生命存在的特徵，它源於拋棄，而反抗拋棄以及由此而來的絕望則是生命呼喊的主要內容。此外，「性」的覺醒與渴望，也是我們生命呼喊的另一種方式。如果說「友誼」是生命呼喊的一種應答，那麼性覺醒與性顫慄則又是呼喊的動力了。另一種是以孫廣才為代表的父輩的生命呼喊。年輕一代的生命呼喊有著由成長的焦灼而來的對生命的恐懼和憂傷，而孫廣才、王立強等人的生命呼喊則更多現實生命的缺憾與失落。正如馮玉青一樣，父輩的生命呼喊裏生命騷動與情慾因素佔有很大比重。寡婦與母親交戰則是兩種畸形生命的火拼。母親的呼喊是一種憤怒一種防衛。而寡婦則是一種宣戰一種騷動。如果說孫廣才的騷動的生命呼喊尚有政治失意的外在理由。那麼王立強的生命呼喊則以毀滅自我的方式，實現了生命剎那間的輝煌。「我」的呼喊是一種生命騷動，也是一聲憤怒的責問，這也許正是余華的匠心所在，他是在揭示最純粹的生命現象時聯繫到特定歷史氛圍中的人性和社會心態，因而內涵更為開闊。

第二，「細雨」的生命意象、生命故事。《呼喊與細雨》本質上是一種對稱結構，無論從意象的設置還是從小說結構看都是如此。「細雨」意象是「呼

喊」意象的補充。呼喊的生命與細雨的生命有時互為原因互為結果。從某種意義上說，沒有「呼喊」也就沒有「細雨」，而沒有「細雨」，「呼喊」也失去了意義。在小說世界中，「細雨」的生命意象也有兩個象徵性的代表，一是祖父孫有元的生命。孫有元的生命也曾經有過光芒四射的時刻，其典當父親屍體的壯舉和大難臨頭從容脫險的狡詐，都是他生命震聾發聵的呼喊。但行進在孫光林身邊時，孫有元已隨著生存能力的喪失而開始了被人施捨的籬下生活，只能靠回憶打發時光。而回憶甚至也被孫子孫光平禁止了。「細雨」式的生存成為他生命的全部真實。他的求死是對細雨式生存的拒絕，是不能承受生命之重的絕望。而他雨中向蒼天狂吼的悲壯意象以及臥床不吃而不死的奇蹟都是他生命迴光返照的呼喊，是以「呼喊」對抗「細雨」，是「細雨」向「呼喊」的轉化，但最終完成的卻是以死亡為表徵的生命的徹底細雨化。二是李秀英的生命。祖父的呼喊是試圖借過去的輝煌掙扎著從細雨的生命中突圍而出。李秀英的生命存在則是一種失去「呼喊」能力的無聲「細雨」。命若游絲可以說正是她細雨式生命的典型特徵，她只能在心底深處渴望陽光與生命。但小說卻成功地讓這種綿綿的細雨迸發出了「呼喊」的火花。她最終的生命呼喊是一種發自心靈深處的痛苦的呻吟，是「細雨」中「哭泣般的呼喊」，是繼馮玉青之後對於小說開頭的又一個闡釋性意象。而這篇小說驚心動魄之處也正在於對「呼喊」與「細雨」這兩種生命轉換過程的把握上。

第三，關於死亡。余華是寫死亡的小說好手。這篇小說同樣如此。在小說裏，在「呼喊」與細雨兩個意象之後，小說展示了第三個主題意象「黑衣人」的到來和死亡。作為呼喊的應答，這個神秘的黑色幽靈正代表了前兩種意象的歸宿，也是統一「呼喊」與「細雨」兩個意象的終極意象，它是人類終極命運的象徵，「呼喊」的生命與「細雨」的生命在生命的死亡這一點上得到了重合。「死亡意象」可以說正是這篇小說的終極語義，它極大地承載了作家的哲學意識。死亡相對於生命是一種更為永恆的終極性存在，生命是時間性的，而死亡是無限性的。「呼喊」是一種掙扎，而「細雨」則是一種真實。一方面，「呼喊與細雨」代表了兩種生命形態與生命方式，另一方面，又體現為兩種生存態度和文化方式。「呼喊」是掙脫一種存在，也是嚮往一種存在，其終極關懷的目標正是生命本身。正如小說所說：「事實上，我過去和現在都不是那種願為信念去死的人，我是那樣崇拜生命在我體內流淌的聲音。除了生命本身，我再也找不到活下去的另外理由了。」這正是對小說語義的最好闡釋。

三、記憶：人生方式與小說方式的重合

我不能斷定《呼喊與細雨》是否是余華寫得最好的小說，但我相信這是他用力最勤的小說。無論小說的語言方式還是結構形態都呈現出獨特的品格。

從結構形態上看，這部長篇小說儘管由眾多故事單元組合而成，但卻毫無破碎零亂之感。統一的情緒主題和內在的詩意潛流把各個故事整合成完美的藝術整體。小說有三個結構元素，這就是「生命」「我」「家」。前者是小說的總體主題，是小說詩意關懷的終極目標，後兩者則既是主題的承載體，又是小說的敘述和結構單位。與此相聯繫，小說情節沿兩條結構線索展開。以「我」為線索展示了南門和孫蕩兩地眾多的生命故事。小說主要從「我」的視角敘述，因而父親、哥哥、王立強、國慶等的故事無不與「我」相關。另一方面，以「家」為線索，小說描繪了孫廣才家、王立強家、蘇宇家、國慶家、馮玉青家等等家庭內部的人生故事，個體的生命正是在與「家」的關係中被凸現出來。這正體現了余華的獨特構思，小說一方面揭示個體生命存在以至毀滅的悲劇，一方面又把這些故事安放在積澱著全部文化乃至時代因素的「家」之框架內展開，這就使人與人之間的衝突更多了一層文化色彩。固然小說筆墨重心在於探尋人的生存境遇與生存心態，但這一切附著於「家」之上，就匯合成一種整體的文化心態。可以說，余華在《呼喊與細雨》中實施的是種簡潔、自由的結構方式，操作的靈活性既增加了文本的彈性同時也擴展了小說內涵的張力。沒有顯山露水卻能揮灑文思，這是《呼喊與細雨》獨特的結構魅力。

當然，對於小說來說結構方式總是離不開特定的敘述方式，《呼喊與細雨》的語言藝術和敘事形態，也是這篇小說藝術成就不可或缺的方面。曾經有人斷言新時期小說的一大成就就是第一人稱敘事的崛起。但這種人稱在體裁上主要限制於中、短篇小說，其在長篇小說中的嘗試並不普遍。第一人稱敘事的優點在於小說的心理深度的開掘以及視點的相對集中。但這種視點的限制就減少了長篇小說所需要的眾多信息，而心靈世界的深入也難以拓展到「我」之外的芸芸眾生，這是一個藝術難題。余華的成功在於他找到了一種彈性自由的故事操作方式——「回憶」。故事的單元和塊狀組合以及物態層面的無序狀態都與這種「回憶」的小說方式有關。回憶製造了一段時間距離，迴避了當前狀況中難免的短視，並且具有被人認可的模糊性。回憶又是一個成長了的過程，它可以包容進歷史狀態中無法知曉的遼闊信息，並綜合了許多嶄新

的認識和評判。因此，伴隨著這種「回憶」的敘述方式，《呼喊與細雨》就透發出濃鬱的主觀化、情緒化的文體色彩，夢幻般的敘述語調裏有著對生命和人生的哲人般的沉思，它溶化在故事中不但不突兀唐突，而且甚至成了重要的故事因素。這就形成了這篇小說兩種特有的話語方式：

其一，預言式敘述。小說第一章「南門」就是整部小說的信息場。作者通過跟蹤性的超前敘述把小說時空中將要發生的消息傳達出來。不過，需要指出的是相對於敘述者，除了「回憶」是「現在時」外，小說中的時間都是完成態的，故事宣洩的「將來」只是「過去的將來」。這種預言式敘述的首要特徵就是先概括式地把故事講述出來然後再描述故事過程。它使小說時空搖曳多姿，也加強了故事的立體感。

這種話語方式在小說中比比皆是。

其二，分析式敘述。這也是「回憶」的特殊敘述功能，作者把故事從直接進行態中隔離出來，以分析猜測的語氣講述故事，既擴大了小說的內涵容量，又能在對故事過程的分析評判中傳達出對人生乃至文化的思考，既開拓了作品的思想濃度又有利於統一的敘述風格的形成。更重要的是這種分析式的敘述可以超越時代而進入不同人物的心靈空間，以猜測完成了對人物的心理分析，小說就獲得了解剖眾多心理世界的高度自由。這種方式在小說中還被廣泛應用於對人的行為、處境的分析。「我在家裏處境越來越糟時，又發生了一件事。這又導致了我和家人永遠無法彌補的隔膜，使我不得不在家中而且在村裏聲名狼藉。」這是對「我」十二歲回家後生活的分析式敘述。此外，蘇宇之死的敘述，以及國慶被捕場景的敘述也都是典型的分析式話語。

「回憶」作為《呼喊與細雨》的小說方式其敘事優勢和文體特徵主要是指小說在形式方面的建樹。余華的出眾之處在於把「回憶」的故事操作方式與小說人生的生命方式合二為一，做到了內涵與形式的完美統一。首先，小說講述的都是「回憶」中的故事與生命。小說表現了對時間的終極意識。作者所嘗試的是一種固定時間的藝術努力。正如小說中所說「我們並不是生活在地上，事實上，我們生活在時間裏。時間將我們推移向前或者向後，並且改變著我們的模樣。」「生者將死者埋葬以後，死者便永遠躺在那裡，而生者繼續走動。這真實的場景是時間給予依然活在這現實裏的人的暗示」。作者對時間的這種哲學認識，其最終指向的正是對人的生命存在的終極價值關懷。其次，對於小說中的主要人物來說，「回憶」正是一種生存方式。這典型的代

表，一個是「我」，一個就是孫有元。「我」固然在過去的時間裏「風塵僕僕」，而孫有元也只有靠「回憶」才能支撐「風燭殘年」。小說藉此暗示出一道人生命題：人只有執著於現實的存在。過去可以補充現在，但現在卻沒有未來。「我」的未來是一個個人生理想的破滅，而孫有元等人的未來則是終極的存在——死亡。因此，作者說：「回首往事，或者懷念故鄉。其實只是在現實裏不知所措以後的故作鎮靜，即使有某種抒情伴隨出現，也不過是裝飾而已」「童年的故鄉只是已經逃離了的現實」。它對於人生不僅是撫慰不僅是溫暖，更是一種永恆的提醒。此外，《呼喊與細雨》中「我」以「懷舊的目光」完成的「回憶」，是「超越了塵世的思想之後，獨自來到的」。「回想中的往事已被抽去了當初的情緒，只剩下了外殼。此刻蘊含其中的情緒是我現在的情緒」。小說在此意義上，正是通過「回憶」實現了對人生的超越，「回憶」背後是通徹的人生感悟。也正是由於此，「回憶」作為一種承載了人生方式的故事操作手段才有了更為豐富的可供闡釋的內涵。

第十八章　《撫摸》：末日圖景與超越之夢

　　在我從前走馬觀花般的閱讀印象中，山西作家呂新總是和趙樹理為代表的傳統現實主義作家聯繫在一起。在我塵封已久的閱讀記憶中，呂新絕對與新潮小說無關。然而，當他的中篇小說《手稿時代：對一個圓形遺址的敘述》《發現》和《南方遺事》等呈現在我眼前時，其先鋒性的文本形態、語言意識和話語方式徹底顛覆了我的閱讀經驗。我慚愧於自己對呂新的盲視和誤讀，我深信把呂新摒棄在新潮小說之外而武斷地置他於傳統小說的河流之中是一個巨大的歷史誤會。呂新注定了是一個與傳統無緣的典型的新潮作家！面對呂新，我們的評論顯然難以逃避那迎面而來的尷尬與困窘。我想，呂新之於新潮小說和新潮小說之於呂新其意義是相同的。沒有呂新，新潮小說就會減少一份光芒，而離開新潮小說，呂新的價值也無從呈現。呂新實在是主動而宿命般地登上了新潮之船並義無反顧地分享著新潮的孤獨和磨難。當我讀到《花城》1993 年第 1 期上他的長篇新作《撫摸》時，我對呂新的感受和認識又加深了一層。這部小說的誕生無疑給復蘇中的新潮小說又灌注進了一股新的生機和活力，它獨特的敘事和文本價值無疑會在新潮小說史乃至當代小說史上刻上重重的一筆，它不可能被遺忘。然而，我又發現哪怕以最現代性的審美眼光和解讀模式都難以對這部新潮小說文本的語言表象、主題意旨、文體類型等進行有效的闡釋和言說。本章也只是一種嘗試，我深信隨著時間的推移，這部小說必然會越來越激發起我們的閱讀衝動和話語欲望，也許到那時，真正的解讀才有實現的可能性。

一

進入每位作家的小說世界，我們總是無法跨過故事的門檻，對故事的興趣很大程度上也正決定了我們對於小說的興趣。我們對小說任何層面的認同與感悟都根本上難以超脫故事的羈絆。但我們無法以對傳統小說故事的閱讀習慣和閱讀期待去面對新潮小說家提供的「故事」。對於他們來說，故事的意味已經與傳統小說規範背道而馳了。他們對「故事」的有意的淡化、異化和篡改，使讀者對他們的小說和故事的接近變得艱難起來。對於這種陌生化的故事內涵和故事操作與呈現方式，我們只有在無法避免的經驗拋棄之後，才有進入的希望。對於呂新的小說，對於《撫摸》亦是如此。

《撫摸》和他此前所有小說一樣其藝術聚焦點仍然沒有離開那塊他生長其中的晉北山區。事實上這片土地蒼涼的風景、鉛色的人生和古老的歷史被作者以斑駁而新奇的敘述巧妙地編織成了一個幽深、綺麗，又有點神神秘秘的虛幻世界，並作為一種背景畫面凸現在小說的故事時空裏。不過，不同於以往的小說，《撫摸》在故事背景中又增加了兩個新的因素：戰爭和動亂。這裡戰爭和動亂也感覺化、模糊化了，在摒棄了具體的歷史真實性之後，呈現出一種夢幻般的象徵色彩，它們以一種籠罩性的氛圍和存在構成了故事和小說的主體背景。它們作為人類的一種生存境界橫臥在人類走向永恆的路途上，人無法迴避它，正如無法迴避小說中反覆出現的「大風」和「傷寒」一樣，也許只有通過了這種生存煉獄的考驗，人類的救贖與超越才有可能實現。

其實，《撫摸》也並不存在一個中心故事，小說正是由許多故事的群落組構而成的。這些故事具有衍生性、組合性和各自的獨立性，一般來說在故事之間也不存在因果關係和邏輯關聯，它們只是原生態地通過敘述人的冷靜語調呈現在小說中。呂新試圖把家族的歷史以及主人公們的遭遇、數十年的戰亂、民間傳說和神話、晉北風情和敘述方式上的實驗揉為一個藝術整體，因而小說中故事形態也具有了繁複變幻之美。這裡有不同家族的故事（「我」家和廣春家），也有發生在不同地域的故事（南宋和黃村流域）；有不同年代裏的故事（童年時代、青年時代），也有不同輩份的人的故事（「我」和父親）；有軍隊裏的故事（小六子和軍官嘩變），也有村莊裏的故事（銅匠暴動）；有普通平民的故事（健生和琳），也有珠寶商、尼姑、道士、和尚的故事（崔燕林、妙香、寶公、丁野鶴）……由於這些故事都是「我」回憶和轉述的，因而故事群落又儼然分成了「我」的故事和「他人」的故事兩個部分，小說的

展開的過程也就是「我」尋找和發現故事的過程。正如小說中所說的,「至於故事本身,我一直不遺餘力地探索了好多個年頭」。「我在別人的故事外面坐了二三年,我伸出沾滿陶泥和血跡的手撫摸那個時期的土漆的陳設,流泄在那些年代裏的陽光使人感到炙手可熱,目光腫脹。我看到一些離我很近的臉孔遠在某一個風聲鶴唳,草木皆兵的年代裏背水而立。」這樣,《撫摸》中的故事就通過「我」心靈的轉換而以一種場景和畫面的形式呈現出來,它削弱了許多動作性的情節而具有體驗化和心理化的特點。

就思想內涵來講,這些鬆散的故事卻由對生命永恆的關注這一共同的主題貫穿起來了,它們共同構築了一幅「世界之夜」降臨後的末日圖景,以及在這個末日景象中掙扎的群體生存狀態和苦難體驗。其一,小說展示了眾多生命奔赴死亡之門的悲涼景象。可以說每一個故事單元中的主人公都難免一死。「仁慈的義父以身殉職,他在返回家園的途中,踩響了別人埋設在尼姑庵前的地雷」,「舅舅在地毯商和銅匠們共同策劃的一次暗殺活動中突然下落不明」,「在已逝年代裏的這個清冷而陰濕的早晨,侍衛團先遣隊無一人生還,使命與信念正是這樣奪走了他們的生命」,「悲傷的聲音消逝後,無數具橫陳豎臥的屍體構成了初秋的田野里第一種首要的風景」,「背景的內容是幾個疲憊不堪的人拖著一具同伴的屍體在沉落的夕陽中慢慢地向一條空寂無人的江邊走去」,「先前的那支舊軍裏發生了一次血腥的嘩變,那位退伍軍官已經面色紅潤地死去了,他的屍體與其他許多人的屍體都遍布在一座蛇形的山腳下」……這樣,小說中的「歷史」其實就是一個個生命走向死亡的過程,正如父親所說「歷史是男人為女人收屍」的一種過程,它正是以對生命送葬的形式完成了自身。於是我們看到小六子、廣春、工匠、蔣尚武、稅務官、大豐、長生老爹、表叔、何碧雲、寶公和尚、崔燕林、智遠,甚至連一向活得有滋有味的流氓柳亭都最終逃不過死亡的劫數。作者正是從死亡這個窗口去觀照生命、去觀照歷史、去理解人的存在的,而且在這個意義上死亡也成了小說的一個結構因素串聯和整合了眾多故事形態。其二,在小說的故事中到處充溢著人性的惡臭。在小說風景中我們可以看到蒼涼的荒原上人與驢子交媾的醜惡一幕,也可以看到燃燒的慾火和妒火怎樣驅使女兒親手殺死了自己的母親,甚至我們還會看到善果寺的和尚怎樣謀財害命和士兵們怎樣在「守財奴的屍體旁相互兇狠而殘忍地廝打起來,像一群爭食腐肉的禿鷲。」而士兵們在一瞬之間毀滅一座青磚古塔後,「他們發現裏面原來什麼東西也沒有,空空蕩蕩的窟窿和格層裏積滿了麵粉般的灰塵。一

座塔原來就是無數的磚石堆砌起來的一個空洞的東西，一件事實上等於零的事物，它的千古流傳的宏偉神聖的形式像一個莊嚴而謹慎的玩笑，曾經在不知不覺中誘捕了那麼多的人，它的一觸即逝的核心使得挖掘者都一無所獲而聲名狼藉」，但貪欲的行為卻導致這些慘無人性的士兵對一個無辜工匠的殘殺。這裡我們再次看到了戰爭是怎樣異化了人、剝奪了人性，對生命的摧殘與傷害可以說正是戰爭的本質，它是人類存在荒誕性的一個重要根源。其三，「心獄」煎熬中的生命和荒誕絕望的生存。小說從某種程度上說正是主人公「我」的絕望心理自傳，一個在一本書上躺了 40 年的風癱病人的心靈囈語。從童年時光到「白髮蒼蒼」的歲月，「我」在時間之河中變成了一個「廢人」，一種痛苦的存在。廣春對林少女的思念及對無意傷害他們生命的原罪懺悔也都事實上構成了廣春生存心理的主體。而母親對父親的刻骨仇恨，「我要把陳家祖上剩下的土地全部賣光，一分一釐地不剩，我想讓陳雪泥死無葬身之地」，可以說也正是母親一生的情感鎖結所在。父親親睹自己的愛人雲漪被人謀殺的慘痛記憶又何嘗不是一種生存負擔窒息著他的生命？至於寶公和尚和那個隱匿多年的叛徒其生命也都生存在一次血腥屠殺的陰影中，其心靈的絕望焦慮和恐懼情緒是永遠無法擺脫的。

這樣，在小說描繪的一幅幅末日圖景裏主人公們都成了「空心人」和「手持聲音和言辭的聾啞人」，被置身在一種無意義的荒誕存在中。每一個都是一個生存孤島無法溝通無法對話。廣春承認自己「耳朵完了」，「我」也曾被一個陌生人虛構在故事裏被叫著七郎，而「父親」更是被人當做「汪倫」被強迫作為別人的丈夫……正如義父周永稚向「我」解釋《孔子見老子圖》時所說：「所有的話都已經說完了，話有說夠的時候，再在一起就毫無任何意義了。他們哪裏也不去，孔子回孔子的家，老子回老子的家，他們知道長期在一起是荒唐的，毫無意義的，永遠在一起更是愚蠢的，不可能的。」這也構成了無意義和荒誕的存在版圖和存在歷史。「我們」尋找一匹也許並不存在的馬，「我們的尋找就要變成真正的無期的苦役了，得永遠找下去，只要不死，就得像現在這樣一直找下去」，其結果是如捕魚人收網，但「網裏沒有魚」。在這個意義上，戰爭本身也只是一件偶然性的人類行為，在它面前「一串村落和一個城鎮在不久的將來便會煙飛灰滅，永遠地消失在地圖以外的時間裏，與之有關的血淚也會像流暢的溪水一樣穿過隱蔽的樹椿，在流動過程中慢慢地被土地吸乾」，此外別無意義。廣春就總結自己的情報生涯說：「一切的情

報都是毫無意義的廢紙，世上不存在任何一種秘密，事情的好壞完全聽命於決策者的良心和意志」。那麼，人類就注定了無所作為地面對那永劫難逃的淪落嗎？沉入黑暗之中的人生還有沒有拯救的希望呢？

二

　　然而，人類對失落的精神家園的尋找永遠都沒有停止過，從彌爾頓《失樂園》開始的那條人類尋找之路上從來就是熙熙攘攘、人影幢幢的。此在的黑暗仍然無法遮蔽彼岸的光芒，人們一刻也不願驚破那奔向永恆和超越的美夢。文學由此也成了人類試圖擺脫塵俗世界「物」的羈絆，追求精神上的自由和解放的一種心理嚮往和實踐努力。作為一種永恆之學，它喚起的是對整個宇宙本真存在的永恆感悟。雖然，在《撫摸》的精神世界裏有著濃得化不開的死亡情緒和末日恐懼，但小說深層卻始終深切地關注著永恆和超越。「永恆」是小說世界中所有物象的共同意向維繫。呂新顯然因對永恆境界的近乎神秘的體悟而心迷神醉而魂牽夢縈。小說可以說正是作者精神漫遊的產物，他的心理指向總是朝著久遠的過去和遙遠的空間傾斜、滑落，他漫遊在整個人類歷史乃至宇宙歷史的極遠處。漫遊意味著超越，小說時空序列就在極遠處的地平線上交相融合併彼此消解，從而構成了一個超越於日常觀念時空之外的先驗意念世界。

　　我們知道，在《撫摸》的生命存在中人生的無意義和荒誕已經淪為一種宿命般的黑暗，但在這令人寒顫的黑暗景象中人們仍然沒有放棄哪怕是無意義的對「意義」的尋找。這是一種對生命的宗教態度。也許人只有在「極境」中才可能迸發出自己全部輝煌的生命本質，生存「烏托邦」思想的幻滅並不能消泯人們對生命本身的虔誠、崇拜和徹悟。正如烏納穆諾所說，有意義的生命永遠只存在於「此在」的行動掙扎中，「人注定是要毀滅的，也許如此；然而，就讓我們在抗拒行動中毀滅吧，再說，如果等候在我們面前的是『空無』，那麼我們不應當在意它，否則它將成為不可改變的淵藪。」拿父親來說，他對存在的拒絕可以說決絕的了，青年時代他絕棄了美貌的母親，並且「他在新婚之夜的倉促緊張，甚至虛晃一槍的做法也使我自出生以來一直多災多病，他的稀哩嘩啦的動作賦予了我一個耽於幻想、敏感多疑的心靈和一具無法向世界索求的弱不禁風的肉體」，而晚年回「家」之後他更是對這個世界深惡痛絕，「這是一個異常卑鄙齷齪的世界，所有的都無恥到了極點，豬狗不

－293－

如」，「我不願意看見任何人，我太知道人是怎麼回事了，我清楚他們是一種什麼東西。我可以不吃不穿，但只求能保留這點權利，不要讓我與任何人相遇……與人相遇，我感到害怕和難受。」但「這個被時間和典籍中的妖術折磨得頭破血流的人對於石頭、湯鍋、火焰和丹鼎的狂熱迷戀」，本質上則是對生命的一種「撫摸」和「崇拜」，他拒絕存在但並不拒絕生命，長生不老的生命幻想和得道昇天的希望正如他最終的「乘風而去」都象徵了人類超越此在嚮往終極彼岸的生存理想。

我發現，在《撫摸》的故事裏其實橫亙著一個關於尋找的神話，每個主人公都在尋找著什麼，期待著什麼。就是「故事」也是在「我」的尋找中呈現出來的。「我」一生都在尋找著父親，廣春多年來渴望的正是這樣一個使他安心而溫情的供他養修精神之傷的地方，寶公和尚終身生活在對叛徒的尋找中並企盼著由此而來的對罪孽的解脫。而陌生人則對「我」說：「他要尋找一種現象，這是他漂泊多年的唯一的一個目的，至於那種現象能否如期再現，他對此毫不介意」，「他老在回憶一個典故，不能完全肯定他要尋找的那種現象是否源於這個典故，但或多或少它與這個典故有關，我們其實至今都說不清山的顏色是什麼，我想誰也不會闡釋清這種現象，我們曾經居住過的那座山，就在天的附近。」這樣，「尋找」就具有了一種哲學和宗教的意味而成為一種文化「儀式」。也許「尋找」的結果最終永遠也不會與「意義」發生關聯，正如「我」對典故大師所說：「我是一個牧羊人，可是我始終無法接近山，無法接近貯存草的穀倉，以及所有長草的地方和一切河流」，但關鍵的在於這個「尋找」的過程，過程比結果更有意義。

在尋的前方天宇中一直有兩道最美麗的彩虹，這就是家園的構想和童年的迷戀。現代人真是太需要一個撫慰自己傷口的精神家園了，我們在小說中能強烈地感受到主人公們的那種「回家」的欲望。廣春從軍的日子裏時刻憶念著自己的家園，並最終登上「遼闊雪景裏猝然出現的一輛馬車」，駛向了「夢中的家園」，他「感到舊年的青煙正由棋子的四周慢慢隨風而去，善果寺深厚蒼鬱的鐘聲像道道紋理明晰的樹輪一樣在四周迴蕩，盤繞」，「流動在這個花園裏的氣息和視線中各種一塵未變的設施使廣春產生了一種魂歸故里的感覺。他不停地呼喚重複童年時的種種願望和聲音，但花園裏平靜得出奇，預料中的人語和聲音都沒有出現」。他就這樣終於心滿意足地死在他夢中的花園和夢中的椅子上。而小說的第三卷的主體也正是寫了三個主人公「我」、父

親和崔燕林的回家：「我帶領著我的手，幾十年如一日地行走在流域兩岸，尋找我所認識的那個冬天……我找到了我們從前曾經擁有過的那個花園。我帶領我的傷殘的身體，有如一個行動緩慢的長毛動物一樣潛入到某個門洞時，我望見四十年前的山崗一片碧綠，女人們手中的鐮刀像天空裏彎曲如鉤的月牙和士兵們孤獨而寂寞的眉毛」；「穿過風中的樹葉，我的父親陳雪泥手持一卷桔黃的丹經，突然出現在家鄉的土地上。這個多年來一直流落、隱匿在時間之外的人，神情瞑漠地打量著故鄉的一切。半個世紀以來的逃亡生涯使他的嗓音變得南腔北調，聽起來陌生而滑稽」；珠寶商人崔燕林「在一個細雨迷蒙的傍晚時分棄舟登岸。……黃村岸邊苔跡上潮冷的陰風將崔燕林的靛藍長衫在頃刻之間吹成一團，這最初的情形使他連日漂泊奔波的臉上蒙上了一層沉鬱的陰影」。儘管，當他們踏上現實的「家園」時不可避免地會面臨「理想家園」的崩塌，但比較起居住在黃村流域岸邊廢船上的那些「無家可歸的人」，比較起一生惶惶如喪家之犬的漏網叛徒，比較起黃村客店裏那一對叫琳和健生的陌生過客，比較起在異域他鄉企盼立地成佛的寶公和尚來，他們終究是幸運的了。至於對童年的神往和迷戀更是小說中主人公尤其是「我」和廣春的精神指向之一，它事實上也構成了《撫摸》的一個重要主題，呂新是一個活在童年世界裏的作家。他的孤獨、封閉的性格，保存了一顆純潔無瑕的童心。《撫摸》的題記就是「昔日頑童今何在？」而「左手寫字的人」給義父周永稚的信中也質問「沉船啟動了，岸上的頑童何在？」對童年的尋找其實正體現了人類一種生存理想，一種重返本身自我的渴望。如果說《撫摸》留給人的是一種災難記憶的話，那麼「我」和廣春在童年時代只不過是災難的旁觀者，「我」們仍然可以自由地幻想。「我」可以幻想那飛奔的馬車，也可以做振翅欲飛的夢，廣春可以親手製作他神往的簡板，也可以天真地談論尼姑的乳房，「我們」事實上是游離在現實的苦難之外而另有一片純淨的天空。但自從從軍之後。「我」們就不得不參與苦難，並成了苦難的犧牲者，廣春迷失在他那瘋狂的逃亡路途上，而「我」最終也成為廢人，覺得「我什麼都不是。我只是一堆目前還尚能勉強呼吸的器官，一堆一文不值的下水，一個轉瞬即逝的影子」，「我的影子在天空青色的背景下，看上去像一堆沒有生命但永不腐爛的瓷器。像一個虛幻的設想，像一個傳說，像一種被假設出來的並不成立的因果關係」。很顯然，對童年的緬懷與傷悼正是主人公們拒絕現實存在的一種方式，一種特殊的自我觀照手段，也是對生命的另一種「撫摸」。

　　而在我看來，《撫摸》尋找的終極目標無疑是對時間之門的穿越。正如小說中所說：「我唯一的目的就是能夠比較順利地穿越時間，這路途不但坎坷而且遙遙無期」。這樣，我們就獲得了對「撫摸」意義的另一種理解，它不僅如我上文所指的是對生命和精神傷口的撫摸，它更是對歷史、對時間的撫摸，對存在意義本身的撫摸，恐怕還沒有哪部小說對時間的理解有《撫摸》深刻。小說中人物甚至有一種對時間的崇拜傾向，正如父親所說「只有時間才具有這種力量。一切的一切全都是故作姿態，都會在時間中腐爛」。而出現在小說中的寶公和尚就像「一枚重見天日的玉佩或瓔珞一樣突然從那種修茂浩蕩的野史中凸現而出，在墨蹟斑駁的泥牆下眺望來去匆匆的時間，眺望無數的信念和使命在時間的形式中化為青煙或灰燼」。正因為時間本質上鑄造著人生、歷史和意義，它的無所不在和無所不能又給人一種壓迫，「時間是一種無法把握的顏色，遺忘了這顏色裏的黑白部分就是迷亂的預兆」。因此，它也強烈地滋生了人們超時間嚮往永恆的渴望。父親深信「時間使我忘記了一切」，他把時間化作了「焦慮的煙雲」，「紊亂的回憶和繁瑣而冗長的計算中的困難使他喪失了找回尋謎一般的幾十年動盪生活的信心和勇氣」，他自稱「我已成仙，我已得道」而「乘風」消逝了。我相信，至少他是在心靈上超越了時間，超脫了自己。此外小說中反覆出現尼姑、道士、和尚等人的朦朧身影，其旨意也正在傳達一種超越的欲望，只不過他們由於自身的死亡而滯留在時間之門外，最終沒能完成超越罷了。那麼，在作者的意識中真正的超越之路和永恆之路在哪裏呢？《撫摸》告訴我們這最佳的精神征服方式就是閱讀和寫作。「寫作是一種毀滅性的日常行為」，時間某種程度上也正是語言和文字的「氣泡」，語言的寫作和時間具有同樣的改寫、創造歷史和故事的功能。小說中「我」、廣春、周永稚等都是以日常的閱讀和寫作來編排、改寫時間並超越自己的人生苦難的。而且在這個意義上，寫作和閱讀也正是一種「撫摸」，並從而具有了一種哲學意義。

　　這樣，由於《撫摸》總是從繽紛的意象、朦朧的人影中尋找歷史的底蘊、人生的意義、哲學的真諦、時間的秘密，因而這部寓意深刻的小說總體上就成了一部關於歷史、命運、人性的哲理長詩。

三

　　《撫摸》的最重要的成就在我看來還是在它獨到的敘述和語言方式上。

小說的敘述者當然是「我」，「我」的回憶和精神漫遊構成了整部小說的紛繁故事與人生。某種意義上，小說也可以說是「我」晚年精神撫摸的結果，「我」在「床上撫摸我從前親手打造出來的這面光輝燦爛的銅鏡，我在鏡子裏看到了我的臉，它是潮濕的，卻又看不到任何的水分。一雙耳朵像一種憑空附屬在某種勢力之外的裙帶關係。多少日子以來，失去知覺的下肢使我像一種乾枯的記憶一樣無可奈何地日復一日地停留在床上，我成為了床上的一個局部，與我為伴的是那些從前的被褥，與陽光的長期遠離，使它們散發出深重的老味」，「對於黑胭脂與銅器的雙重撫摸，使我找到了生命與物質的交匯之處，我擺弄銅器的時候，黑胭脂在一旁顯得落落寡合，無所事事。我親近黑胭脂的時候，銅器燦爛的光芒又使我常常不寒而慄，如履薄冰。」而且，「我」在這部小說中也不僅是單純的「敘述者」，而是具有一種哲學和超驗意味。「我」在這個玄幻的世界上如透明的幽靈般玄幻地無聲游蕩。「我」從不曾以自身的任何行為或語言來證實自我的存在，相反，「我」的存在僅僅是為「我」所置身的這個世界的存在提供證明：「我」決不是個純粹、完整的人，也即如小說中一位軍官所說：「你算什麼東西？你以為你是什麼？你什麼都不是，你形同灰塵，你只是一堆無處堆放的廢銅爛鐵。」但「我」至少是一雙「眼睛」，一雙巡視世界即眼前之存在的眼睛，「我」是存在世界的證明者「我」使一切存在著的物象不斷地在被發現中呈現，這就是《撫摸》變幻的故事和變幻的人生的來源。此外，除「我」之外，小說還伴有幾個次敘述者。第一卷中的故事離不開廣春的《戰地筆記》，「我」是在對廣春「敘述」的閱讀中重溫戰地故事的，正如小說第一句所言：「有一天我在一隻藏有印泥與筆記的抽屜裏找到了一張戰前的合影，照片上移動的雲彩遮去了一行翔實的日期，剩下的人奄奄一息」，這可以說是小說的總括和故事總綱。小說第二卷中的義父周永稚「春天以來，開始致力於民間風光方面的描寫。他描述了流域上下一百年間的人文風光和種種自然現象。……他的沉默多年的姿態顯然是要努力忘掉一些什麼。他想把已經發生過的已經遙遠了的和正在發生的事情，通過文字來化為烏有，只留下一種模糊而短暫的面目全非的印象在跟蹤，他想建造一種沒有記憶沒有時間的世界，他覺得只有文字才具有這種非凡的可能性」。他顯然用他的文字幫助「我」完成、豐富了故事，實現了小說的主題。這樣許多「我」視線之外的人文景觀也能順理成章地在小說中出現，即如那個古典時期的女貴族麗思夫人的形象一樣。小說第三卷中的寶公和尚也同樣具有這種

敘事功能，「大約距此兩年以前，我在他的一卷《中秋賞月》裏發現了一段關於對收割煙草的農婦所持有的砍刀和鉤鐮的生動描寫，炙手可熱的文字涉及了最初淬火的細節和霍霍磨礪的過程，藍色的火星和砂石紛紛墜落」，而他的夢境更是直接提供了關於武工隊和漏網叛徒的故事。事實上，也正是借助於不同的敘述者和敘述視角的整合，《撫摸》中各種情況和氛圍中的故事才能鎔鑄為一個完整的藝術整體和思想整體。

敘述之外，《撫摸》的結構方式也令人稱道。由於小說沒有貫穿性的中心情節，故事又是散裝性的以感覺化的方式呈現出來的。因此小說就採用了意象聯結方式，這不僅賦予了小說思想內涵上的象徵性關聯，而且也構成了眾多故事形態物質層面上的想像性關係。「大風」和「炊煙」就是這部小說的兩個統攝性意象，「大風」不僅象徵著現實的災難，而且也象徵著歷史猙獰的一面，「炊煙」則是日常寧靜的家園生活的夢想。但「大風」總是把「炊煙」吹得無影無蹤，「大風」吹走了糧食和工具，「使日常的炊事突然變得困難起來，失真起來」，「大風」也「吹跑了女眷們華麗的首飾和羊毛披風，披散的長髮和飄舞的旗袍長裙使她們看上去形同一群長期生活在典籍和野史中的冤魂」。「門」也是小說中的一個重要意象，它聯結著淪落和超越，既是死亡之門、災難之門，又是永恆之門、時間之門。「在門的數目不斷增減的過程中，有關時光和往事的附屬物如同描紅的摺扇一樣招數百出卻一觸即逝。隱秘的歲月裏袒露著往昔的痕跡，一種徐緩的含辛茹苦的語言一直持續到日落時分」，「他們途經那道廢棄的石拱門下時，發現澆花的老人早已不翼而飛了。災難其實就是從那座蒼老的石拱門的下面開始向外面逐漸延伸出來的」，「拱形的城門突然在我的面前關閉了」，「偏離城門後，牛車和馬匹開始在岸邊狂奔。」我們發現《撫摸》中的眾多生命正是在「門內外的進出中演化了許多悲慘的故事。此外，小說中還充滿了諸如「馬車、蜜罐、狗、圓形水塔、花園」等飽含敘事意味的意象，作者借助於各種各樣的「夢境」使那些「隱身於悠久歷史和燦爛文化中的著名的溫文爾雅的典故像是被施了妖術，一再地重現，圖文並茂，古色斑斕」。但夢又是非理性的，「夢中的詩句長短不一，濃淡的失調，絕望而憂傷的情調使所要表達的有關線索和因果關係變得像一種失傳多年的絕句和啞語，」也正因為此小說故事和意象的結構才顯出了它的合理性和邏輯性。

意象的成功的運用也帶來了這部小說語言的特殊魅力，語言的「物性」

消融在一片空虛無垠的像夢囈般飛飄無序的意象畫卷之中。呂新的語言不僅高度純淨，哲學化了，語言的指向總是流於「永恆」的超驗境域，語言被「永恆之水」所浸透，我們從每字每句中均可以體驗到和感受到「永恆」的神韻彌漫。而且他的語言也極富造型功能、描繪功能、宣洩功能，既有紛紜變幻的色彩和畫面又有鏗鏘作響的聲音，可以說它最充分地向我們展示了語言的各種可能性。我對他的語言是如此喜愛和神迷，以至於在本章中實在無法抗拒一次次引用他小說原文的欲望。小說這樣描寫寶公和尚夢中的孔祥云：「孔祥雲的神情像一個騎在驢背上的來自古代社會裏的苦吟詩人，一雙失血的耳朵像兩片透著寒氣的白果樹葉子」；小說這樣展示崔燕林意識中的「炊煙」：雨霧中飄來的一陣沉悶而悠久的鍾鼎之聲使崔燕林陰冷潮濕的記憶裏長起了一縷姿態嫋嫋的炊煙。升起的坎煙有如溫軟的絲綢，舒緩漫捲，翩然而行。升起的炊煙是一種民間的日常的生態格局，它下面的雞犬之聲溫馨如初，日常的器皿在有條不紊的起居之間叮噹作響，裙褥絲帶拂地而過，窸窣有聲」；而「死亡」在小說中則以這樣的文字呈現出來：「在文字覆蓋下的一個月黑風高的夜晚裏，幾個巨大的名字將一隻蠟染布包袱從書中的某一章裏排擠了出去，沉重的包揪沿著山崗上舞蹈般的紋路一直向山下滾去」……無須贅例，呂新的語言總是充滿象徵的寓意和隱語，而話語方式上又總是陌生於日常的言語形式，像「甲骨文的手段秋毫可鑒，淋漓盡致」，「我看見文字的黑臉和短腿在緩慢周旋，原地奔馳，形同半坡時期沉默不語的農人」，這樣的句式總是給人一種嶄新的美感和閱讀享受。我想對於呂新小說的語言魅力應該是一篇獨立的論文探討的目標，我在本章對《撫摸》的解讀文字裏只能蜻蜓點水般一帶而過，就此打住。

第十九章　《風》：穿行於寫實和虛構之間

　　1987 年，潘軍帶著中篇小說《白色沙龍》跨進新潮作家的行列。其後，他又推出了《南方的情緒》《省略》《藍堡》《流動的沙灘》等中篇小說。他甚至把新潮小說的敘述——結構方式淋漓盡致地發揮到長篇小說創作中。幾年前發表的《日暈》以及從 1992 年第 3 期起連載於《鍾山》上的《風》都有鮮明的新潮文體風格。從某種意義上說，潘軍在中國新潮小說的發展中起到了繼往開來的作用，而長篇小說《風》更以其獨特的文體方式和成功的藝術探索在崛起中的新潮長篇小說中佔有一席之地。

一

　　作為典型的新潮小說文本，《風》的藝術時空具有撲朔迷離的迷宮色彩，其故事形態不僅迥異於傳統小說，即使在新潮實驗族小說中也是卓爾不群的。雖然，從小說的表面進程看，作家自稱「我是從前故事的追蹤者，但這種追蹤不存在方向性，是一次散步或者一次漫遊」。然而，事實上，「這部小說有一半的篇幅是寫現實的」，小說其實正是由平等的兩重故事世界組構而成的。「不難看出這部小說裏與從前的故事平行的似乎還有一個現在的故事。從前的故事是現在人物的回憶和作家的想像交融的結果。」如果說「從前」的故事屬於虛構的話，那麼「現在」的故事則具有很濃的寫實傾向，虛構和寫實不僅是《風》著重展示的兩種小說可能性，而且兩者的交織也是歷時態的人生故事能夠共時態呈現的主要藝術方式，整部小說的藝術風格事實上也正由此而奠定。

　　「現在」的故事以「我」兩去罐子窯採訪的經歷為線索,「它基本上是作家本人的觀感」。「我」本來是要尋訪鄭海的事蹟和故事的,但最後發現自己也不得不陷入一個「故事」之中,成為一個必不可少的見證人和主人公。本來,「我」和小說中陳士林、陳士旺、田藕、秦貞、林重遠等人物之間真實的人生關係是鬆散的,如果沒有那段「從前」的故事存在,「我們」的關係將失去根基。正是在「我」的小說創作進程中,主人公們的現實人生故事凸現了。這裡上演的是一出生命和歷史的悲劇,雖然作家很少進入人物的內心世界,但在散文化的寫實敘述中我們仍能感受到主人公們精神扭曲、壓抑的痛楚。陳士林是第一重悲劇,他放浪形骸的生命方式其實正是對心靈痛苦的一種掩飾。他的悲劇來自兩個方面:一是無父的恐懼。作為一個私生子,他從小就生活在一種荒誕感之中。他渴望能找到自己的父親,這也是他對「我」尋訪鄭海特別熱心的原因之一。二是愛情的絕望。陳士林的第一次愛情失落在一個錯誤的時代裏,作為生產隊長的他為了偷一點稻子回家糊口而被抓坐牢,他心愛的姑娘枝子被迫嫁給了他的哥哥糙坯子,由此陳士林和枝子都同樣陷入了永劫不復的精神苦海。枝子最終無法忍受心靈的折磨而與人私奔了。但陳士林的煉獄還遠沒有到頭,他和田藕又陷入了沒有前途的忘年戀之中,然而,社會、文化、倫理都把他們這種愛情置於一種絕望境界中。他們的愛情悲劇後面,我們讀到了社會和歷史的悲劇,讀到了人的社會、政治性格與其情感性格的永恆矛盾。陳士旺是第二重悲劇。始終沉默寡言的糙坯子幾十年來一直生活在一種「虛榮」中,作為一個鄉鎮企業的先進標兵,陳士旺是以他的辛勤和汗水獲得政治光榮的。他也明白罐子窯的土質不適於燒製陶瓷工藝品。他的作品遠銷國外是一個偶然的誤會。但他必須為此付出代價,他把林重遠視為恩人,日以繼夜為林重遠給他的榮譽燒製陶罐,在蠻幹苦幹中忘記了身外的一切。最後,甚至還用生命去祭奠那近乎虛妄的榮耀。他的慘死雖不乏一種悲壯意味,但更透視出一種根深蒂固的愚昧。人大代表的身份對於他的生命來說實在是一種反諷,讀者從中不難讀出作家對於中華民族政治文化心理的那份沉重。另外,陳士旺的死還是一齣深層的情感和心理悲劇。陳士旺的政治地位引人注目,但他的心靈痛苦往往被忽視了。其實,陳士旺也有其心理重負。他娶了枝子,但枝子並不愛他。這種精神打擊幾乎是致命的。而且他也察覺了田藕與陳士林的戀情,這雪上加霜的折磨可以說正是他常年避居窯洞並緊抱住榮譽不放的根本原因。顯然,辛勞和政治榮譽使他獲

得一種拯救和解脫。在某種意義上，甚至可以說他最後的慘死也是一種逃避現實、追求解脫的行動。第三重悲劇是林重遠。林重遠是鄭海的戰友，又是陳士旺的恩人。這雙重身份注定了他與罐子窯和葉家大院無法割裂的關係。我們雖然很難說是林重遠製造了陳士旺的悲劇，但顯然林重遠之於陳士旺具有某種災難性。作為一個知識淵博、平易近人的高級幹部，林重遠所受的心獄煎熬卻遠遠超過小說中的任何一個人物，不過作家是通過藝術暗示折射出他心靈深處的一種原罪恐慌的。他最終被毒蛇咬死，其中似乎隱含著因果報應和命運因素。林重遠的悲劇在於他一輩子只能以一個異化的形象過虛假的生活，而遭遇懲罰的恐懼永遠伴隨著他。

顯然，作家講述「現在」的故事具有一種漸進的意味，故事始終是未完成態的，它在對現實的記敘中逐步呈現。而「虛構」的故事則處於一種相反狀態，它不但是過去完成態的，而且處於不斷的消解和顛覆過程之中。它是小說中的「小說」，其創作者不僅是作家本人，「現在」故事中的主人公們都同時參與了對這部「小說」的構築，對於「以前」故事的講述一方面是他們重要的現實人生行為，另一方面又對「從前」進行著闡釋、消解、顛覆和重建。他們既不停地上演著現時人生故事，從而成為作家「寫實」的對象，同時又作為「從前」故事的見證人成為作家「虛構」的對象。這種跨越小說中兩個不同時空的雙重身份以陳士林兄弟、一樵、林重遠、王裁縫為典型。正因為如此，「從前」的故事在作家的「虛構」和主人公們的「回憶」共同作用下始終處於一種假定狀態。故事情節、人物衝突，主題涵蘊都處於一種複雜的配合與變動狀態，並具有了多重可闡釋性。首先，這裡講述了一個家族故事。雖然在作家的最初構思中，鄭海應是「從前」的主人公，但實際上小說後來所展開的四十年前的那段歷史中真正的主角卻是葉家大院中的人們，小說「虛構」的主要是葉氏家族的恩怨滄桑，是葉家大院中神秘而無法偵破的謀殺案。其次，「從前」的故事凸現了愛情秘史的內容。葉家大院中的兩個女人蓮子和唐月霜都視陳士林為自己的私生子，其中隱情深深，人物的心理衝突和家族歷史由此被推上了小說前臺。再次，「從前」的故事還具一種革命歷史傳奇色彩。在小說撲朔迷離的「虛構」中我們可以看到葉家和革命英雄鄭海的神秘關係，蓮子似乎是鄭海的地下聯絡員，葉家兩個少爺葉千帆和葉之秋的詭譎行徑也無不關聯著鄭海。在小說中，葉家似乎成了一個階級鬥爭的袖珍舞臺，敵我雙方明爭暗鬥，因而到處刀光劍影、血雨腥風，具有極強的傳奇性。

<h1 style="text-align:center">二</h1>

　　當然，上文我們對《風》中蘊含的兩種故事形態所進行的拆解式分析完全是一種行文需要。而事實上，它們統一於《風》這個藝術整體中，水乳交融無法分割。「從前」孕育預言了「現在」，並一直活在現在人的記憶裏，「現在」是「從前」的延續，「現在」的許多主人公正是由「從前」的見證人成長起來的。因此，「現在」和「從前」的故事不僅具有隱含的邏輯因果關係，而且還具有一種輪迴意味。不僅陳士林、陳士旺兄弟和葉之秋、葉千帆兄弟有對應關係，而且鄭海和林重遠、唐月霜與枝子也不無某種宿命般的聯繫。

　　無疑，小說能自由地穿行於寫實和虛構、現在和歷史之間最功不可沒的因素當推其巧妙的藝術結構。作家把結構上升到一種本文的地位，並以自己的探索完成了對於結構的領悟與理解：「結構是種運動，小說採用感覺的方式破壞原始生活秩序，然後重建以求對生活底蘊的把握。」《風》可以說是一部充滿謎語的小說，謎體結構是其最重要的特徵。小說的展開過程其實也就是設謎→猜謎→解謎的過程。正是通過對「歷史」之謎的求解，小說把現實和歷史緊緊絞合在一起。

　　其一，人物之謎。顯然鄭海是小說設置的最大一個謎，同時也是小說最重要一個結構因素。他不僅使「從前」故事的主人公葉之秋、葉千帆、六指等苦苦追尋，也使「現在」故事的主人公作家、陳士林、陳士旺、一樵等對他的考證、回憶充滿歧義。鄭海就如「一陣風」，一個幽靈飄蕩在小說的時空中，誰也無法真正把握他。難怪田藕要說：「只有鄭海是一個影子」。因此，實際上也許他根本就不存在，只是一個漂亮的民間傳說。小說也似乎根本無意去徹底解開謎底而是在展示一種解謎的過程，展示這個謎語的各種可能的解。正是在這個過程中，有了「歷史」和「現在」的故事及其勾連，也就有了《風》這部小說。此外，葉之秋、葉千帆、蓮子、陳士林、陳士旺、一樵、林重遠等也都是具有結構功能的謎語人物。陳士林究竟是鄭海的兒子還是蓮子與葉之秋的私生子？他和陳士旺誰更可能是唐月霜那遺失的孩子？葉之秋和葉千帆秘密回鄉的真正使命究竟是什麼？他們和鄭海有什麼關係？林重遠真是鄭海的戰友嗎？小說就是這樣讓人物在解謎的過程中自身陷入一個個謎語中，從而形成了小說撲朔迷離的結構。

　　其二，情節之謎。作為一部充滿探索意味的小說，《風》之所以具有很強的可讀性，顯然與小說的情節性有關。如果說小說的「寫實」部分情節具有

完整性的話，那麼在「虛構」部分情節則一定程度上呈肢解狀態。但這種肢解由於充滿了謎語式的懸念，反而給小說帶來了另一種緊張狀態，加強了整部小說文本的結構彈性。葉念慈臨死時伸出兩個指頭的情節可以說是貫穿於「四十年前」的故事的一個關鍵性謎語，眾多主人公的人生歷程似乎都在從不同的側面解釋這個謎語，「有人說他是捨不得二太太唐月霜，也有的說是惦念著留洋在外的二少爺葉之秋，還有的說是想再建一座窯——一龍一鳳。」這使小說頗能引人入勝。而最後在六指的眼中「兩個指頭」卻是指對兩個少爺的仇恨和恐懼……而陳士林被蓮子和六指救上船那個夜晚二少爺上岸的情節也是個充滿神秘色彩的謎。作家自己「虛構」了情節發展的兩種可能狀態，一是二少爺和蓮子在舊樓幽會，提示出兩人私情內幕；一是蓮子跟蹤二少爺，而自己又被六指跟蹤，從而給小說覆蓋上一層地下鬥爭傳奇的色彩。但兩種形態都同樣具有謎語性質，它事實上成為小說後來人物關係和故事矛盾變幻狀態的基礎，情節的緊張性和動盪性質也由此奠定了基調。此外，葉念慈的被暗殺，六指的中彈而亡等也都是小說重要的懸念情節，它們作為作家藝術想像和「現在」故事中主人公們回憶的重要內容，具有歧義叢生懸謎難解的意味。

其三，意象之謎。《風》的藝術結構除了上文提到的人物和情節聯結之外，其最重要的結構方式是意象化貫穿，作家借助具有暗示和隱喻功能的意象溝通歷史和「現在」、想像與現實，效果甚佳。「風」是小說中最飄忽的一個意象，其象徵意味十分豐富，對不同的人物有不同的意義。而對於作家「我」，風不僅是「生命的象徵」和「歲月的印痕」，它更是一種濃得化不開的情緒。那麼，「風」究竟是什麼？它既是歷史的證明，又是人生的宿命；即是綿延不息的生命，又是滄桑變幻的時間……而更重要的是，它飄刮在小說的時空中，連綴了「現實」和「過去」，是一個活潑靈動的結構符號。「墳墓」是小說的另一結構性意象。比如鄭海的墓和葉念慈的墓在小說中都構成了意象。而從某種意義上看，葉家大院又何嘗不是一個從「過去」延伸到「現在」的墳墓？在小說中墳墓的意象傳達出一種死亡和災難的氣息，成為統攝整部小說故事的又一結構因素。葉念慈的死亡固然是一個謎，而「我」所尋找的鄭海墓的不翼而飛或許是一個更深的謎？最後，當鄭海的墓重新奠基之後，「驀然一陣清風，彷彿自九霄而落，優雅地將那紅綢面從容撩開，而後吹進了幽谷」，墓碑赫然呈現了，但卻是一塊無字之碑。至此，不僅「風」的意象與「墳墓」

的意象聯繫在一起,而且「從前」和「現在」的故事對鄭海的尋找終於有了共同的著落。正是在這個總結性意象中,「從前」和「現在」有了結構性的統一。在《風》中還要提到的一個結構性意象是火,它帶有夢境色彩和警示意味,對於小說的主題和故事都有重要意義。蓮子在「過去」曾多次見到一個「火球」,「一團巴掌大的紅火球由柴垛裏躥出,飛向窗外,像流星一般劃出一道光跡,遂墜入夜的深淵⋯⋯」,「我總看到院子裏有一團紅火,一下東,一下西,一下上,一下下,竄來竄去了。」後來,葉家大院也在一場大火中毀於一旦。「據說當大火像林子一樣矗立起來時,院子卻異常的寧靜,連狗也不叫。有人看見一隻巨大的紅蝙蝠呼嘯著從鋼藍色的火焰中穿過⋯⋯」小說由這個「火」的意象開始,然後「風」助「火」勢燒盡了小說中的一切,到小說結尾時作家只能站在一個火後的廢墟上為「大火」送行。這樣,「火」便賦予小說一種古典悲劇的情調,一種優雅的結構方式和一種意味深長的寓意。

三

　　《風》的先鋒性特徵還特別明顯地表現在小說的敘述方式和語言風格上。小說的文體正如作家自己所說:「按流行的原則是缺乏規範的,至少是不夠嚴謹。材料的蕪雜造成作者的忙亂是一個不可忽視的原因。另一個原因則是我的想入非非。甚至胡思亂想,於是使這部小說帶有一定的神秘主義傾向。」然而,事實上這部小說在敘述方面的特殊魅力也正是體現在這種蕪雜和「神秘」上,再加上小說情節結構的不斷「短路」和「口語實錄」對敘述語調的介入,整部小說呈現出一種紛雜又不失統一,混聲而不失諧和的獨有敘述風格。小說採用複合人稱敘事,第一人稱、第三人稱交替使用,主人公、敘述者、作家同時呈現,極大地拓寬了小說的敘述功能。儘管第一人稱敘事的「現在」故事如作者所說只有作家「我」一個人的視角,但由於作家有意識地加強主人公的敘事能力,因而在第一人稱敘述者作家「我」之外,又插入了許多主人公「我」的直接敘述。這就不但使第一人稱的視角成為多重視角,而且也賦予了單一故事形態的多重解釋性和變幻意味。而小說對「從前」故事的敘述則有更為複雜的狀態,作家自己宣稱:「鑒於我要寫的內容時間跨度很大,我有必要不停地調整視角。許多發生了的侷限於我的視角位置,我難以說清楚。我只能權且暫時充當一位全知全能的上帝去編排左右這些陳舊的東西。但我需要聲明的是:我絕不憑空捏造。我可以借題發揮,可以推測,可

以再現，當然更多的可能是表現。」因此，「從前」的故事基本上是由敘述人講述的。但其敘述視角則是多重的，它融入了作家的視角，也融入了陳士林、陳士旺、一樵、林重遠、王裁縫、田藕等主人公們的視角。這不僅使第三人稱敘事兼有了第一人稱敘事的功能，而且不同視角的敘事所進行的互相拆解、顛覆、修正與證明，也使故事處於一種永恆的變動和假設狀態之中，它可以是作家一個夢境，也可以是主人公的一段自白或回憶。「現在」不僅參與了「過去」，而且某種程度上也成了「過去」一個無法缺少的故事環節。作家不去「主觀縫綴」存在於「歷史」中的許多漏洞，而是讓主人公以自己的話語去自然填補，這一方面顯示了作家獨到的藝術匠心和讀者意識，另一方面也隱語般地強化了小說的主題意義。

　　《風》的語言正如作家自己所承認的具有風格上的「不統一性」，但這種不統一又適應於故事的不同形態和講述方式，因而更具一種魅力。小說至少存在三種不同的語言形態和話語方式，它們穿行於「紀實」和「虛構」兩種小說的可能性之中，並呼應著小說的不同的敘述視角，共同構築了《風》的特殊文本特徵。「現在」故事是一種語言方式。由於敘述人是作家，而「故事」又是作家見聞行蹤的「紀實」，因此，有一種散文筆調和清晰優美的語言風格。作家這樣敘述自己第一次去罐子窯：「我記得我是下午動身的，騎著一輛很舊很髒的單車。其時秋已深了，太陽非常軟，落葉紛飛。路很不好走，前一天的雨把路泡得稀爛，再讓太陽一曬，就全是疙疙瘩瘩的。」從這樣的文字中我們不僅可以讀到一種輕鬆、活潑的韻味，而且還能感受到一股強烈的口語化和抒情性。整個「現在」的故事就如一篇長長的散文華章，既有原生態的生活氣息和口語風采，又有古典散文美的境界。

　　而「過去」的故事中我們又發現了迥然相異的另一種語言方式。不同於「現在」的口語化，「過去」的語言具有濃厚的夢幻色彩和凝重風格，而且更重要的是「過去」的語言具有一種強烈的隱喻象徵性和暗示功能，這也是與故事的內容相維繫的。這不僅是指瀰漫於「過去」時空中用語言構築的眾多象徵性意象，如：風、火、白馬、門等，而且主人公的語言也都充滿了「機關」和暗示。「那個夏天對於葉之秋來說彷彿十分遙遠，他希望它從自己記憶裏完全消逝。他恨那陣突如其來的風，如果它不把一粒微塵送到唐月霜的眼裏，後來的一切將不會發生。」「然而這女人終究是不能作用的，葉念慈留她不過是一種擺設，閒時看一看，摸一摸。畢竟葉念慈的心事不會在這上面，

況且業已年過半百，下地艱難。可是兩年後的一個秋天的夜晚，葉家大院傳出了嬰兒的啼哭。這聲音隨風飄蕩驚醒了全村各戶。第二天村裏傳出：葉老爺喜得三太子。到了第三天，人們又知道那孩子死了，葬於青雲山腳。」從這樣的敘述中我們明顯感覺到某種灰暗意味和神秘色彩，其高度的裝飾性和文學性都天然地為「過去」的故事塗抹上了一層「虛擬」和「變幻」特徵。《風》的小說文體所具有的上述特徵，一方面固然與他的謎語結構有關，另一方面也顯然得力於這種暗示性的語言。

此外，在《風》中還存在一種獨立於故事之外的語言形態。比如，作者寫道：「從某種意義上講，創作是一種精神漫遊，它遠離了哲學式的思辨。哲學往往同時伸出兩隻手，既想打別人的耳光，又打自己的耳光，其結局總是悲慘的。」這種同小說情節無直接關聯的分析式語言是作家對於《風》這部小說的構思過程的袒露，同時也是作家對於「過去」和「現在」兩種故事的分析與闡釋。因此，它具有一種理論文字的特色。作家在《風》中自如地運用這種語言形態，其中既有對於作家文學思想的陳述，又有若干史料的引證和考察，既有對文學現狀的分析，又有對小說創作方式的思考；同時也還有作家對各種哲學、心理學理論的解釋。它均勻地分布於小說各個章節之間，似乎超越於小說之上，而又是這部實驗體長篇小說不可或缺的一個結構成分。顯然，《風》搖曳多姿的敘述風格正是由三種語言形態共同作用才完成的，缺了其中任何一方都會使小說失去它特有的魅力。

第二十章　《施洗的河》：罪與罰

　　面對北村這個名字我有一種徹底的陌生。這種陌生賦予我自己和正在閱讀的小說《施洗的河》一種共同的孤零零的意味。當我拼命地試圖以對自己閱讀歷史的回溯來消解這種陌生時，我不得不為自己的無可奈何而尷尬：我的記憶中排列不出哪怕一部屬於北村這個名字的作品，我的頭腦中也想像不出一句曾經有過的關於北村的言語。這就是說，在北村這個港口我無法靠岸。然而我相信，誕生於 1993 年第 3 期《花城》上的《施洗的河》不可能沒有兄弟姐妹而孤零零地降臨我們這個危機四伏的文學時代，我一定輕易地遺忘了北村在此之前所作的許多文學伏筆和鋪墊。因此，《施洗的河》的孤獨姿態純粹是我人為遺忘的後果。我為自己製造了孤獨面對的閱讀境況，並從而使本文的撰寫喪失了應有的對比和參照體系。但我仍無法保持沉默，無法繞開作家關注人生的宗教眼光，也無法忘懷小說夢魘般的生存景觀。「罪與罰」不僅是我對小說故事的概括和主題的想像，同時也是對自己閱讀心態的闡釋。唯有通過語言的穿越，我才能走出生命的荒蕪重鑄《施洗的河》的意義世界。

一

　　《施洗的河》有比較完整的故事和清晰的人物關係，小說在霍童和樟阪兩個城鎮的背景上展開，而情節衝突則主要圍繞樟阪的兩大黑勢力龍幫和蛇幫的爭鬥殘殺而變幻。作家選擇一種特殊的觀照視角展示了生命和人性的形態，表現了特定生存境域中生命的凋殘和人性的醜惡。可以說，罪惡正是小說的一個基本主題，它作為一種媒介溝通了小說中眾多的生命存在，賦予了各種故事形態特別的闡釋意義。《舊約全書》認為：「人有兩種能力——為善

和作惡——而且必須在善和惡、祈禱和詈罵、生和死之間作出選擇，即使上帝也不干涉他的選擇。」而在《施洗的河》中「作惡」則成了主人公們共同的選擇，不管他們有什麼樣的文化背景和性格特徵，罪惡都是支撐他們人生行為的重要支柱。在小說的「罪惡」大廈中，劉成業、劉浪、馬大、董雲無疑是舉足輕重的四大惡人，他們在不同的時空中共時態地編織了一張覆蓋整部小說的罪惡故事。事實上，他們也構成了我們進入《施洗的河》必須首先跨越的門檻，和他們的遭遇將是本文無法迴避的宿命。

劉成業是小說凸現出來的第一大惡人，在霍童他是一個草莽英雄的形象。他的粗暴和殘忍突出地表現在對兒子劉浪的折磨上。在他眼中，劉浪作為他和陳氏在菜地裏的傑作只不過是「一把芥末、一隻蟲和一塊土坷垃」，他可以在劉浪受傷的頭顱上再猛砸一拳，也可以用最惡毒的流氓語言詛咒劉浪。在小說中劉成業一直作為劉浪人生和心靈的背景存在著，他像一個罪惡的幽靈緊緊糾纏著劉浪的靈魂。可以說，劉成業正是劉浪的一個預言，他的存在正是劉浪生命的一種前景，他以自己特有的殘暴塑造了劉浪的性格和罪惡，同時又以自己的生存理念第一次為劉浪施洗：「小子，做人要做頭，做事要占人先，啥時你玩人像玩雞巴一樣了，你就算是人了，因為他們都是雞巴，你才是人。」顯然，劉浪的罪惡之路正是劉成業的又一「傑作」，而他荒謬的生存邏輯則幾乎是響徹整部小說的罪惡進行曲。

無疑，劉浪是《施洗的河》的真正主角，小說也正是以他的出生、墮落、獲救為中心情節編織故事的。在他身上，人性惡的本性得到了淋漓盡致的表演，在某種程度上他似乎已經變成了罪惡的根源和證明。他本是一個「沉默寡言的孩子」，但卻宿命般地走上了父親的道路。重回樟阪，他一下子就成了「一次搶劫或火併的犧牲品」，從此他也就從一隻羔羊變成了兇猛的狼。殺人越貨，虐待女人，以自己狐狸般的狡猾和算計在樟阪黑社會中站穩了腳跟。他以自己的滿手血污和馬大相互殘殺並瘋狂地實施自己對樟阪的征服。他害死了徐麗絲、殺死了如玉，也殺了自己的兒子和弟弟。他似乎天生充滿了對生命的仇恨，就像一個瘟神，凡被他染指過的一切頃刻間就會死氣沉沉。他容不下一對鸚鵡，也看不慣狼犬的興高采烈，甚至滿園的鮮花也會刺激他罪惡的衝動。花園侍花的情節和遍地枯萎的意象正是關於他毀滅生命的罪惡的象徵。正如穴居時他對自己的分析一樣，他充滿黑暗，「那些有生命的東西一跟他接觸就要死去」，「他跟一切上好的事物無關，跟陽光無關，屬於洞穴的

性質：黑暗、陰鬱、潮濕、寂靜和死亡」。

馬大則是和劉浪遙相響應的另一惡棍。他登峰造極的罪惡從他獨自和劉成業、劉浪兩代人爭鬥的血腥事實中即可得到證明。劉成業的提前隱退和他最終與劉浪戰成平手的結局都顯示了他一枝獨秀的作惡能力。和劉浪不同，馬大對於作惡有直言不諱的坦率，他揚言：「我是杜村的鄉巴佬，我不識字，我只對女人感興趣，對於我來說，樟阪就是一個女人，十足的賤貨。」他開煙館和妓院，並瘋狂地以殘殺一個個生命而積聚財富。如果說劉浪還在某種程度上以一個書生的形象出現在樟板的公眾場合的話，那麼馬大則是一個徹頭徹尾的土匪，高興時他會高唱山歌，失意時他會抽打自己的老婆，仇恨時他更颶風式的殺人放火。他以自己特殊的方式奏響了《施洗的河》中又一曲罪惡音調，從而與劉浪一道在樟阪這棵罪惡的大樹下相依為命。

還有董雲，這是一個幕後人物。作為劉成業和劉浪父子的管家，他的罪惡呈現為一種特有的老謀深算。他精通陰陽、法術，「整天只做三件事：吸煙、睡覺和查讀《推背圖》」。然而，正是這位足不出戶的陰陽先生，他像一條毒蛇總是在最關鍵的時刻咬人一口，以自己特有的陰險狡詐一手導演了樟阪的罪惡。應該說，他才是真正的四個惡人之首。他能最終戰勝馬大和劉浪使龍、蛇兩派悉歸其所有正是他卓爾不群的作惡能力的證明。

上述四大惡人正是《施洗的訶》編織故事的經緯和綱目，小說借他們展示的罪惡的可能形態以及罪惡籠罩下的人生圖景，並以極端的藝術方式折射了非理性的時代弱肉強食、豺狼當道的荒謬現實。也正是在這個意義上小說被賦予了一種寓言功能，罪惡正是作家對於存在的一種寓言假定，它作為一面鏡子一方面照出了人性中罪惡的本能，另一方面也透示出隱藏在罪惡背後的歷史、社會和文化根源。

二

如果說在《施洗的河》中罪惡是故事的基本主題的話，那麼恐懼和焦慮則是彌漫小說的共同精神情緒。惡人們把罪惡推到極限，而他們心靈的承受限度也達到了極限。他們為即將來臨的懲罰而恐懼，但對他們肉體和精神上的懲罰卻總是不期而至。墮落是他們作惡之後的必然人生宿命。

首先，從肉體上看。惡人們登峰造極地殘暴和毀滅生命的同時，他們身體的健康也被他們自己處心積慮的作惡和荒淫無度的生活剝奪了。劉成業隱

居霍童後不僅性格蛻變得像個女人，而生病之後「人也慢慢地消瘦和走形，像一隻弓一樣繃在床上」。這個昔日不可一世的惡霸最終變得跟一根木頭一樣，用一種麻木到極點的目光看人，連瞳孔都是僵死的。劉浪不僅最後失去了對於女人的性能力，而且幾乎失去了言語和行動能力，他怕光、幻聽、幻視，甚至跨過門檻也要摔倒，除了臥床和穴居他幾乎不能做任何事，玉食珍饈，女人的胎盤和各種藥膳都無法挽救他身體的日益衰敗。這個威風凜凜的「英雄」終於變得「乾癟、堅硬、起皺，像一個核桃，眼神空洞，莫衷一是」。馬大在斂財和作惡的同時也日益昏聵，成為一個夢遊症患者，他甚至無法記住自己的珠寶藏在哪裏，而像一隻「老鼠」一樣在黑暗地窖裏生活。他不僅不能再引吭高歌，就是言語的能力也幾乎喪失了。對於世界對話能力的失落正是這個土匪走向末路的標誌。而董雲雖由於少年時代就意外喪失了性功能而長期不近女色，但殫精竭慮的罪惡計謀同樣掏空了他的身心，他肉體腐爛的惡臭透過他緊裹的皮襖依然是濁氣逼人。

其次，從精神上看。對於小說中的惡人們來說，肉體的懲罰畢竟還是次要的，解救的希望也還存在。但精神和靈魂上的恐懼與折磨則無疑是致命和絕望的了。伴隨他們的每一次罪惡，都是無法排遣的靈魂空虛，這種空虛不僅消解了主人公人生的意義，就是罪惡本身的征服和掠奪意義也被瓦解了。他們把罪惡播向世界和他人，而自己也不得不在靈魂的地獄裏掙扎，以精神的變態和瘋狂去承受遙遙無期的懲罰和報應。

具體說來，主人公們的生存恐懼表現在下面幾個方面：

其一，生命的孤獨感。在《施洗的河》中主人公們對世界和他人充滿了仇恨，這種仇恨使他們自絕於他人和世界，泯滅了一切親情關係，無法與他人對話和溝通，從而置身於一種徹底的孤獨境界。劉成業作惡多端的結果是真正的眾叛親離，他只能以自己的瘋言瘋語和怪誕行徑聊以抒發自己的孤獨。劉浪從小就離群索居，來到樟阪後更是主動割斷了與家庭的親情關係，他殺死了自己的弟弟，捨棄了與母親的溫情，獨自一人品嘗失意時的孤獨。馬大也不僅僅是在老婆被劉浪搶走之後才感到孤獨，他擁有的不是財富而是把他折磨得疲憊不堪的黑色性情和無邊無際的孤獨。至於董雲這個幾乎從不見陽光而只在黑暗的法術中生活的人，其陰暗的心情和難言的寂寞更是注定了他只能以孤獨的陰謀去暗算這個世界，孤獨對他是一種折磨，但也是他主動的選擇。

其二，生存的無意義感。小說主人公們一生都陷在罪惡的泥塘裏左衝右突，他們在很多時候把作惡當成了人生的目的和意義，可一旦他們生命的虛榮被擊落，其生存意義的匱乏就昭然若揭了。劉成業「英雄」一世只不過是得到了一口自己並不能躺進去的棺材；董雲機關算盡但仍不能在功成名就之時苟全自己的性命。至於劉浪和馬大幾十年血雨腥風的惡鬥到頭來只不過是一場遊戲，這種人生的反諷使他們的存在歸於荒誕。人可以忍受飢餓感，但人絕對無法忍受生存的無意義感，當他們一度無比輝煌的人生呈現出無意義的本質時，生存恐懼就會潮水般地淹沒他們。

其三，命運和死亡焦慮。當主人公作出作惡的人生選擇時，他們事實上已經把自己置於一種險惡的生存境域之中，長期緊張壓抑的罪惡生活不僅摧毀了他們的身體，更重要的是摧毀了他們的神經。在某種程度上，他們都變成了神經症患者和處於異化狀態的非人。他們無法逃避命運的懲罰只能無能為力地陷身焦慮和恐懼之中。一方面，命運向主人公張開了它的黑手，正如小說中所言：「命運是很奇怪的一種東西，總是與人的意願擰著幹，如果你讓命運領著走，就會走上一條與你的願望全然背棄的路，並使你信以為真，而且離原來的路越來越遠，到了終了的一天，你已經無法分辨哪一條路是真的了，你只知道自己走完了一條路，在這種無法肯定的曠野中，死亡帶著絕望以巨大的恐怖把一個人吸乾」。另一方面，在主人公們的生存焦慮中死神又露出了它猙獰的面孔。劉成業整個晚年都沒能逃出「他就要來」的陰影，「他」既是他曾經殘害過的生命，又是死神的象徵。劉浪也幾乎永遠被死亡之氣籠罩著，時常為索命的噩夢糾纏，只得提前躲入墓穴消解死亡給他的威脅。而馬大、董雲、唐松等人也無不是在死神的蹬蹬足音中走向生命的末路。他們畏懼恐怖死亡，而死亡總是橫亙在他們生命的前途上，他們永遠也無法超越這道門檻。

三

然而，《施洗的河》並沒有把惡人們全送進地獄，在淋漓盡致地表現了他們的生命罪惡和精神恐懼之後，作家在「罪與罰」的主題之外，又進一步描繪了主人公們絕望的救贖途程，表達了對於生命的神性關懷以及對永恆歸宿的追問。在此意義上，小說的主題和故事又得到了新的闡釋。對於罪惡的主人公來說，懲罰的恐懼和被拯救的企盼是互為因果的人生情緒，只不過他們

自身的罪惡使他們的獲救之路比常人更多曲折而已。在小說的文本世界中，主人公的人生救贖經歷了由人→鬼（妖）→神（上帝）三個階段，最終在對上帝的歸附中超越了罪惡超越了存在而獲得了生命的澄明。

其一，現實的拯救。當惡人們把罪惡之網撒向世界時，最終的受害者卻往往是他們自己。他們無法甩開無所不在、水銀瀉地般的懲罰恐懼，只好絕望地進行拯救自我的嘗試。劉成業的隱居是一種拯救；馬大對母親的孝心也無非是為了拯救自己的良心；而對於劉浪來說，天如可以說是拯救他的第一道光亮，其後他的讀書、穴居、賑災、奔喪都一一失敗了。確實，主人公們無法清洗自己的罪惡，也根本實現不了對於自我對於罪惡的拯救，他們既然把現實改造成了地獄，首先被煎熬的就只能是他們自己。

其二，鬼（妖）的拯救。作為主人公活動背景的霍童和樟阪都是人妖混雜充滿鬼氣。當主人公們現實拯救的路途被斬斷之後，他們又虛幻地轉向對鬼和妖的乞求。劉浪自己對傳道士說「在霍童我膽小怕事，唯一不怕的是鬼」，而且他從小就有異乎尋常的預知能力，「我疑心我是一隻鬼，一隻索命的鬼，我被鬼附了身。」這使他在與馬大的最初較量中占盡風頭，馬大和徐大頭都對他的作惡能力匪夷所思地以為見到了「鬼」。對劉浪充滿仇恨的馬大也在某個黃昏疲憊地走進了雲驤閣，在妖術的氛圍中兩個昔日的宿敵化干戈為玉帛共同陶醉於占卜鬥法之中，他們幻想著法術能挽救他們日益淪喪的信心，並戰勝董雲挽回頹風。然而法術卻注定了只是另一種鴉片，生活在法術中的董雲最後自己栽倒在法術之中，而劉浪他們的「師傅」也「在一個雨夜突然消失」。前路茫茫，等待主人公的依然是永劫不復的沉淪。

其三，神和上帝的拯救。在主人公突圍和救贖的途程一次次被封堵之後，主人公「聽到了一個聲音」，也就是神的召喚。劉浪讓他的小船順流而下，在近二十年的思慮中「第一次變得真正的毫無主見，他實在疲倦，實在不想決定什麼，他希望有一種別的東西來決定他，決定他的方向和去處」，這時候他萌生了對於神靈的祈求和追問。一連 30 多個暴風驟雨般的「天問」酣暢淋漓地宣洩了劉浪的絕望和迷惘。正如普魯斯特在《追憶逝水流年》中所說：「有時當我們覺得一切全完了時，能夠救我們的通知到了：人們敲了所有堵死的門，唯一那扇可以進入，卻要白白找尋一百年的門，人們無意中叩了一下，它就打開了。」在經歷了滅頂之災後他終於靠岸了，傳道士作為上帝和神的使者降臨到了他身旁，給他帶來了神諭，並指明了獲救的坦途。劉浪最終接

受了傳道士給他精神上的第二次洗禮，開口向主禱告，他由此再次變成了一隻溫順的上帝的「羔羊」。上帝拯救了劉浪，懺悔和眼淚使他獲得了再生。作為一個上帝的子民他還承擔了拯救馬大的使命，並帶馬大乘船返回霍童。小說也正是在劉浪朗讀《聖經》的娓娓餘音中完成了對惡人的「轉回」，從而實現了「惡人轉離他的惡，行正直與合理的事，就必因此存活」的宗教主題。

第二十一章　《邊緣》：超越與澄明

　　《邊緣》作為格非的第二部長篇小說對他本人乃至整個中國當代文學的意義似乎至今還未得到足夠的重視，我為我們評論界對這部作品保持如此綿長的沉默而驚訝不已。從 1990 年度的《敵人》到 1992 年度的《邊緣》，格非幾乎不著痕跡地完成了對既往藝術範式的全面突圍，他不僅以清晰的時空結構和透明的情節線索消解了以往神秘晦澀的藝術傾向，而且還在對文本遊戲色彩的拋棄過程中實現了風格由混沌向澄明的昇華，並由此表現出了對「迷宮」式寫作姿態的真正遺棄！格非無疑以其卓有成效的藝術努力和出人意料、判若霄壤的「藝術蛻變」，顯示了作家超越自我的可能及其限度，並在此意義上對整個新潮小說界作了一次意味深長的提醒。「超越與澄明」既是小說藝術姿態的絕好總結，同時也更是小說主題和人生內涵的精妙概括，據此，格非為新潮小說指明了某種方向。

一

　　如果說格非的迷宮小說曾一度因其朦朧晦澀和危機四伏的神秘而令人望而生畏的話，那麼一旦格非跨出迷宮的門檻其不期而至的清晰給予讀者的欣喜也是不言自明的。儘管《邊緣》以一個老者彌留之際的靈魂坦露為線索敘述故事，小說時空依然變幻、飄忽不定，但眾多跳蕩的故事片斷和人生畫面不僅具有可重組性，而且各自也具有邏輯聯繫，這就使《邊緣》的故事形態具有了整體上的統一性和透明性。小說主人公是「我」，因此「我」的人生經歷也正成了這部小說的故事主體，而從「我」的視角出發，小說又平行地展開了仲月樓、徐復觀、宋癲子、杜鵑、小扣、胡蝶、花兒等人物的故事，彼

此互為交織又互為對比共同構築了整部小說的故事框架和主題結構。具體地說，「我」的人生故事又呈現為三個階段：

其一，少年麥村階段。「我」的記憶開始於「那條通往麥村的道路」，而這條光禿禿的實際上「包含了我漫長而短促的一生中所有的秘密」的道路也正是「我」人生和故事的開端。通過這次母親眼中的「錯誤」遷徙，「我」在麥村的童年生涯揭開了帷幕。「在那段寂靜的日子裏，我日復一日坐在閣樓的窗前，聽母親給我講述她做過的每一個夢，這些古怪的夢經過我不安的睡眠的滋養和複製，構成了我來到麥村以後第一個深刻的記憶」，而母親對麥村陰雨連綿的天氣和彌漫在空氣中的稻草氣息的抱怨以及對往昔時日的刻骨留戀也感染了「我」，「我」日益被一種頹傷和憂鬱的情緒所包圍。父母之間的隔膜和隱隱的仇恨也時時加劇著「我」的孤獨和寂寞。父親的病死和母親與徐復觀私通的場景更給「我」幼小的心靈帶來了巨大的刺激和傷害。「我」眼中的麥村到處充滿了災難和死亡的氣息，尤其當我目睹了宋癲子姐姐的驅鬼儀式、花兒莫名其妙的弔死和母親的臨終叫喊之後，不但一種對於生命經久不散的憂傷無法排解，而且「我」的身體也開始向生命的邊緣滑行。「我」患上了越來越重的失眠症和夢遊症，「我常常在半夜三更的時候不知不覺地從床上爬起來，獨自一人悄悄溜出棗梨園，在寂靜的曠野上四處游蕩。」最後，雖然徐復觀以「大糞」治好了「我」的病，但「我」對於麥村的恐懼和逃離已是無可避免。無論是母親的死亡，還是和杜鵑的結婚、和小扣的私通都無法阻擋「我」突圍而出的決心。在「我」的印象中，麥村正是借助於仇恨和恐懼完成了對「我」人生的最初洗禮和放逐。一方面，「我」無法擺脫彌漫於麥村各個角落的仇恨和敵意。如果說徐復觀對「我」的仇恨源於對母親欲望受挫後的報復心理、母親對小扣的仇恨源於女人之間近乎天生的嫉妒的話，那麼宋癲子對「我」的仇恨以及父母親到麥村後的相互仇恨則似乎莫名其妙。另一方面，「我」的童年稚拙而脆弱的想像中又充滿了對於麥村世界的深深恐懼。「我」的幻覺中「窗外的世界浩瀚而不可理喻，它奧妙無窮，令人戰慄」，並最終凝聚為一種恐懼的徵象，「直到現在，我依舊無法弄清，我幼年根深蒂固的恐懼究竟源於何處」。從某種意義上說，對麥村的逃離，正是一次對災難和痛苦的拋棄與告別，是一次精神涅槃的自我拯救。只不過，此時，「我」忽視了自己與麥村似乎命定般的聯繫，因而沒有意識到正在踏上的只是一條虛妄的救贖之途。

　　其二，軍旅生涯。對於「我」來說，信陽的軍校生活無疑揭開了人生的嶄新一頁，但這一頁尚未完全打開卻又急遽地合攏了。「在充滿火藥味的戰爭氣息」中，「我」不得不一次又一次地與接踵而至的夢魘般的災難和罪惡狹路相逢。雖然，對於軍校大兵姦淫鄉村女子醜劇身不由己的目睹與參與使「我」度過了三個月的禁閉生活，那幾個大兵也終於被處決，但懲罰並不能真正消泯那籠罩和折磨「我」靈魂的罪惡恐怖，這種恐怖幾乎一直伴在「我」此後的人生路途上。軍校畢業後，「我」上前線投入了戰爭，並把戰爭視為「我的身體對於沉睡而無所適從的心靈的一次小小的拯救」。然而，戰爭卻以其殘酷和荒誕對人與生命進行了無情的嘲諷和戲弄，並徹底摧毀了「拯救」的妄想。一方面，戰爭以接二連三的死亡作為成果表現出對生命最大程度的輕蔑和不屑一顧。如果說霍亂傷員被活活燒死，仲月樓關於這件小事的解釋多少還能使「我」信服的話，那麼當「我」所在的三團「也許只是為了給對方造成一種錯覺，或者僅僅是為了試探一下他們的火力」而在進攻中「像被收割的莊稼一樣一排一排地倒在河邊」，大規模的潛伏部隊竟無動於衷時，戰爭的殘酷本性和猙獰面目則無疑令「我」毛骨悚然了。另一方面，戰爭也以其不可理喻的荒誕昭示了其無意義的本質。兩個軍官的口角可以引發一場屍橫遍野的內訌、火併；一個傷員的生命也不會中斷醫生談論女人的興趣；而對於師長來說一桶酒的價值自然遠遠地高於士兵的生命……這裡，已經沒有什麼理性、原則、正義、真理，只有到處肆虐的暴力、死亡、罪惡以及隨風飄散的荒誕。「我」們曾在凜冽的風雪中穿越八十里路程去架一座後來證明一無所用的橋樑；「我」們也曾在一夜之間與「一直想要我們性命的死敵」成了兄弟，「多少年的仗算是白打了，好像十來年的兵戎相見只是出於一種誤會。我們奉命用最隆重的禮儀來歡迎他們。」置身於戰爭的這種無所不在的荒誕中，「我」的憂鬱症終於無可遏止地再度爆發了，而逃跑的念頭也與日俱增，「好像每一次作戰、行軍、紮營總是在為逃亡作準備似的，我慢慢地對這個念頭上了癮」，並先後逃跑過三次，最後一次還差一點獲得了成功。但「我」終於明白，「即使逃出了軍營，也逃不出這個兵荒馬亂的歲月」，「我慢慢適應了軍營裏的一切，學會了忍耐，學會了吃生馬肉、喝鐵鏽一般的污水、在行走中的戰馬上打瞌睡」。面對著風雨飄搖的戰爭歲月，「我」除了獨自一人去面對「自己的黑夜」外，精神上的唯一慰藉就是與仲月樓的友誼和對杜鵑的懷念。對於仲月樓，雖然「在頻繁作戰的間際，我常常能夠看到他，有時在奔馳的

馬上,有時是在兩輛相向開過的戰車裏。不過,我依舊懷念我們在一起相處的時光,盼望重新相聚的時刻,以便延續我們那永不厭倦的話題」;而杜鵑實際上「長期以來成了我動盪不安的內心唯一的一道屏障,一朵綴滿安寧氣息的花蕾,我就像一隻在花枝上迷了路的昆蟲,正急切地尋找道路,渴望重新回到她的花萼之中去。」有意味的是,恰恰正是戰爭本身完成了「我」對於戰爭的逃離。這也許正是戰爭荒誕性的一種特殊表現。在與日本人戰鬥中的受傷,使「我」在充滿糜爛和淫蕩氣息的東驛度過了近兩年的時光。東驛彷彿是又一個麥村,「我」感到了彌漫在淫穢氛圍中的仇恨和災難氣息,不但親歷了玉繡含羞自殺,而且還目睹了日本人當著胡公祠的面凌辱、強姦其女兒胡蝶的恥辱畫面和胡家大院的衝天大火,胡蝶雙眼失明、胡公祠含羞出走的悲劇景象成了「我」一生中對於東驛的最深刻記憶。而在東驛的災難中,「我」那漸漸淡忘了的家園記憶也雨後春筍般地滋長起來。雖然隨著返回麥村願望的迫切,「我」對東驛的留念也與日俱增,「這個村子裏似乎有一種無法說明的東西在深深地吸引著我」,但麥村的召喚畢竟無法阻擋,1939 年秋天「我」終於沿著賣狗皮膏藥老人的指引踏上了「歸家」的路途。

其三,晚年麥村階段。然而,正如「我」當年的出逃被證明了是一個錯誤一樣,現今的返回又注定了是在重返一個錯誤。夢中的家園不僅遙遠而且事實上已支離破碎。麥村給倦極思歸風塵僕僕的「我」的見面禮竟然是杜鵑和宋癲子偷情時宋癲子汗流浹背的身影和杜鵑持續不斷的呻吟。悲劇和災難又一次把「我」殘缺不全的人生擊打得千瘡百孔,「我」一下子失去了所有的記憶、想像和夢想,失去了對於生活的最後一絲熱情,以至「我們初見面時的那種令人難堪的氣氛維持了很長的時間,它讓我感到沮喪,腦子裏一片空白。我的記憶在沉睡,甚至連欲念都被一塊石頭壓著,唯獨血液在肌膚下流淌得很快。」在這痛苦的洗禮中,「我」晚年的黯淡生涯可以說一下子就露出了猙獰面目,「我感覺到,在我泥濘不堪的道路盡頭的一盞燈熄滅了。」此時的麥村所能賦予「我」的只是這樣兩重身份:一是受難者,一是旁觀者。作為受難者,「我」將一如既往地承受噩運的打擊,並理所當然地成為歷史、時代、罪惡的犧牲品;作為旁觀者,「我」不得不親眼目睹罪惡如野草般地滋長,並親自為這彎曲的世代、為前仆後繼的生命、為歷史上僅存於一個個瞬間的美好和神聖送葬。在這個意義上,麥村已經不再是家園,而是一座碩大無比的墳墓。儘管「我」仍然是故事的主人公,但這時「我」不僅充當的是人生

的悲劇角色，而且「我」的人生已經失去了一切主動性，而完全成了被歷史罪惡屠宰的羔羊，「我」夢見自己被用繩子捆綁住放在羊圈裏的意象正是「我」晚年命運的絕好象徵。「我」感到「在我的一生中每時每刻似乎都被光陰刻下了恥辱的印記，儘管我一直試圖和周圍的環境協調一致，但總是漏洞百出，捉襟見肘。彷彿我這個人天生就做不出讓別人（或者我自己）感到高興的事」。杜鵑的變節給了「我」第一重打擊，而「我」與小扣的再度同居也只能以生下一個死胎和小扣的出走為結局。其後，經過一次次的批鬥和改造，「我」和杜鵑被趕出了麥村，名副其實地成了在歷史的漩渦中打轉的祭品。而此時，佔據麥村政治和歷史舞臺的宋癲子、路隊長等人的人生故事固然強化了「我」的人生悲劇，但他們自己所最終完成的也只能是另一齣悲劇。呼應於仲月樓和徐復觀的淒涼晚景以及小扣、胡蝶等人的奇特命運，麥村正以對「我」的拋棄走向了和「我」相同的「滄桑」。更具反諷意味的是，「我」至今仍作為歷史的垃圾生活在麥村的角落裏並幸運地等到了平反的信郵，而曾經叱吒風雲的宋癲子、徐復觀、路隊長以及杜鵑、小扣、仲月樓等卻如同麥村的一對孿生兄弟一樣無法逃脫死亡的判決，真正淪落在時間的黑洞裏。這是人生的悖論，也是歷史的玩笑，在經歷了生與死、高尚與卑鄙、殘酷與罪惡、荒誕與真實、忠誠與背叛、恥辱與褻瀆等一幕幕人生悲劇之後，在與死神的長期摩肩接踵、不期而遇之後，「我」不但獲得了在死亡邊緣掙扎的漫長生命，而且還獲得了一種回憶與澄明的寂靜人生境界。這是不是一種人生的報答呢？

二

　　當我們透視《邊緣》展示的一個個生命悲劇時，一方面我們不能不為主人公們掙扎於醜惡之中的悲壯而傷感；另一方面，我們又對彌漫於小說之中的傷感的宿命情緒以及浸透在主人公人生背後的宗教徒般寧靜淡然的人生態度難以釋懷。然而，也正是在這種黯然神傷的精神氣息中，我們獲得了對於《邊緣》主題的全新領悟。

　　「邊緣」無疑首先是一種人生狀態的描述，它是對「我」為代表的小說眾多主人公生命狀態和生命方式的極好概括。它代表了人類的一種不幸的命運和災難處境，一種以痛苦和受難為特徵的存在方式。在這種方式中，人只能異己地存在於生與死、天堂與地獄、忠誠與背叛、善與惡、罪與罰的邊緣地帶，而尤其當主人公陷身於特殊的歷史情境（比如戰爭或「文革」）中時，

這種邊緣處境就更是昭然若揭。某種意義上說,「邊緣」也正是對人類在歷史和戰爭中的真實處境的隱喻性寫照,是對人類不斷被消解和粉碎的災難命運的寓言暗示。因此,在小說故事的背後我們更多地讀到的還是作家對於人類命運的沉思與關懷,以及作家遠距離地形而上地觀照人類生存困境的憂慮眼光。儘管徐復觀在夜校上課時,曾把「人」大寫到黑板上並斷言:「你們認識了它,不僅有飯吃,有衣服穿,還會有房子、金銀、瑪瑙和棉花,你們什麼都不會缺」;儘管,在「淺淺的睡意中,我們看見那個字像一棵梧桐樹一下就長高了,並生出了枝丫,它的枝條濕漉漉的,宛若河底的水草輕輕飄拂,像繩子一樣緊緊地捆住了我的身軀,使我喘不過氣來」。但事實上,無論是徐復觀還是「我」都沒有能真正穿越歷史和戰爭的屏障成為一個「大寫的人」。不僅客觀上,戰爭以死亡駕設它的前進軌道,它命定地把人類扔在了死亡的邊緣,讓他們目睹每一個偶然的歷史瞬間生命的煙消雲散;而且,主觀上,戰爭也以其殘酷和荒誕使人類陷入了可怕的自我否定之中。不但指揮官們視生命的毀滅為尋常,就是仲月樓也說:「人當然不是畜生,可是幹我們這一行的,特別是在這一個軍營裏,你有時不得不把他們當畜生看待」。從這個角度來看,《邊緣》正借助於悲劇性的故事描繪了「大寫的人」變成「受難的人」「被動的人」「可憐的人」的過程。「我」有時覺得自己只不過是一隻烏鴉,「甚至只是它在天空中投下的一縷陰影」,「我就像一棵楝樹上成熟的果實,在秋風中殘喘,彷彿隨時都會掉落下來」,「在我一生快要走完的時候,我忽然感到自己只是經歷了一些事情的片斷,這些片斷之間毫無關聯,錯雜紛亂。就連歲月給我留下的記憶也是亂糟糟的,我在回憶起從前的時候,不得不從中剔除掉一些令人不快的部分,而留下一些無可遺憾的畫面。即使這樣,這些美妙而純淨的畫面也無法使我對自己的一生作一個簡單的歸結,比如歸入某種意義,或者是某種人的類別。」而事實上,當「我」用舌頭舔豬圈上的痰跡時,當「我」在烈日炎炎的中午跪在一對倒扣的瓷碗上時,當「我」跟母雞的屁股親嘴時,「我」已經根本上是作為一個「非人」而存活的;仲月樓雖然在與日本人的戰爭中「煽起了他長年積鬱難排的體內激情,並使他晦冥而頹廢的生命得到了拯救」,但戰爭和歷史最終還是把他置於了一個「可笑的境地」,晉升上校軍銜的他不但沒有看到蔣家王朝的滅亡,而且至死也被以「神秘莫測的方式向前推進的歷史」和時間無情地戲弄著。他沒有逃往臺灣卻成了一個剃頭匠,一個潛伏特務,一個生活於生活和女人給他的雙重恥辱中的

廢人，「歲月在他臉上留下的痕跡比我想像的還要深刻，他的身體如同一具蠶蛹褪下的空洞的殼，衰朽不堪，弱不禁風」，並最終在糞池中了卻悲慘的一生；胡公祠這個昔日威風凜凜的鄉紳在日軍的殘暴面前只能親眼目睹女兒慘遭凌辱的一幕，並帶著一生中無法洗清的恥辱一去不返孤獨地離開東驛，等再次出現在人們面前時他已經淪落到「懷裏挾著一頂破舊的草帽，手裏拿著一隻碗缽，挨家挨戶，沿路乞討」的淒涼境地，他曾經擁有的榮耀自是蕩然無存了。而他那位孤傲、清高、貞節的女兒胡蝶曾讓東驛所有的女人豔羨和嫉妒，但她擁有的一切在日軍的獸行面前也頃刻間土崩瓦解了。她那麼珍視的人的尊嚴也終於隨大火燒得一乾二淨。當「我」幾十年後找到雙目失明的胡蝶時，「她正坐在一處鍋爐房的門邊削著土豆。她的臉頰像一盆發酵過頭的麵粉一樣顯得虛弱而浮腫，鉛灰色的頭髮在風中拂動，看上去，她如同一隻被人弄壞的玩具似的弱不禁風。」此外，徐復觀、路隊長、甚至連宋瘋子也都沒有能逃脫在時間中淪落的宿命，他們一度輝煌的人生也都在歷史的蹬蹬足音中無法挽回地萎縮成了「小寫的人」。

其次，「邊緣」又正是一種精神狀態和精神方式的寫照，是對主人公心靈風景和生命態度的紀實。小說中的主人公們不僅如上文所說的處於歷史和現實的邊緣地帶，而且他們也某種程度上是居於「人群」的邊緣，居於各自心靈的邊緣。他們無法溝通、對話，無法真正進入彼此的心靈。在小說上空自始至終飄蕩著一股冷漠、隔絕的黑霧，傳播著一種令人心驚膽戰的孤獨，正如小說中所說的：「麥村的人像是對所有的事情都喪失了興趣，人們彼此之間很少說話，即使偶而交談一兩句，也是心事重重。飽含提防、猜忌的沉默不語再次成為時尚。」在這裡，不只陌生的人們之間無法溝通，就是父母、兄弟、父子、母子、夫妻、師生、朋友之間也都無不充滿一種隔膜和自我封閉的敵意：「我」不能理解父親和母親晚年的彼此仇視，也不能解釋杜鵑和小扣的變化；「我」和仲月樓的友情雖然極其寶貴，但它畢竟經受不住歷史的嘲弄，而「我們」唯一的話題其實也不過只是那千古常青百說不厭的「女人」，並且最後兩個人都不得不承受「女人」帶給他們的恥辱。「他人是自我的監獄」這個存在主義的哲學命題，在《邊緣》中無疑又煥發了生命的活力。

然而，精神邊緣的狀態固然對於人生來說是一種不幸的處境，但同時它也是一種機遇，它提供了一種從具體人生泥淖中抽身而出進而參悟人生的機會，這也可以說是「邊緣」所寓含的一種特殊的辯證法。對於這部小說來說，

這種機遇可以說直接催生了「我」——一個老人在死亡「邊緣」的回憶。這使我們在小說觸目驚心的醜惡和災難背後讀到了一種令人驚異的平靜。儘管在老人漫長的一生中，滯留在他記憶中的幾乎全是人世間一望無邊的醜惡，但無論怎樣殘酷、醜惡、強暴，敘述者都以一種冷靜超然的態度進行著審美（審丑）的觀照。小說既展示了看母親洗澡、私通等褻瀆神聖的情節，又描繪了強姦、偷情、殺人、行刑等場景。固然，在這中間我們能感受到人在環境和命運中的無可奈何與無能為力，也能感覺到作家對人性醜惡的厭惡。可是，在小說展示的這種「存在密度」背後，除了生命的體驗之外我們讀不到主人公情感態度上的憤怒、渴望和吶喊，只有一種強烈的自戀式的冷漠彌漫字裏行間。也正是在這種「冷漠」的精神狀態下，主人公對「回憶」中的人生有了心如止水的徹悟，並由此獲得了一種人生的澄明，「我的記憶像月亮一樣高掛在這個夜晚的天空，停留在某一種時間的邊緣。它越過一隻陶瓷的水杯，照在我的床前，帶給我無法說明的憂傷、悲憫和深深的懷念」。而澄明同時也意味著寬容和理解，當「我」遠離塵世的喧囂獨自面對自己在人世間的遭際時，「我」對命運有了清晰的理解，「我在想，時間並不能除滅任何東西，相反，它像一根線串起粒粒念珠，使各種事物互相關聯，並不斷提醒人們的記憶。當我的眼前再次浮現遷徙途中的那個風雨晦冥的雨季，我似乎感到一生歲月的經緯在那時就徹底打亂了。我意識到，我掉到時間的窠臼裏，對它的抱怨和憤怒不僅無用，而且可笑。」為此，他對人生的態度不僅超越了道德的視角，而且也突破了情感和文化的樊籬，從而對戰爭、死亡、愛情、女人都有了新的闡釋。當他每時每刻都感到死亡在他的血液中流淌時，他既領悟到「在這樣一個時代，死亡已經失去了往常那悲傷而莊重的氣氛，它有時就像一個玩笑那樣輕鬆」。他明白了母親對死亡的情感，「她是那樣地渴望消失，渴望進入死亡的黑暗之中，就像急急忙忙地去趕赴一場盛宴一樣」；「我」還對自殺有了一種全新的認識，「對於仲月樓（或者我）來說，自殺早就不是一種令人恐怖的意念，它只不過是一把神秘的鑰匙，通過它人可以打開通往另一座掩蔽體的大門，仲月樓隨身攜帶著這把鑰匙，在流逝的歲月中，用想像和夢境磨礪它，使它永不生銹」；至於戰爭，「我」不僅認同了它的殘酷性而且把它視為心靈的一種拯救，並在記憶中「留下了一些美好的片斷」；而對於女人，「我」也終於認識到她們「總是像那些動盪不安的水流，隨著盛水的器皿的形狀不斷改變著原先的樣子」，而習慣上我們總是錯誤地把她們看成一

成不變的，這「只是一種虛妄的信念」。因此，在這澄明的時刻，「我」不僅原諒認同了杜鵑的一切，而且認為「在那樣一個歲月裏，還是她身上的恥辱造就了她的貞節，正如我們常常從黑夜之中看到黎明一樣。她現在已經無法知道我對她永久的思念。我時常像一個孩子那樣將自己的臉貼在收音機的外壁上，在枕邊一遍遍地呼喚著她的名字」。甚至童年時偷看母親洗澡的罪惡在「我」現在的印象中也已變得「那樣的親切，聖潔，帶著美好而純淨的氣息。」顯然，主人公正是在邊緣式的存在中用邊緣化的精神方式原諒了生活中的罪惡和災難，並借助回憶對現實進行了逃避和「修改」，正如小說中所言：「現實是令人厭倦的，它只不過是過去單調而拙劣的重複，到了某一個時刻，回憶注定要對它進行必要的修改。」主人公無意於昇華和超越人生，但在非道德化的審美體驗中他卻獲得了一種特別的寧靜和澄明，一種對於人生苦難的超脫。「我」不但對幾十年風風雨雨的「歷史問題」的平反表現出一種無動於衷的冷漠，而且即使令「我」恐懼和不安的宋癲子的死也沒有引發「我」期待已久的喜悅，「當厄運的繩索突如其來地套上了他時，由於時間過於漫長，期待的種子早已在我疲憊不堪的心田裏悄悄腐爛了。」只是這種超脫又似乎透發出一種消極、頹唐的氣息。

三

　　與《邊緣》的故事和主題的澄明狀態相一致，小說的敘述風格和結構方式也呈現出了對格非此前小說文體的全面超越。它們以「互文」的方式共同完成了一種嶄新的文本境界，從而在格非的小說世界乃至整個新潮小說世界熠熠生輝。無疑，《邊緣》提供了新潮小說的又一種審美可能性。

　　《邊緣》的敘事成就首先體現在敘述人的設置上。在我們的印象中，格非的迷宮小說由於著力於迷宮的營構，因而其敘事者通常都是採用第三人稱的全知敘事，這為敘述者故弄玄虛地設計故事提供了可能性，同時也使敘述者在和讀者的智力遊戲中保持一種主導地位，從而一次又一次地引導小說向出人意料的方向發展。而到了《邊緣》中作者開始使用第一人稱敘事視角，這一方面加強了小說的體驗性和心理真實感，另一方面又一定程度上拓展了小說的文本彈性和敘述張力。不僅第三人稱視角無力進入人物內心的羞澀和尷尬被一掃而光，而且在小說心理涵量的豐富和強化中第三人稱視角的其他技術優勢也一如繼往地得到了發揮。可以說，在由「他」向「我」的人稱轉

換中《邊緣》一無所失。這當然得力於小說敘述人特殊的身份。「我」是小說的敘述者同時又是小說的主人公，小說正是「我」彌留之際浮想聯翩的「回憶」的產物。「我」對既往的人生片斷都有著親身的體驗，對活躍在小說世界內的各個生命「我」也都具有某種「全知性」。不但「我」以比他們更漫長的生命為他們一一送了終，而且由於「我」對過去的回憶與敘述是立足於「現在」的基點之上的，這樣，歷時態的人生就得以以共時態的方式呈現。「我」就具有了從「現在」的觀點重組、猜測、分析故事的自由，以及自由進出各個主人公心靈深處的絕對便利，這使小說中與「我」相關的眾多生命故事都不同程度地烙上了「我」的印記，別人的生命只不過從不同側面豐富和擴大了「我」對於生命的體驗。正如小說中所說：「我深切地知道，在疾速飄動的時間的某一個間隙，仲月樓就是我自己。」這種情況下，「我」與「他」的視點障礙已經根本不存在了，「我」在「沉睡和清醒」邊緣掙扎的精神狀態和思維方式才真正決定著小說和故事的方向。「我已經老了，就像一棵正在枯死的樹木一樣，在靜寂的時間裏殘喘，我在想，誰都有過青春歡暢的時辰，有過令人羨豔的美妙歲月，而現在，生活已經將我遠遠地撇開──它獨自往前走了。它給我留下的是一段殘缺不全的記憶，一株過去的樹木，一葉枯萎的花瓣，棉花地裏的陰影，以及茶水房的壁爐中散發出來的灰燼的氣息」，「我常常通過床前的一隻水杯看到過去的人和事」，「我長久地注視著它，有時候我什麼也想不起來，或者說，即使我通過這隻水杯看見了過去它也只是稍縱即逝的──就像風行水上，沒有聲音，單單留下了一些散亂的波紋。」然而，正是在這樣的敘述格式中《邊緣》獲得了一種融主觀性和客觀性、真實性與假定性以及紀實性與分析性於一爐的特殊敘述風格和敘述境界，並以此奠定了整部小說的美學魅力。

結構上，雖然這部小說採用主人公「我」一個意識套著另一個意識的交叉流動展現故事，因而時空的切碎、打亂、重組一直處於一種永不停息的變動過程中，但整部小說讀來仍然文氣酣暢連貫，結構緊湊有序。作家成功的藝術經驗主要來自兩個方面：其一，對「回憶」結構功能的發掘和審美發現。回憶正如柏格森所指出的那樣是一種複雜而深刻的生理和精神現實，它意味著內在化的強調。在回憶中客觀對象被納入到了主觀的維度中來，被置於個人化的心理氛圍中，過去的客觀的公共經驗彷彿轉化為純個人所有，具有了個體性、親歷性和內在性。如此，「對象心靈化」的回憶就不但給主體帶來了

心靈解放的感覺，而且成為一種具有超越稟質的審美框架直接介入小說的結構。因為當人們的心理活動一旦在小說中獲得自己獨立的時間和空間，就意味著一種新的小說時空觀念的誕生，從而大大拓展了小說創作的自由天地。心理時間取代了恒常的自然時間能夠把瞬間無限制地延展開去，也可以把幾十年乃至幾千年的歷史聚集在一個瞬間。《邊緣》正由於把一切的人生與故事乃至整個歷史都納入「我」的回憶之中，因而整部小說的時空和結構乃至小說本身都心理化了，這也就使得小說結構純粹抽象為一種精神氛圍的流動，破碎的情節和錯亂的人生都在這條精神之河上結構性地統一起來。其二，對詞語結構功能的發現。《邊緣》一方面盡可能地擴展小說結構的心理內涵，另一方面又對詞語本身的結構功能進行了開拓，並取得了引人注目的成功。作家在利用主人公的意識流動組接不同時空的人生片斷時，終於找到了「共時態」呈現的物質媒介——詞語，小說一共 42 節，每一節的標題都是一個名詞或者短語，它們無疑是每一段的主題詞，通常情況下每一個主題詞都會以主人公的幻覺、對話、沉思、遐想等方式提前在上一節的末尾出現，比如第 13 節末尾戰鬥結束後，「我似乎聽到了風箏的線桄骨碌碌滾動的聲音，竹哨嗡嗡作響……」，第 14 節主題詞「風箏」就自然而然地接續上了。再比如第 19 節「我」受傷後，「一個女人的臉龐……像一束豁亮的光線突然閃動了一下」，第 20 節對「花兒」的回憶就開始了。顯然，借助於主題詞語的勾聯，不僅指引了小說意識流動的方向，而且直接創造了小說結構的邏輯性和統一性。作為一種別具魅力的小說結構方式，語詞的地位顯然舉足輕重。

而《邊緣》在語言上也有新的探索。雖然小說敘述和描寫的是充滿災難甚至醜惡意味的人生畫面，但整部小說的語言卻如散文詩一般自然流淌，充滿古典美感的優雅比喻幾乎鑲嵌在小說的各個角落，給人以層出不窮的閱讀快感。正是憑藉「第二天的早晨，玉繡的屍體從鷹坊外的一塊水塘裏浮了起來，她的肚子像鼓面一樣凸出，眼睛平睜著，依舊是往昔那副既靦腆又放蕩的樣子」，「我的心臟的跳動漸漸跟不上它的節奏，它跳得非常慢，好像隨時都會停下來，只是憑藉一種慣性在跳動，我感覺到，它的發條也許被鏽住了」，「我彷彿聽到了一種久遠而空曠的聲音，在一陣沈寂的喧響上，我的眼前出現了一個和尚披著袈裟的孤單身影」這樣典雅優美的語言，格非鞏固了他在新潮小說家中卓爾不群的語言風格，他的語言既不同於蘇童的輕靈、余華的凝重，也不同於孫甘露、呂新的玄奧艱澀，而是呈現出一種夢幻般的純淨和

透明。在格非這裡語言不僅物化感極強，而且某種程度上直接使語言成為了一種物的存在，做到了抒情性與感覺化、裝飾性與隱喻化、貴族氣與寫實性的完美統一。

第二十二章 《呼吸》：在沉思中言說並命名

小說彷彿是一首漸慢曲，它以文本之外的某種速度逐漸沉靜下來，融入美和憂傷之中，從而避開所謂需求。

——孫甘露《呼吸·後記》

孫甘露的寫作姿態，即使在新潮作家群中也天然地帶有一種極端意味。他的《信使之函》《請女人猜謎》《彷彿》等詩化小說無不以其極端的晦澀令處於「讀不懂」困境中的新潮小說雪上加霜。而他在現代→後現代、新潮→後新潮的文學思潮遞嬗中處變不驚的執迷不悟，也令文學界瞠目結舌。因此，我們無論讀孫甘露從前的《訪問夢境》一類的小說還是讀他剛出版的長篇小說《呼吸》，首先要面對的正是他那種絕對化的先鋒精神方式以及貫穿於這種絕對中的那份令人感動的文學赤誠。

一

我們對孫甘露的閱讀經驗中曾經有過許多次無功而返的尋找故事的經歷，在《信使之函》這樣隱而不露的小說中我們甚至連起碼的故事信息都難以發現。不過，在長篇小說《呼吸》中一種針對故事的「革命」已經悄悄發生。即使在小說中「故事」事實上只不過仍然只有作為一種「敘述圈套」和「閱讀陷阱」才會發生小說意義，但大致清晰的故事格局畢竟是令人興奮的。《呼吸》的故事圍繞著主人公羅克與五位女性——大學生尹芒、尹楚、女演員區小臨、美術教師劉亞之、圖書管理員項安的感情糾葛而展開。五個女人

共同完成了羅克的性愛和人生悲劇，並塑造了羅克沉思的靈魂和性格。性愛是小說的一個當然主題，它結構性地勾連了羅克和五個女性的關係，但性愛又不是唯一的主題，它對於個體存在者羅克來說只不過是提供了一種生存的可能性和機會，提供了一種人生的參照和沉思過程。顯然，要真正地進入《呼吸》的故事和意義世界，我們首先必須解釋的正是羅克和五位女性的性愛關係，也許只有在這裡我們會獲得開啟這部小說深層主題的鑰匙。

羅克和尹芒。在羅克的生命中，尹芒雖然不是他的第一個戀人，但卻無疑是最刻骨最銘心的一位。因為尹芒的出現，「放蕩不羈」的羅克被改造成循規蹈矩的羅克。並且終於在一個雪夜在羅克的行軍床上，他們相擁而眠，「經歷了一次飛翔，一次彌漫的呼吸，一次最初的也是最後的蘇醒。他們互相使對方感覺到唯一的存在和唯一的事物，從此之後他們確認人是可以忘我的。」在以後的多年中他們「幾乎是沉浸在對那個雪夜的緬懷之中。所有午夜或凌晨的歡愉都成了那個永恆之夜的回想。」但尹芒是一個脆弱、多疑、言詞含混、目光深不可測的人，由她引領羅克這個倒黴蛋在人世間跋山涉水的確是「一幅值得珍藏的戲謔的風情畫」。不僅在與羅克顛鸞倒鳳的性愛狂歡後，尹芒能理性地引證科學成果，指出「男性在性高潮瞬間的智商跟一條狗一樣，都是零」；而且她也可以不加掩飾地與羅克討論和另一男人孫澍的關係，聲明「他是一個丈夫，即使他是邪惡的，更何況他過於善良。他有許多毛病，但他是一個丈夫，而你不是，羅克」；並最終宣布斷絕與羅克的關係，和孫澍結婚並出國了。然而，儘管如此，羅克仍時刻難以忘懷對於她的思戀，即使在與別的女人相遇時他的思維也仍然定格在尹芒身上，當他獨自回顧他與尹芒的關係時，「他私自認為他與尹芒之間的情誼是適度的。雖然它開始時有點倉促，結束時有點荒謬，但它無疑是一次精神上的美麗的滑翔；它用赤裸的情感掃蕩了鑲嵌這花上虛飾的花莖，使之在世俗的風暴面前飛離了土地，盲目而又愉快地冉冉上升。它的無形的昇華就像是對待失敗所採取的寬解之舉，儘管它最終為浩瀚的海洋所隔絕，同時，它又象徵著感情關係的匯聚和心靈演算的遠望。」顯然，在《呼吸》中羅克和尹芒的愛情才是真正貫穿小說時空的愛情，雖然它只是夢幻般存在於羅克的遐想和回憶中，但其實它已經由羅克的心理結構轉化為一種籠罩性氛圍，對主人公「現實」的性愛關係施加壓力和影響，從而使「現實」蛻化為「過去」的一種陪襯。無疑，尹芒和羅克的關係最根本意義上製造了羅克最大的「生存創痛」。

　　羅克與劉亞之。他們兩人的性愛關係在小說裏也是於羅克的回憶中呈現的。劉亞之比尹芒更早地進入了羅克的生活。在離婚後一個早晨，看牙醫的劉亞之吵醒了復員回家無所事事的羅克，從此成了羅克人生道路上的一個「引路人」。而羅克自從結識了見多識廣的劉亞之，轉眼之間就變成了一個「全天候的夢者」，他「越來越難以分辨晝夜之間的含混界線，至於錯綜複雜的人情世故無疑是走起路來跌跌撞撞的羅克的永無出頭之日的迷宮。牽脾氣的羅克認為走出迷宮既徒勞又無趣，完全徹底迷失在迷宮裏才是要義所在。」在劉亞之這個綜合性迷宮裏，羅克首先闖入的是繪畫的迷宮，其以慌不擇路開始落荒而逃終結。而隨之而來的女性迷宮又使他誤入歧途，在與劉亞之性歡愉過程中他的感官完全為外部世界所控制，他完全失去了觸摸智慧的能力，他以為劉亞之與他一樣快樂。而其實劉亞之渴望男人卻從來沒有快感沒有達到過性高潮。最後，劉亞之也離開羅克前往澳門，從而留給了羅克一種永恆的傷逝之情和人生的遺憾，「望著這個離自己僅一步之遙的女人，那些不會再來的歡樂時刻栩栩如生地在眼前浮現，他就像是在哀悼即將為空間和國界的沙礫、泥土、枝葉所埋葬的一段軼事，而這段豔情的葬身之地會像一縷時光的絮語在傷逝之情的吹拂下飄往永懷之心的深處，並在那裡安睡以至永恆」。

　　羅克和項安。在羅克「現實」的人生歷程中，項安可以說是第二個尹芒。在許多次雲情雨意之後羅克總是相信「她是他一生中最珍愛的女人」，他無法在「尹芒和項安之間作出選擇」。然而項安在他們做愛的過程中，在「羅克漲潮般的呼吸中」總是會在漫遊中「回到少女時代，回到對她唯一的叔叔的無數探望的最末一次，回到那個屋頂成三角形的閣樓，回到她父親兄弟的懷抱」，回到那個亂倫的故事。她不但決定對羅克撒謊，而且在羅克於往事之舟上奮力劃水時和「唐朝飯店」的美籍中國佬馬理查先生滾到人間天堂杭州了。在項安精心設計的一個雨夜告別的儀式之後，她終於覆水難收作為別人的妻子遠涉重洋了，在「黑暗之中道別時，他們都失去了將手伸向對方的興趣，就像一本爛熟於心耳熟能詳的書籍，已經再也沒有翻閱的興致了。它的封面已經因撫摸變得皺紋叢生，磨損的邊頁空白處留下的個人批語，不慎撕毀的某些篇章，在無數次閱讀中在欣喜的領悟中劃下的表示深有體會的橫線上，它的版權頁標明的無可更改的身世，扉頁上的贈言，封底列出供人一目了然的它的概要。」羅克終於再次成為一個急待拯救的棄兒，孤獨地徘徊在他一生的旅途上。

羅克與尹楚。羅克是在三位女性毫無保留的遺棄之後出於對尹芒的緬懷而和尹楚相遇的。他們的相聚從某種意義上說具有「同是天涯淪落人」的意味，整個秋季他們一起度過，羅克慢慢適應了尹楚那種隨意編排自己處境的作風，那種對待生活的浮誇態度以及漫不經心的神情和對性愛孜孜不倦的渴慕。他們互相把對方視為生活和精神上的朋友，「他們覺得是在一個習俗的斷頭臺上相互廝守，同時像狂風暴雨之後的戀人那樣尋求各自的上帝，他們希望生活在奇蹟之中，而這個奇蹟就是情感的理論上的統一性」。他們的兩人之間的感情似乎達到了某種只存在於共同創造時才存在的濃度，但他們隨時可能失去它，事實上，他們正進行著一次無望的精神救贖的過程，尹楚演變成了羅克眼中的尹芒，而羅克也扮演了混血兒國際流浪漢賴特的角色。他們的關係還會維持和繼續，然而他們的孤獨以及對「世界脫節的秋天懷念般的迷惘」每時每刻都會在他們的前途中閃亮。

羅克與區小臨，他們的性愛關係與其他幾位相比具有顯而易見的遊戲色彩，他們彷彿是一對萍水相逢的旅人上演了一齣短暫的人生戲劇。無論跟區小臨做愛還是旅行，都引起他更加深深的對於尹芒的懷念，在一次無效的遷徙中，「他更專注於往事及其含義」。也許區小臨的意義就在於她提供了一個機會，讓羅克全面反思自己與尹芒的關係。他第一次在情愛中看到了悲戚和憂慮混合而成的恐怖，他每時每刻都想念著尹芒，他感到尹芒的離去揭示了他自己也不清楚的真正情感，他覺得「他是失去了與他生活多年的妻子，她的年輕，她的任性，她的美麗和不可捉摸全都使他心碎。」從這個角度來說，區小臨也正促成並完成了羅克這個沉思者的悲劇形象，他們之間的關係既有一種對於羅克性愛歷史的總結性，同時又有一種隱喻和象徵意義。

雖然，如上分析，小說以共同的悲劇結局對羅克的性愛經歷作了回顧與呈現，但本質上這五次性愛其關於生命的意義卻是全然不同的。正如恩斯特‧卡西爾所說：「有機生命只是就其在時間中逐漸形成而言才存在著。它不是一個物而是一個過程——一個永不停歇的持續的事件之流。在這個事件之流中，從沒有任何東西能以完全同一的時態重新發生。」顯然，對於主人公羅克來說五次性愛並不是孤立的分離的，而是共同完成了一個「過程」，一個生命和性愛體驗的「過程」。也正是在這個「過程」中小說凸現了性愛和人生的悲劇性主題。首先，羅克的性愛是一齣性格的悲劇。他是一個處於生存邊緣的零餘者的形象。他時常不能判定自己身在何處，恬適之感和憂鬱之情均使

他茫然無措，失去方位感，失去對自身的判斷，更不用說審時度勢擇機行事這類「高難度技術動作」了。他是一個不朽的失敗者，「他的千秋萬代的業績就是一錯再錯。他的無可避免的最終形象就是一個道德完善的奴才。但他尚不能安全抵達這一歸宿，他是一個在途中徘徊的人，一頭荒原之狼，一個試圖以搏殺拯救靈魂的內心幽閉的流放者」。他永遠與這個世界有著距離，他無法實現對世界的真正進入。他把他的一生看成是「一次長假」。慵懶是他的標誌。他把每一天都看作是最後一天，彷彿他是介乎於浮士德主義者和花花公子唐・璜之間的某種漂浮物。除了與女人混在一起，他是一個沒有他自己所謂的那種圈子的人，他跑到哪兒暗地裏都想扮演國王，但他總是而且永遠只能是一名油嘴滑舌的弄臣。他一生都處於一種恍惚的心不在焉的狀態中，即使在情愛過程中也是如此，「他總在思考愛，眷戀著另外的人，另外的時間，另外的地點，所以他總是顯得心不在焉，不能專心致志，以致最終失去眼前的一切，進入新的一輪恍惚。」正如尹楚所認為的：「羅克是一隻在室內飛翔的鴿子，它的純潔有其限度。同時，他也是一頭臥室裏的駱駝，它的孤獨的跋涉同樣有其限度。他的情感有著廣闊的背景，但這背景更像一種窗外的景色或者鏡框中的靜物，是一種預先設定的寄託，它的美感使他迷惘，他享有它，但永遠不會伸手觸摸。他的愛是自我關閉的。他的眷戀使他誤認每一個人、每一種情景都是唯一的，不論是性還是一切邊緣的經驗，都像性高潮和死亡一樣絕對而又無以表述。」無疑正是羅克沉浸於內心幻想的慵懶性格造成了他人生的迷失和愛的迷失。其次，羅克的性愛又是一齣文化的悲劇。小說在主人公的性愛故事背後象徵性地凸現了作為背景的家族形象。在這裡家族不僅傳達出一種文化心理和歷史氣息，同時它也作為一種創傷性的文化情結鑲嵌在主人公的記憶中，從而成為造成性愛悲劇的一個深層根源。尹芒托兒所式的大家族及其家族內源遠流長的婚姻悲劇無疑在尹芒和尹楚的心靈上打上了痛苦的印記；項安的那個充滿亂倫罪孽的家庭更是根本上完成了對於項安人生信念的徹底摧毀；羅克的幻想性格從某種程度上說正根源於家庭的薰陶，根源於父親的特殊精神方式；而劉亞之、區小臨的家庭悲劇也都無不潛隱地制約著主人公的性格和人生態度。同時，現實的文化氛圍也是羅克性愛悲劇的一個原因，儘管這在小說中表現得比較隱晦和抽象，但從小說的心理氛圍，從女性的離棄羅克而遠涉重洋與羅克當年出國參戰的對比情節中我們不難發現歷史轉型期人們生存心態的巨大變化，以及這種心態變化對各自

人生和性愛態度的影響。這樣，「性愛」的意義也就具有了某種擴散性，它不僅體現為一種人生境界，而且也還是一種文化行為。

二

如果我們注意一下「呼吸」這個詞在小說中出現的頻率，我們就會發現一個有趣的現象，即它總是伴隨著作家對性愛過程的描寫。顯然，無論對於作家還是對於羅克而言性愛也正是一種人生的「呼吸」，它代表了一種典型的生命狀態，是男女雙方一次真正觸及靈魂的對話。因此，在這個意義上性愛的悲劇已不是災難性的而是積極性的了。羅克從五個女人身上得到了五次「呼吸」的體驗，在這五次「漲潮般的呼吸」中他獲得了對於自己生命存在的真正確認。而且，「正是由於愛情的創痛才使羅克扮演起了思想者的角色」，使他能夠借助哲學的純粹從藝術化的怨恨中脫身而出。對他來說獨自一人就意味著追撫往事而又痛惜不已，同時又對這一切保持白癡般的超然冷漠。這樣，雖然小說展示了羅克眾多的性愛經歷，但這些性愛圖景本質上卻是抽象化和晦澀化了的，羅克彷彿是一個異己的觀眾對自身的性愛進行著漫無邊際的沉思與詰屈聱牙的解釋。我們知道，當個人對自身所處的現實處境無能為力時，他充當一異己的觀眾可能是緩解現實壓力的最好辦法。而也正是在羅克這種特有的生存策略背後，隱藏於性愛之中的小說深層主題昭然若揭了。

儘管羅克感到自己總是不合時宜地不停頓地旅行，總是不合時宜地逗留了一些並未慎重選擇的地點，這種「雙重的背時處境給他帶來了昏迷的感覺」，他只是從內部發現自己的面貌，而這一面貌的外在形象是他永遠也無法仔細端祥的，「它宿命地被安排在他的視野之外，宛如一則永不顯露的旨意，深藏在光天化日之下，它那明白無誤的複雜之處使所有外在的探詢歸於盲目」。他沒有自己的家園，沒有未來，甚至也沒有現在。然而，他卻擁有過去，擁有回憶。如果說性愛是羅克不斷中斷的呼吸和一種生存方式的話，那麼回憶則是性愛給予羅克的另一種生存方式，一種綿綿不絕的「呼吸」。在這種生存方式中，羅克恍惚狀態的生存具有了詩性，「回憶之思」使他的存在獲得某種本真性的澄明和敞開。這也可以說是因禍得福，是一種生存悖論了。在海德格爾看來，人的本真存在正是一種「詩化活動」，是對存在的詩意之「思」，是一種虔誠的「回憶之思」，是對「存在」之召喚的聆聽與應答。只有「回憶之思」才是存在之思的典型形式，因為它沉思的是「存在」本身。某種意義

上，《呼吸》完全就是主人公羅克的「回憶之思」，它展示的是羅克對既往一切包括性愛的緬懷與遐想，在沉思中性愛不知不覺地在昇華，「有時他覺得那就像一冊拆散了的故事，被打亂，被毀棄的只是書頁，它的內容被賦予了更為隱秘的秩序，他們之間的接觸也由能夠觸摸到的肌膚、呼吸甚至欲念轉為更加遙遠的聯繫。在這些斷章殘頁中尋章摘句依然能看見那曾經熊熊燃燒的情慾之火，這類拼拼湊湊的工作依然能使隻言片語重現那些本末倒置首尾相接的場面和時刻」。回憶不僅使羅克產生了一種周而復始的奇妙感受，而且同時也使彌漫於小說中的欲望和渴望的聲音哲學化了。不僅如此，回憶還傳達出一種對於存在的領悟，並通過詩性的語言活動在對「存在」自身言說的聆聽和應答中體現出來。回憶「包涵了無奈的思念以及讀解和闡釋的分析性傾向，它所遵循的思路像英語中副詞化的後綴。給予不同的含義以一種道德上的統一性。同時又是整理本身的一次延伸。不斷的回憶在羅克的精神中建立了規則般的溝壑，回憶的鐘擺日益頻繁地趨向於詮釋的一端，衝動漸漸消失了。」這樣，羅克也就某種程度上作為一個對存在有所領悟者存在於存在之澄明中。具體地說，《呼吸》對存在的「回憶」和「語言還原」體現在下面兩個方面：

其一，存在者對於存在的不斷言說。《呼吸》是一部言語淹沒了故事的小說，在小說世界內部觸手可及的是無處不在的各種言說，而故事則下降到一個次要和從屬的地位，只不過為主人公提供言說的機會。小說中的每個主人公幾乎都以他們強烈的話語欲望引人注目。羅克和五個女性的關係正是一種言說和對話關係，他們每一性愛場景都是充滿了對話和各自的言語衝動。與其說他們的性愛滿足是一種生理滿足，還不如說是一種言語的滿足和言語快感的實現。性愛在這裡事實上只是言語欲望和言語衝動的隱喻與象徵。小說這樣展示羅克和尹芒的性愛場面：「他們確切地聽見了性慾的呼喊，它由彌漫的風雪所映照，攜帶著冰冷的傷感。他們在一次呼吸中停頓下來，互相在唇邊尋找著殘存的欲念，藉此作為心潮起伏的佐證，一組美妙的詩句僅僅是以節奏和音韻掠過腦際，而一個旋律猶如新音在空氣中震顫不已。」「她的連綿不盡的絮語改換了語速，詞義已經無從辨認，呻吟不時為若隱若現的抽泣所替換，她不斷重複一些簡單的章節用以勾畫一個呈現在外的秘密。有時，她又屏息凝神，靜候他對唯一的秘密的反響，在無比熱烈的夢想中他們像神祇那樣毫不羞愧地結合了，這一想像激勵著他們漫無邊際的探索。歲月之河將

通過一次跌宕使河床拐向平緩而豐盈的平原，它所攜帶的泥沙會在入海處沖積成一個淺灘，它在海水之下等待歷史使它浮升出來，等待命令。就像處女的那一次感恩，那對忠貞的最初的誓言」。這裡，我們讀到的是鋪天蓋地的言語，是潮起潮落般的言語的呼喚與應答，性愛本身已被語言化抽象化了。而對於言語本身來說，它既是幻覺的，又是現實的，既是有聲的，又是無聲的，它的具體語義已經不重要。正是借助於一個形而下的言說過程，小說以言語本身的洶湧澎湃的詞語構築了言說者臨時的「靈魂寄宿處」，因而，言說和性愛一樣具有一種共同的發洩性質和生命意味。

其二，對存在的詩性命名。顯然，小說真正的言說和話語主體是羅克。相對於小說中的其他主人公，羅克的言說又具有特殊性。和五個不同女人的對話不但滿足了羅克的言說衝動，而且五個女人相繼離他而去的結局也鑄造了羅克人生的回顧性。他無法生活於現在和未來的期待中，但他可以沉浸於對過去的回想與緬懷之中。而借助於沉思和回憶，他獲得了一種對於既往存在的「再言說」能力，這種「再言說」由於植根於對存在的回憶式領悟，他的作家（詩人）夢也事實上在這種「再言說」中得到了實現。面對過去，他可以借助於感覺、言詞和遐想為存在作「再言說」命名。經由他的命名日常圖景和生命現象都有了新的意味和意義。他的語彙中他的居住小樓已經變成「像人體的某個器官，處在一條扭曲幽深的小巷的最盡頭。它的日常景觀由孔空練習曲或者民謠，拔牙時的呻吟或時不時竄出的大呼小叫以及不斷修改著的戲劇臺詞交織而成」；而在他看來，圖書館更「是一個象徵。它是無數時代人們艱苦或隨意寫作的縮影。同時，它也是伴隨著一切寫作的綿長沈寂的一種寫照。它使古往今來形形色色的詞和個人陳述在靜默中簇擁在一起，成為圖書館的一種日常情景，它是一種心智的迷宮，一處充滿危險而又美不勝收的福地，一個布滿標記而又無路可尋的迷惘的樂園，一個曲折的情感洩洪道，一個規則繁複的語言跳棋棋盤，一個令人生畏的靈魂寄宿處，一個小件知識飾品加工場，一個室內公園或者一個由書架隔開的散步迴廊，一個紙張、油墨、文字構成的生命的墓園」；至於那些曾經與他在性愛言語中相遇過的女人們，羅克更是進行了重新命名與改寫，「在他的意念中，女性是夢態的，具有日常的抒情氣息。她們從不以超凡入聖的性質出現。總是活生生的無法迴避的，從來也不會與任何概念相吻合。她們就像風景中的一縷光線，轉瞬即逝而又使人魂牽夢繞難以忘懷。她們值得你永久地回憶。在內心深處不斷地

復現她們，她們為你的記憶所改變，羅克知道她們在某處過著他一無所知的生活或者已經死去」，「他竭力把劉亞之設想為一個豐饒的寶藏，一隻玻璃缸中的水母，叢林中葉簇覆蓋的一枚露珠，一個可以也必須深入其中的幽冥之穴」；即使舌頭這一生命門戶在羅克的領悟中其言語含義也重新顯現：「它既是杯中之勺，是攝取內涵的一件銀器，同時也是祭壇上的一具芳香四溢的犧牲，是火中之炭，是夢幻的一束花朵，是性慾的一次引申，或者就是羅克此時此刻的一次下體的衝動。」我們發現，羅克其實是在想像性的言語活動中完成了對人生存在的體驗與命名，他的悲劇本質上就具有了一種形而上的意義。他在言語的活動中完成了與五個女人的悲劇關係，而他們的愛情之所以不能突破婚前的偷歡而向結婚前進就在於他們之間言語對話的提前結束。因此，羅克的悲劇不只是性愛的悲劇，而本質上是一種語言的悲劇，「難以言說」的痛苦時時折磨著他。儘管他對回憶之思進行了無聲的傾訴和言說，但這種言說卻畢竟是沒有人聆聽的，「說話沒有開始便告完結，就像在昏暗中他們之間無話可說，只是就此討論了一番，只是進行了一次有關謊話的謊話。」因此，羅克「對他正在做著的事情缺乏把握，不知道這究竟意味著什麼？他在黑暗中獨自思忖，像一個巡夜的更夫獨自漫步在闃無人跡的街頭，在他的周圍充滿了鼾聲和午夜的亂夢，人們沉湎於或深或淺的睡眠之中，放鬆他們的肢體和知覺，他們的囈語無聲地飄向羅克，向他致以催眠般的問候，使他喪失了時間和所有與內心有關的尺度」，他本質上完成的只是對存在的一種絕望的言說和命名，由此而揭示的他的本真生存只是充滿缺憾的存在，他無力穿越世界之夜的黑暗而達到一種生存的澄明，人類的隔膜、孤獨和無法溝通天然地遮蔽了他言說與命名的光芒。貧乏的時代，詩人何為？

三

本質上說，《呼吸》是一部夢幻小說，這不僅是指小說描繪了主人公的許多夢境，而且是指作家把心理能量甚至生理能量在小說中作盡情的釋放，仿照變形、跳躍、象徵、簡化等夢的樣式進行漫無邊際的遐想，並且將感覺和智慧濃縮成高度凝煉而又絕對完美的符號世界，向讀者作藝術的奉獻。因此，整部小說不但傳達出一種十八、十九世紀浪漫主義的感傷氣息，而且也天然地具有了一種夢幻般的情調和結構。《呼吸》的藝術結構完全遵循的是一種心理邏輯而不是現實邏輯。夢遊症幻者羅克是小說主要的結構符號，他事實上

已經被物化成了一種結構視角，小說的故事形態正是呈現於他的心理結構中從而具有了一種「過去」「現在」乃至「未來」相互交織的複合性。雖然，就故事情節本身而言，五個女人與羅克的性愛關係具有歷時性和階段性，但小說在具體的呈現方式上並沒有歷時性或平等性地展開故事，而是借助於羅克的幻覺、遐想和回憶共時態地交叉演進。小說的敘述總是把線性的時間打亂，而不斷從故事的破裂處重新開始，敘述的原有起源被消解，故事總是在錯位的時間關節轉換。因此，就故事而言，《呼吸》這部小說沒有發展意味而是平面的、靜止的，幾乎同時地拉開了羅克與五位女性惡性循環般的性愛的帷幕。如果說羅克和項安、尹楚、區小臨的性愛關係處於一種現時態並存在向未來發展的意義的話，那麼羅克與尹芒和劉亞之的性愛關係則純粹處於一種追溯過去的回憶和完成狀態。但在小說中這「現實」和「過去」兩重時空不僅沒有時間差的意味而且甚至有某種夢幻般的統一性。作為兩條情節線索，讀者基本上感覺不到那種速度變化，而只是在緩慢的故事、鋪天蓋地的語言以及循環輪迴色彩的人生背後得到一種共同的心痛感覺。小說以羅克和項安的「現實」偷歡為開端，但一個遠洋電話就把羅克拉向了「從前」，於是羅克與項安、羅克與尹芒、羅克與劉亞之的性愛歷史全在「回憶之鄉」湧現。而當「過去」時中的尹芒和劉亞之的離棄作為一部舊影片在羅克腦海中重放完時，他的「現實」女人項安也幾乎同時完成了對他的拋棄。在這裡「過去」與「現實」不僅一脈相承而且具有了宿命意味，其後羅克在「現實」中對尹楚和區小臨的性愛不但具有一種浮光掠影的性質，而且其根本目的也只不過為複製和想像「過去」。這樣，「過去」不僅籠罩性地存在於「現在」時空中，而且最終同化併吞沒了「現在」。小說以關於尹芒死訊的「電話」和「信件」分別作為開端和結尾正是象徵性地展示了「過去」對於「現在」的超越力量，它在帶來小說結構形態的完整性和變幻意味的同時，也賦予了《呼吸》一種古典式的結構美感。

作為一部典型的孫甘露式的文本，《呼吸》最為卓爾不群的依然是他的敘述話語。整部小說文本讀來彷彿是遠離人世的內心默誦，又彷彿是來自天堂的優美奏鳴，作家雍容華貴的敘述彷彿是在進行一場心高氣傲的精神遠足，超驗世界、現實人生、哲學寓言、變形物象等接踵而至終由語符的精心編織，閃爍出奇異美麗的光澤。孫甘露以他訴諸感覺的理性配合超常的語言敏感，創造出一種近似哲理詩的文本境界。當我們在一本小說中讀到「他自己弄不

明白，為什麼只要一聞到舊房子的味道，不論何時何地，就起了惻隱之心，就對滄桑、浮沉這樣難以理解的字樣滿心的敬畏，就想起一批跟自己毫不相干的死人——迷了路困死在沙漠裏的阿拉伯人，老死的哲學家，古戰場上的無名屍首，離家出走的人，在光天化日之下失蹤的人，自己否認自己乃至消失不見的人，在傳記中熠熠生輝的人，在你的生活中出現卻又在你的睡夢中道別而去的人，作古的傳人，為人懷念的惡棍，緘默無語至死不悔的啞巴，生前滔滔不絕廢話連篇的人，謹慎的猝死者，欲死不能最終完好無損地變成石頭的人，殉情的人，誓死捍衛一個概念的人，出生即死的人，永生的人還有活死人」以及「令人怦然心動的電話鈴聲，一封不期而至的信件，書籍的片斷，一首樂曲的讓人心馳神往的休止，風景勾起的彌漫的回憶，人們道旁的邂逅，對一部影片的久久的期待，巫術喚起的惶惑而甜蜜的關注。這些飄忽不定的事物都會闖入他毫無防備的心田，而當他若有所思時，在他面前游移不定的盡是些醜惡的事物」這樣的敘述語句，那晦澀而又深刻的哲理，那飄逸晃動而又氣勢磅礡的語言氣勢，其給人的感覺都絕對是屬於抽象和詩的。孫甘露似乎具有天生的語言抽象能力，無論敘述故事還是描繪人物場景他都能天才地通過語言的抽象，使描述對象失去感性色彩從而呈現為一種純粹和詩性，在《呼吸》中他曾經這樣寫江水：「渾濁的江水在陽光的照射下閃爍著黑色的光點，江水在緩慢無情的沉浮之間敘述著悄然埋葬了飄浮無依的物質的語言，它們狀如陽光、水和空氣一般次第轉換著外部的形態，在冷漠而持久的星空上化作大地上的植被與沉積物，它們曾經是泡沫的血泊而今僅只是寂靜」，這使讀者的閱讀經驗和閱讀習慣將不可避免地遭受顛覆，語言凸現的不是「江水」的可觀性形象性，而是關於「江水」的沉思與想像，是上文所說的一種抽象的「命名」。

此外，孫甘露總是把敘述話語主體抽象虛化為一個幻想的主體，一個主體滑過的「不同心理時空」。他總是首先確定一個具體的情態進行描寫，而後加以抽象意蘊的探究，在從具體向抽象轉化的同時，也就是瞬間向永恆伸越的同時，敘述的描寫性組織又將某種抽象的永恆思考再次注入一個具體情態。他以敘述的幻覺瓦解話語的實在性，話語與敘述之間的對立消失了，遺留下話語追蹤與敘述提示的虛構軌跡。在《呼吸》的敘述話語中充斥了許多堆砌了大量形容詞的長句式，它表達了一種難以實現也難以遏止的話語欲望。正如小說開頭的敘述：「現在，思念僅僅是書桌上的一件擺設。十年中的

最末一年，所有遇合中的最後一次遇合。在一幀歐羅巴的晨景和一次如今已
經無限遙遠的懇求之後，在南方這條惡濁之河的堤岸上，除了冰和一首心臟
的酣睡之詩，他已無所委棄。除了室內的音樂和窗外五月的雨滴，遠方之邦
已是一無奧秘。異域之行對他來說宛若飄零的書頁。對於羅克，這只是一個
安魂之夜。他想像自己在山上說話，在水面沉思。這個故事對他一生來說將
成為一則心靈的附錄，就如回憶是一部內心的文庫。所有的日子都重迭起來
如同他的結合在一起的肌膚以及表皮之下的神經。他們的相遇是一幅器官的
掛圖：血脈的河流，心臟的都城以及一無所見的愛情的呼吸」。在這種既具高
度詩性和抽象性又具強烈情緒鋪陳性的話語之流中，詞語語法意義已被委棄
讓位於修辭意義，而我們獲得的將是對時間隧道的穿越以及流動不息的語言
造就的時間感。作家顯然借助於這樣的敘述將自己主體的形而上存在體驗轉
化成了語式的構造，他正是以文學和詩的語式書寫著對存在的永恆性與瞬間
性的哲學思考。

第二十三章 《和平年代》：夢魘與激情

　　當洪峰在九十年代中國新潮小說復興大典中再度登場時，他面目全非的小說形象多少有點令人不知所措。那個曾經無動於衷的「超人」洪峰現在也浪漫地感傷起來了；那個沉迷於技術操作和形式遊戲的洪峰居然也開始思索和重建具有世俗意味的小說主題了；那個一度詰屈聱牙的洪峰，竟然也能平易近人了……對比於《極地之側》時代，洪峰的如此「蛻變」是意味深長的。如果說在《東八時區》中，洪峰的大相徑庭的小說方式還具有朦朧色彩無法確定的話，那麼當其第二部長篇小說《和平年代》在 1993 年第 4 期《花城》上面世時，這種蛻變就昭然若揭了。然而，我不同意把新潮作家從極端化的形式實驗領域撤退視為先鋒性的喪失，我認為新潮作家從純技術主義的小說泥淖中抽身而出正是他們藝術成熟的表現。我承認新潮小說內部四分五裂的分化已經迫在眉睫無法挽回（洪峰的《東八時區》《和平年代》事實上也在為這種分化推波助瀾），但這種分化並不預示新潮小說的燈殘油盡，恰恰相反，它標誌著以永遠的探索為特徵的先鋒精神的發揚光大。它不是終結，而是開始，是新潮小說多元化藝術格局的完成和多種藝術可能性的誕生。它試圖確立的是矗立於反叛的小說態度和固定的形式探索之外的真正先鋒性，最終顛覆的是長期以來對於新潮小說的含混理解和曖昧的態度。在此意義上，《和平年代》無疑以其主人公的故事和命運，以其關於「終結」和「開端」的神話，對新潮小說的命運進行了寓言性展示。而也正是借助於整個新潮小說的理論背景，我們對《和平年代》的解讀具有了一種新的可能性。

一、遺棄者與被遺棄者：永遠無法改寫的人生境遇

《和平年代》的故事開始於一場遙遠的遺棄。戰地記者段方在朝鮮戰場上被生命拋棄，而他的飲彈自盡創造了兩個被遺棄者：沒有父親的兒子段援朝和失去丈夫的妻子秦朗月。一個生命終結了，一個生命又開始了，這就是小說所呈示的最初的人生情境也是最終的人生情境，因為在小說的終局我們將看到：段和平的兒子段忘降生了，段和平卻死了。這種生命的循環和悖論雖然令人心酸，但卻是無法逃避的人生真實。因此，遺棄與被遺棄可以說是貫穿《和平年代》的基本主題，它決定了小說人生的淒涼意味。從某種意義上說，小說故事所敘述的正是被遺棄者的心靈史和精神蒙難史。洪峰一方面繼續著他一以貫之的對於生命的關注與熱情，一方面又表現出了對於人物精神生長痛苦的理解與同情。這使小說不僅貼近具體的歷史真實，而且有了很強的世俗關懷的意味。就故事來說，小說主體是被遺棄者段和平的成長史和秦朗月的生命掙扎，但在主人公夢魘般的生存境遇裏撲面而來的卻是世俗化的歷史和現實風景以及這些景象在心理記憶中的夢態呈現。顯然，遺棄和被遺棄共同完成的是一種創傷性的人生遭遇和人生處境，置身於這種生命境遇中的人生是絕望和痛苦的，而突圍而出的希望也終將是渺茫的。《和平年代》正是沿著兩條線索來勾畫段和平和秦朗月在悲劇性生存境界中左衝右突的人生形象的：

其一，家庭。洪峰說：「在我的歷史和道德觀念中，家庭始終是左右世界變化的重要因素。我一直以為一個時代或者一種歷史都能通過家庭的生活得到最具象的展示，一個缺少家庭生活描述能力的作家總是些最特殊的人。」在《和平年代》中洪峰正是把主人公置於「家庭」這個特殊社會歷史細胞內來表現的，「家庭」在小說中成了主人公生存的一種背景，而其支離破碎的殘缺特徵又在特定意義上成為主人公生存境遇的直接象徵。對於由秦朗月和段援朝組成的這個兩人家庭來說，父親（丈夫）的缺席是一道濃重的陰影。寡婦門前是非多的倫理現實使母子二人的生存心理都變得謹小慎微。在段援朝的童年意識裏家庭意味著母愛的溫暖，意味著一種生存庇護和慰藉，而在秦朗月那裡，家庭則是一種責任一種使命一種回憶和一種幻想。她努力保持著家庭的溫馨色彩，並把對段方的懷念和愛全部傾注在段援朝身上。事實上真正屬於秦朗月自己的生命只有 53 天，她本真的生命早已跟隨段方漂流而去了。她此後的生命本質上說已經不屬於她自己，而屬於恒定在過去的一段時

間裏。在由一個少女通向老年的漫長人生之途中她幾乎不動聲色地把一個少女的欲望壓抑得了無痕跡，並平靜如水地接受歷史和命運的坎坷。一方面，她苦心經營著關於段方的英雄神話，拒絕一切男人對這個神聖家庭的介入；一方面她又以自己堅韌不拔的生存態度掩飾了生活的虛幻性，從而培養了段援朝的生活信念。在她的努力下段方作為一個英雄神話不僅是虛設，而且具有直接的現實力量，秦朗月和她的家庭小舟能平靜地駛過歷史的急流險灘，如果離開了段方的神庇是根本無法想像的。秦朗月雖然言語冒犯了「蘇聯老大哥」，但她也只是補劃為「右傾」，更重要的是她還能帶著自己的完整家庭流放東北。這種待遇，她的好朋友曲亞眠就可望而不可即了。丈夫柳志國被專政，自己不堪羞辱跳崖棄世，孤零零的柳盼盼只能投奔千里之外的秦朗月。她喚起的只是秦朗月心底對於一個生機活潑的家庭的七零八落的記憶。顯然，當一個人被社會拋棄之時，同時被綁赴刑場的還將有一個家庭——一個生命的組合體。這也使得存在於人與社會之間的遺棄及被遺棄的災難具有了擴散性，一個人的悲劇由此演變成了一群人的悲劇。這樣，小說也正借助於家庭對於時代和個體生命的雙重意義，借助於家庭自身結構的風雲變幻隱喻般地凸現了歷史。

其二，性愛。性愛總是聯繫於家庭的，某種程度上說家庭正是以性愛作為結構軸心的，性愛與家庭正是一對具有互文性及逆向闡釋性的主題詞彙。洪峰是以其對生命和性愛的特殊敏感區別於其他新潮作家的，而事實上在《和平年代》中性愛也正是家庭之外通向小說主題的又一個重要途徑。在性愛領域，洪峰駕輕就熟地把小說關於遺棄與被遺棄的主題作了生動的演示。佔據《和平年代》中心的其實就是兩代人的性愛命運。秦朗月的真正性愛生活不足兩個月，然後棄婦的命運就降臨了。在此後的生命中她與這段性愛的唯一聯繫就是段援朝，她大部分的生命時光都消耗在對這段性愛的懷想和美化中。可以說正是這種虛幻的性愛回想以及對段援朝「移情式」的愛支撐了她的一生。她時時刻刻都能意識到自己性愛的缺憾，但她時時刻刻都不願承認這種事實，她其實最終完成的是一個關於永恆愛情的神話。某種程度上，她這種過於執著的性愛心理也給兒子段和平以潛在的影響。雖然，在小說中秦朗月的性愛是作為一種背景一種過去的風景而存在的，但當其性愛轉變為一種心理氛圍時，其力量就遠遠突破了過去，以至於我們在段和平不同的性愛故事背後總能讀到秦朗月的聲音。大致地說，段和平的性愛歷程是以與五個

女性的關係為標誌的,即與夏小青朦朧的小學之戀,與柳盼盼的熱戀,與李麗菲的短暫情戀,與王明英的私情以及與劉明明的婚姻。除了王明英和劉明明在段和平的性愛生活中的出現具有重疊性之外,應該說段和平的性愛階段性是很明顯的,性愛串聯起了他從小學到軍旅再到大學以至生命終結的完整一生,並由此決定了他人生的基調和生命的形態。在段和平與性愛以及段和平與女人的關係中最基本的色彩仍然由遺棄的基色決定。段和平最深刻的一次戀愛發生在柳盼盼身上,而他被性愛遺棄的命運也正是由柳盼盼導演和執行的。柳盼盼的被逼發瘋幾乎徹底摧毀了段和平的生存信念與性愛激情。從此柳盼盼就成為一種夢魘般的黑雲流動漂浮在段和平的性愛天空裏,並實質上鑲嵌在段和平的生存記憶裏。正如秦朗月一生生活在對於段方的記憶與複製中一樣,段和平的大半生其實也就活在對柳盼盼的回憶中。不僅年復一年地堅持每週六去瘋人院探視柳盼盼,而且在他心中柳盼盼也被神聖化以至他從來也不願向劉明明講起。如果說他和秦朗月有什麼不同的話。那就是他們沉浸於過往時光的方式不同:秦朗月為了自己的愛情神話甚至不惜自己的生命維持自我「貞節」的形象(她的車禍後匆忙出院在段和平看來就是為了避免閒話,而她的生命的過早終結也正潛隱於這次車禍中),段和平則在失去柳盼盼的愛情之後從心底裏剝奪了自己再次性愛的權利,以一種虛無甚至放蕩的態度緬懷過去的神聖。他甚至不顧劉明明暈倒在地,夢遊般地坐上了王明英的摩托車,在瘋狂的性發洩後才疲憊不堪地回到劉明明身邊。然而,即使與王明英性愛其導致的也不是一種對生命的熱愛與留念,在他的潛意識裏其實是希望在那種時刻死在王明英的身上,一種最具生命性的行為其目的卻在於生命的毀滅,這只能說明這段性愛激情在本質上仍然是虛假的。可以說,性愛構成了段和平人生的最大痛苦與悲劇,作為一個被性愛拋棄的人,他幾乎全部生活在一種虛幻飄忽的想像世界裏,生活在對生活的恐懼當中。他被性愛拋離了生命的軌道,而同時,他又以自己的自暴自棄造成了對別人生命的傷害。劉明明的性愛歡樂其實也正是被段和平扼殺了。在這裡段和平作為一個被性愛遺棄者又完成了對性愛的遺棄,他以自己的悲劇完成了別人的悲劇。他曾經保證不讓劉明明重複秦朗月的命運,然而當他終於從柳盼盼的陰影中漸漸走出,意識到自己對家庭對妻子的責任時,王明英又來宣告了他的死亡。他終於沒能抗拒天意,在一個螺母的打擊下命歸黃泉,使劉明明和段忘作為被遺棄者的命運變成了現實。小說在它的終點又走向了它的起點,以

人生的循環完成了小說的循環，以人生的悖論完成了小說的悖論。

我們發現，在《和平年代》中家庭和性愛各自以其悲劇性的景象展示了無激情生命的泥濘狀態，在無法逃避的遺棄與被遺棄的宿命中揭示了個體生命在特定歷史時空內的壓抑、萎縮命運，以及這種夢魘般存在的非本真性、虛擬性、假象性，並從而引導小說之舟向人的精神世界遠航。而在這個時刻小說的另一重主題降臨了。

二、戰爭與政治：悖離於神話的歷史宿命

當我們把《和平年代》關於主人公悲劇命運的一頁掀開之後，一個橫亙於小說世界內部深藏在人物精神宇宙中心的和平神話就展露在了我們面前。雖然對於人生來說，段和平是一個失敗者，但他同時又是一個作家、一個思想者。在某種意義上說他正是生活在思想中，通過思想獲得了對夢魘狀態的超越，也通過思想獲得了一種生命的激情。這樣說來，他的人生遭遇既是他的不幸又是他的幸運。正是由於被父親的遺棄，以及家庭被社會的遺棄，使他獲得了一種「多餘人」的生存地位，由這種局外的生存，他失去的只是生命的自由，得到的卻是思想的自由。因此，在段和平的成長史中，在他悲劇性人生的各個階段，我們所感受到的其實只是他精神的變遷和成長，他的命運和生存體驗全部外化為一種思想一種心理內容在小說中流淌。他把整個世界整個人類整個變化無定的時代和歷史全部收縮進自己的內心，他以自己單薄的生命承擔著他其實難以承擔的思想之重，這也許正是段和平的真正悲劇所在。然而，即使如此，他思想和精神的火光、他關注人類命運的真誠仍然照亮了小說中的人生泥濘之途，並賦予小說一種震撼人心的精神感動。

佔據段和平思想核心的詞彙是「和平」，它直接繼承於在朝鮮戰場上飲彈自盡的父親。段和平一直認為父親不是一個英雄，但他為父親驕傲。他所理解和驕傲的正是父親在戰爭時刻對於和平的那種渴望與幻想。同時，段和平對於「和平」的思索也來源於對現實的恐懼與逃避，他無法承受父親的死亡、盼盼的發瘋、李麗菲的慘劇給予他的心理壓力，也無法面對槍殺王明英父親和陳曉明粉身碎骨的血腥記憶。一種根深蒂固的原罪心理一直壓迫著他，正如小說中所說：「身為一個天生的作家，援朝的負罪感來源於母親生產的痛苦和外祖母的中年餓死。這種罪惡感將在潛意識中支配他的全部心靈，直到他死去。」他總是「覺得自己罪孽深不可測，他覺得自己似乎生來就是為了給

所有愛自己的人帶去災難」。他幾乎一生都活在對過去的回憶裏，但他最終卻辛酸地發現「十幾年的時間把自己的記憶變成了一種感覺，它隨著時間的流逝或近或遠或深切或平淡，但不管哪種情況，都無法訴說了」。「無法訴說」是這個世界給段和平規定的最基本的生存現實，這決定了他所能完成的自我拯救和自我超越只能在他的內心實現，他注定了只能是一個精神的流浪者，他的生存之家永遠植根於心靈和精神世界而與現實世界無關。他以自己無聲的話語不斷強化著「和平」的信念，並對「和平」的兩個最大敵人「戰爭」和「政治」進行了思想的批判與詛咒。在此，段和平以思想贏得了對於塵世悲劇的逃離，而小說主題也在現實生命悲劇和主人公精神昇華的對照中得到了開拓。

在段和平的思想話語中，戰爭是一種毀滅性的人類行為，它是和平的對立面。早在中學剛畢業時段援朝見到《人民日報》刊登的尼克松訪華的消息就發出了質問：「為什麼要死了千百萬人之後再想到和平呢？難道他們不知道殺人是罪惡嗎？」而在秦朗月那裡，戰爭這個詞也具有同樣的災難性，「它意味著失去親人，意味著沒有父親，沒有兒子，沒有丈夫。」戰爭的最基本特徵是摧毀生命，而荒誕的是戰爭卻又是文明和進步的一種步驟。在戰爭這個魔盒裏面段方客死他鄉，陳曉明粉身碎骨。作為背景，《和平年代》的背後一直隱伏著一條戰爭的線索，它寫到了抗美援朝，寫到了中印戰爭、越南戰爭、中蘇武裝衝突，也寫到了阿富汗戰爭和海灣戰爭，但無論哪一種戰爭都以死亡為紀念碑矗立在歷史的河岸上，它「不僅是內心創傷的最大製造者，它本身也是一種難以承受的恐怖，它使人產生了一種時刻擔驚受怕的本能。」不僅如此，戰爭還徹底剝奪了人的思想權利。段和平軍旅生涯中所犯的兩次錯誤都是他「思想」的錯誤，這也是段和平離開軍營的一個根本原因。人可以沒有生命，但人卻不能沒有思想，因此，任何戰爭說到底都是人本身的失敗，「戰爭最終都以人的失敗結束」，它本質上體現為對於人和生命的不尊重，它「永遠是人類社會中一座最難以融化的冰山。對於戰爭，人類永遠需要去做最長久的思索」。《和平年代》在一種非戰爭的題材中表現了一種反戰的主題，通過戰爭在人生存心理中的呈現，通過不同國籍、不同時代、不同性別的人對於戰爭的共同感受完成了對戰爭的顛覆和對和平的渴望，這也是小說構思上引人注目之處。

在《和平年代》中，政治是籠罩在主人公生命天宇中的又一道陰影，是

又一種強大得足以摧毀一切生命的力量。秦朗月認為「戰爭是政治的一種形式」，而從本質上說政治也是一場殘酷的戰爭。在段和平一生經歷的許多死亡中，政治造成的死亡遠比戰爭帶給他的精神創傷更直接更具體。政治也賦予了秦朗月和段和平坎坷曲折的命運。最重要的，政治葬送了段和平人生中最美好的一段愛情，它以一種瘋狂的煽動力鼓動起柳盼盼的政治激情，而最後又以同樣的方式摧毀了這個美麗而充滿魅力的生命。在這裡政治成了性愛的墳墓，也成了主人公精神受難的煉獄。對於盼盼的命運，和平這樣分析：「人可以從容赴死，但很難無動於衷地承受尊嚴被不停地粉碎、玩耍和嘲弄。中國的民眾一直沒能從理智上認識到政治不僅僅需要勇氣，還需要放棄自尊。一個不肯放棄自尊的人，只能被政治強姦而喪失生存下去的信念，結局是可想而知的。……盼盼不肯放棄自尊，因而她被消滅了。七年過去了，沒有誰會記得中國歷史上曾經存在過那樣一個少女，她為了一種美好但卻單純的理想犧牲了自己最寶貴的東西。對於所有人來說，那個日子已經成為沒有實用價值的抽象符號，回憶那個日子只是為了幫助一種政治打擊另一種政治。」他知道，政治和戰爭一樣，它的唯一犧牲者和失敗者只能是人自身，他「不懂政治，不想成為政治的工具，更不想為一種政治犧牲自己」，他盼望一種新的人文傳統能建立，在這種傳統中人熱愛生命和人類自身。然而正如倪敬之對段和平所說：「你是一個國家一個民族的成員之一，你不可能選擇力所不及的命運」，和平如此小心翼翼地逃避政治的糾纏，即使和朋友愛德華·加斯科因合寫的關於「和平」的那本書上他連名字也不敢簽上，但他還是被政治審問了一次又一次。命中注定了「和平」永遠只能是一個神話，不僅段方和保羅以及段和平和愛德華的跨國友誼無法不受到歷史的制約和束縛，而且主人公對於和平的渴望、激情和理想最終也不能跨越戰爭和政治的屏障，甚至他們自身也無法逃避被戰爭和政治吞沒的噩運，小說結尾愛德華·加斯科因正是在海灣戰場上收到了段和平的死訊，他其實又一次重溫了他父親在朝鮮戰場上的悲劇體驗和幻滅感受。

我們發現，當小說對政治和戰爭的思索落實到具體故事即人生的世俗層面時，家庭和性愛很必然地也是很宿命地就成了兩個透視政治和戰爭災難性的窗口，作家一方面不厭其煩地展示了思想和意識領域的全部精神探索和形而上思考，另一方面又總是把這些形而上的東西貫徹在形而下的生命痛苦之中。在對於人類生命殘缺和精神創傷的永恆憑弔之中小說獲得了形而上和形

而下的統一，獲得了一種感性和理性互為因果的悲劇性精神力量。顯然，即使在「和平年代」之中，「和平」也只是一個無法實現的神話。段和平還是以他的猝死完成了對這個神話的消解，完成了一則關於「和平必死」的歷史寓言。小說以一個人的歷史隱喻了整個作為人生存背景和生存現實的「歷史」悖離於「和平」的殘酷性。所謂「和平年代」永遠只是一種假設和無法兌現的心靈允諾，而戰爭、政治、命運、疾病以及各種各樣的天災人禍才是人類和歷史最為真實的面目和處境，不管是在人心靈的記憶中還是具體的現實中，都是如此。一個虛構的神話永遠只能在心靈的層面上才有意義，它本質上逃不脫現實和歷史的解構，逃不出接踵而至的一次又一次的顛覆與消亡。

三、對話與對稱：小說敘述可能性的擴張

在另一章評論洪峰第一部長篇小說《東八時區》的文字中，我已經對洪峰敘事策略的改弦易轍作過議論。這裡再對《和平年代》的敘述成就作簡略的論說。《和平年代》無疑是標誌著洪峰已從張牙舞爪的主觀性技術實驗中徹底走出的最典型的一部小說文本。小說採用傳統的第三人稱敘事，平平淡淡的敘述筆調甚至有一種傳統寫實小說的意味。但不同於傳統小說的是這部小說的心理化色彩特別濃，這使以單聲話語為特徵的古典第三人稱敘事被改造成了一種洪峰式的多聲話語合唱式的敘事。整部小說紀實性的人生片斷（包括歷史和現在）中貫穿了多種敘述聲音，「對話」成了小說故事展開的主要方式。在對話式的心理敘事中，小說主人公的敘事功能都得到了不同程度的強化。而顯然，在這部小說中最典型的一對對話和敘述者正是段和平、劉明明夫婦。儘管小說故事時間包容了歷史和現實兩個不同階段，但小說敘事時間無疑只開始於段和平和劉明明婚後，順向和逆向兩種敘事視角和時間指向正是在他們的對話中統一起來的。他們日常生活最主要的就是一種對話場景。他們的對話以及對話存身於其中的日常生活片斷既是小說一條重要故事線索，同時這條線索在對話中的精神指向卻總是針對過去的。這樣，在劉明明和段和平的談論中「過去」的故事畫面總是以分散和平行的方式不時地呈現出來並構成了一條獨立發展的線索。它一方面豐富了現實故事的內涵，並且事實上成了現實故事不可分割的一部分，另一方面又不得不受到現實故事以言說、分析的方式所實施的制約和重組，因而從形態上說它有一種支離破碎的特徵。從這個意義上說歷史和現實也正處於一種不斷進行著的對話關係

中。然而，就小說而言，對話的方式和對話的意義對於不同的主人公其內涵又是不盡相同的。劉明明雖然知道「和平是一個生活在幻想和自我封閉中的人，除了他自己，沒有人能改變他」。但她還是作為一個主要發話者，對歷史、對段和平進行著主動的追問。某種意義上說，她正是「歷史」故事得以不斷呈現的現實動力。她近乎悲壯地完成的與段和平在對話中的心靈溝通，對於段和平無疑具有拯救意義。段和平不僅最終走出了柳盼盼的陰影和夢魘般的記憶而開始對這個世界言說，而且他還充滿激情地喊出了「日這個世界」的宣言。儘管劉明明仍沒能抗拒命運對段和平命運的掠奪，但一場曠日持久的心靈對話的過程及其最終的真正實現都賦予了小說一種特殊的魅力。顯然，劉明明拯救段和平的同時，也拯救了小說本身。而作為對話的另一方，段和平卻一直是充當著一個被動角色。他不但總是力圖迴避對歷史真實形態的敘述（儘管他的身份是作家），而且甚至在許多時候他就放棄了自己的話語權利。他情願充當一個聽眾和受虐者，而不願發出自己的聲音，施展自己對語言的暴力。因此，他的沉默寡言本質上與這部小說先天賦予他的主要敘述者的角色產生了致命的悖離。他是一個思想者而不是一個說話者與敘述者。「他想」「他覺得」等詞語是對他現實人生狀態的絕好描述，他以自己的深刻矛盾構成了這部小說最基本的矛盾。甚至劉明明勸他作為作家以自己特有的方式「通過文字去談論」、去言說以化解痛苦時，他也覺得無話可說：「談論什麼呢？……你怎麼去談論它呢？你可以去責怪命運，你可以指責生活不公正，但有什麼意義呢？……你除了惹人厭倦還能有別的什麼呢？你的生活只能影響你自己，對別人又有什麼意義？沒有，一點也沒有。你談論什麼呢？在1975年，在1976年，該談論的其實已經談論過了。甚至整個中國都已經談論過了，又怎麼樣呢？沒有人能抹掉歷史烙在一個民族身上的印記。歷史或許能故意忘掉那些丟臉的東西，但人不能夠，人不是變成文字的歷史：人的全部意義在於他有記憶，生命存在而記憶存在，記憶存在就不可能遺落所有經歷過的事情。噢，上帝，我的意義是什麼呢？我的意義就是把自己的故事講給自己聽，我不願意想到自己是個作家。在中國，作家的意義是什麼？就是把別人的故事講給別人聽，自己可以躲在後邊懷著惡意把別人的痛苦當作追名逐利的犧牲供奉出去。」顯然，段和平的反敘述是一種悲觀心態的流露，他所崇奉的其實是一種內心的自我言說。正由於作為一個敘述者其敘述的過程是內心「無聲」地進行的，因而這部小說對時間強調就有了敘述上的意義。一個

具體的故事（事件）總是被切割分散在不同的敘述時間裏，故事的完整性在敘述的流動過程中才得以實現。這種實現不是敘述者主觀的人為調動的結果，而是借助於時間標記以客觀化的方式呈現的，現實切割過去，過去也切割現實，在時間和細節的重複中小說使過去的故事和現實的故事在一種一體化的語境中有機地消融為一個有機的整體。而從結構上說，《和平年代》最重要的特色恐怕就是其對稱性的文本形態。這種結構是和小說的故事內容、敘述方式緊密相關的。某種意義說「對話」式的敘述正是小說對稱結構的直接根源。在小說中，不同的兩代人之間，不同的兩國人之間，不同的男女主人公之間，都有一種對比和對稱的關係。而人物的命運更是具有重複性和循環色彩。段和平不自覺地重複了段方的命運，愛德華也身不由己地走進了秦朗月的命運，至於在小說的未來即將茁壯成長的段忘對段和平命運的重複也幾乎是命裏注定的。因此，就小說的故事來說，它所展示的遺棄者與被遺棄者的人生正是一種典型的對稱性人生。此外，在小說的展開方式上，過去時空和歷史時空既交叉又平行的演進方式，本身就把整體的小說時空切割成了對稱的兩部分。甚至在語言上，這部小說也傳達出一種對稱色彩。平平淡淡的寫實語調與人物巨大的精神感傷情緒形成了一種強烈的反差，這種反差既帶來了小說敘述和思想內涵的巨大張力，創造了小說語言性、寫實性和議論性的完美統一。同時，也使這部小說語言和情緒、語言和思想之間形成了很強的對比性。不過，同樣在這點上，《和平年代》暴露了它的弱點。小說採用自白式的分析語言固然有利於傳達主人公和作家對於人生和歷史的獨特而精彩的思考，但思想闡釋的一泄千里也造成了這部小說「思想太露」的侷限。

第二十四章 《黑手高懸》：蒼涼的輓歌

　　在閱讀呂新長篇小說《撫摸》時，我曾因自己對於呂新的視若無睹後悔不迭。這種後悔驅使我對呂新的小說歷程進行了一次回顧，在這個過程中許多似乎被人遺忘了的小說文本熠熠發光地呈現在我面前。呂新是一個被誤讀已久的作家，而他的小說則是中國當代小說中最具有闡釋學價值的文本。他的第一部長篇小說《黑手高懸》（《當代作家》1992 年第 1 期）就是一部備受冷落而今迫切需要我們重新加以闡釋和評價的作品。我以為，無論是對於呂新本人還是對於整個新潮小說界來說，《黑手高懸》都是一部經得住時間考驗和閱讀闡析的作品。如果評論界在其文本的晦澀和多義面前望而卻步，那麼我們就喪失了與新潮小說正面對話的絕好機會，也失去了進入新潮小說藝術世界的真正希望。

一

　　呂新的小說幾乎總是天然地維繫著晉北山區風情，他樂此不疲地在晉北這塊焦黑的土地上耕耘著頌歌和敬意，幾乎每一部小說都以對「晉北山區」這個特殊文學形象的建構而引人注目，《黑手高懸》依然如此。小說借助於層出不窮的神秘和變幻無定的視角傳達出了陶醉和執著於晉北故鄉的那份令人感動的癡情。然而，這份濃烈的迷戀和癡情卻又與他藝術世界一以貫之的那種蒼涼、凝重、灰暗的基調構成了一種無法消解的矛盾。這種矛盾固然魅力無窮，但我們卻又難免疑竇叢生。對我來說，恍然大悟的機會是在我全部回

顧了呂新的小說歷程之後獲得的。我發現呂新苦心經營的「晉北情結」其實正是建築在一個卓有成效的閱讀陷阱之上的，這個陷阱就是對「晉北世界」的建構熱情和狂熱迷戀。我堅信，呂新對於晉北農村的癡迷完全是一種假象，他的建構只是為了拆碎，他的執著只是為了告別。顯然，「告別」才是呂新所有小說真正的主題詞彙，他的小說只不過是完成了對晉北大地的一次絕望告別，悠揚的輓歌是這場「告別」的基本旋律，在這旋律中那座空中樓閣一般的「晉北家園」煙消雲散。呂新以他的兩部長篇小說完成了這種告別的儀式：《黑手高懸》正式奏響了告別的輓歌序曲，《撫摸》以悽楚動人的死亡之響彈撥最終的祭奠哀樂。這裡，我們獲得了理解呂新小說的總綱和進入他藝術世界的鑰匙。拿這把鑰匙去打開《黑手高懸》的門戶，我們無疑將面臨一種嶄新的闡釋可能。

二

從某種意義上說，呂新的小說都是一種背景小說，佔據小說中心的不是某一個人物或故事情節，而是一種具有整體意味的背景和氛圍，《黑手高懸》尤其如此。小說不惜「揚物抑人」，活動在小說舞臺上的主人公們都彷彿是一些風物和標記，已經被融化在一個大風景之中，成為了一根「枯枝」、一塊「石塊」、一堵「矮牆」，無法分離出他們腳下的那片混沌大地。這樣，我們將無時無刻不在小說中與晉北大地迎面相遇，在體味深重的歷史感的同時，也接受這曲土地哀歌對我們靈魂的洗禮。在小說中漫長而破舊的山區歲月始終以土黃色和灰褐色兩種顏色交替著相繼重複出現，貫穿於這種顏色更迭之中的則是無邊無際的大風，「每一天都在颳風，風聲很少中斷過」，「風刮得很厲害，刮一個秋天，刮一個冬天，再刮一個春天和半個夏天」，「一年裏……風常常把這裡的白天變成黃昏或者夜晚。大家世代都久居在這山區裏，對於這種自然現象早已司空見慣，熟視無睹了，都不覺得這有什麼不好，都覺得世界其實就是這樣，這就是世界」。在這個世界裏，「人」被風沙裏挾著成為這「風沙」的一個部分，愚昧而麻木地苦度時光，身影模糊如冷風中的枯枝殘葉。生命之花已經凋謝。在《黑手高懸》裏我們幾乎無法讀到一聲笑語，觸摸一絲歡顏，在凝重的時空中蠕動的似乎只是一群沒有生命的木偶。即使最具生機和喜慶意味的娶親場景，在小說中也同樣呈現出風聲鶴唳、人影幢幢的淒涼味：「娶親的隊伍走在山區西北方向的灰濛濛的山梁上，嗩吶聲被山梁上的

風刮得不成為調子了，吹嗩吶的瞎子們都穿著又破又舊的藍黑兩種顏色的棉襖棉褲，都無一例外地淌著各自的清鼻涕，他們的衣服上都均勻地蒙了厚厚的塵土。大家的腳像一些污黑的岩塊一樣在山梁上深厚的黃土中拱出來，又拱進去。」這裡我們不僅看不到生命的亮色和火花，看不到激情、溫暖和詩意，甚至連生命掙扎的波紋都無從感覺。在這片貧窮的土地上流動著沉重和灰暗的陰雲、匍匐著枯萎的靈魂。這是一片沒有歷史，沒有未來的孤零零的土地，也是一片窒息生命、播種災難的大地。一代代的子民們辛勤地耕耘著希望，而收穫的卻只是災難和絕望。顯然，呂新正是在小說中對晉北大地這個「黑手」首先發出了絕望的怒吼，小說哀惋而決絕的輓歌首先正是唱給這深色的土地的。

三

然而，晉北土地並不僅僅是隨著肆虐的狂風才變幻其顏色，而且它也更浸透了時代風雨之變幻。呂新要告別的與其說是那亙古不變的山地，倒不如說是流淌在它之上的某一個時代。他實際上無法抹去地球上的這方土地，而只能埋葬在這塊土地上演繹而過的特殊時代。因此，我覺得《黑手高懸》既是一曲土地的輓歌，又更是一曲時代的輓歌。如果說懸掛在小說世界中的一個「黑手」是晉北大地的話，那麼時代又是另一個「黑手」。小說以凄傷的曲調復現了一個完全畸形的時代，也勾畫了存活於這個時代中的芸芸眾生之生命蒼涼。這個時代雖然在小說中沒有明確的所指，但從小說中朦朧的風物標誌和歷史景觀中我們可以推定這是二十世紀五六十年代中國歷史的一個特殊歲月，在這個農業歲月「一窮二白，貧困如洗的天空裏曾經飄蕩著無數農村政策的彎曲倒影和艱辛瘦削的面孔」。這個時代充滿閉塞、隔絕的氣息，匱乏是這個時代的首要特徵。生存需要的滿足只是一個懸掛在天邊的神話，主人公品嘗的卻總是貧窮和飢餓的苦酒。物質和精神的雙重缺乏導致了《黑手高懸》內芸芸眾生的悲劇生存狀態。三元家固然只能以焦糊飯充饑，飢餓難忍的三元把一本書都撕啃完了，因為「他一看見書上畫著的那些豬肉和白菜就忍不住想吃，就更加餓得不行。書上的那些豬肉和白菜吃完以後，就又開始吃書上的魚、青蛙甚至棉花團裏的大片棉花。」而《黑手高懸》活動著的其他幾個主要家庭如語文教師家、天寶家、小女孩家亦何嘗不是整日為「食」殫精竭慮？貧困猶如一柄達摩克利斯劍高懸在晉北人民的頭頂，使他們整日惶恐不安並

日益走向沉淪。正如小說中所說：「貧困常常使人急於佔有一切的東西，從而忽略一切的細節，忘記一切的後果，進而陷入某種災難之中自取滅亡」。語文教師偷煤開荒不僅丟掉了他的尊嚴也丟掉了他正常的人格，借酒澆愁也未能挽救他的瘋狂；大元偷軍用電纜賣錢失去的也不僅是他在這塊土地上的「權力」而且還不得不被迫失去人身自由；而山里人前仆後繼爭當煤礦工人並「紛紛栽倒」的慘劇也正是這個貧窮時代最悲慘的一幕生存圖景。那些「黑手」既是這個時代眾多生命的象徵，又是這個時代本身的象徵，是貧窮和災難的象徵，是缺乏的象徵。而從本質上說，這個時代匱乏的還不僅是物質，物質的匱乏更加劇和造成了時代精神的匱乏。精神的愚昧和麻木使主人公們不僅認命於自然和混沌，而且還崇拜權力和畸形。馮支書和獸醫能在村裏呼風喚雨成為貴族階層，山裏女人的門戶能一次次被馮支書「紫紅色的大手」扇開，其最終的根源就正是這種精神的貧乏。這是一種雙重的悲劇，一種無言的沉痛，在慘不忍睹的生存境遇裏掙扎的主人公不僅被物質的殘缺壓迫得奄奄一息，而且還幾乎心甘情願地把精神和自我送向權力和財富的屠刀，向著另一種慘不忍睹投誠。這時候，無知和迷信瘟疫一樣毒化著主人公的心靈，天寶爹黑夜迷路後堅信拖拉機的光正是傳說已久的銀元、玉器、寶石、金子等在向他召喚，「一種無形的不可抗拒的東西在努力驅趕著他向那幽深莫測的燈光處靠近……那時候他彷彿接受了某種力量的暗示，他十分強烈而清晰地感到，那燈光是屬於他的，他不去不行」，並最終在迷狂狀態中命歸黃泉。而即使山裏的「知識分子」語文教師在醉酒後遇見一個麻臉老太太時也不得不陷入一種迷信中不能自拔：「老太太臉上的麻子和皺紋交織混雜在一起，看上去像一些蒼老的花瓣。語文老師看見她像一張矮小的紙片一樣在午後的風中無息地飄來飄去。……在語文教師茫然混亂的記憶裏，那位身材矮小的麻臉老太太是從一條陰暗狹窄的山溝裏猝然飄出來的。之後，她又在那條空寂無人、紙灰飄揚的鄉間大道上飄了許久，她的兩隻黑布纏裹著的眼睛中，年代久遠的景象是一派灰褐色的山水情調，迷亂的天空裏一直徘徊著一種偷樑換柱、暗渡陳倉的古老氣氛，一種陰謀在天地之間竄上竄下，精心旋轉，精心選擇。陰謀所到之處，無數的紙灰紛紛揚揚，無形的哭泣聲隱隱約約。」拜伏在權力和迷信的腳下，知識就事實上成了這個時代的一種奢侈，三元「每次打開書本的時候都會明白無誤地聽見一種十分銳利的叫聲，就是殺豬時那種驚心動魄的尖叫聲。一看見書，他就忍不住尿緊，那種強烈的緊迫感讓人六神無主、忍無

可忍。」出乎意料的是，當三元向班主任老師提出不再上學時，對方作出了一個令人心酸的反應：「李三元，我跟你說句良心話，識時務者為俊傑，你能這樣想並能這樣做很好，我非常同意，我舉雙手表示贊成。咱們的病其實差不多，你是一看到書就肚疼，我一看見書就頭痛得不行，還腿疼、牙疼。⋯⋯我告訴你，一個人知道的東西越多，懂得的事情越多，就活得越不痛快，越心煩，一天好日子也沒有。」顯然，在這個時代理性已經被貧窮、迷信榨乾，三元對學校的告別，我覺得正是對一個悲劇時代的告別，這告別聲雖然悲愴、無奈，但我覺得仍然是一種希望，一種絕望的希望，透過時代的「彎曲倒影」我們似乎能夠把握一種沉重的歷史內涵。

四

　　我覺得，《黑手高懸》雖然以一種冷靜的筆調把土地和時代的輓歌彈唱著，然而，人卻始終是小說關注的一個焦點，即使作家故意把人符號化、物化也無法遮蓋這一焦點。在一個貧窮的時代和貧窮的土地上生命的悲劇狀態背後，我更感動地讀到了一曲人性的輓歌，讀到了人性在生存絕境中的扭曲、變形和異化。在小說中人性畸變的第一個祭品就是天寶，他是這個時代一個最典型的受難者。父親的罪過和遭遇，使他成為一個被人嘲笑的對象。他不敢上學只好整天關在自家的庭院裏以小人書陪伴著自己。他永遠生活在一個封閉的空間和停滯的時間裏。他不知道人世間的變幻，甚至不知道男女之事，他很天真，天真得讓人心酸，他很瀟灑，瀟灑得讓人沉痛。他光著身子與婦人睡覺的畫面，以及他把母親當馬騎的畫面卻讓人毛骨悚然。面對父親的屍體「他覺得如同置身於一個白色恐怖的惡夢之中，一切的景象和標誌都令人不寒而慄，心驚肉跳。他的身體抖動得十分厲害，兩條腿一點兒也不聽使喚。那惡夢以一種固定的形式靜止在那裡，不苟言笑，肅穆而沉重，酷似一座靈堂上顯隱出的無數張破碎而殘廢的面孔，無數條枯枝般的手臂一齊伸向他」「他像一隻受驚後的烏鴉一般怪叫一聲，便衝出人群，跑得無影無蹤了」。他似乎已經泯滅了一個人的理智和認知感覺，像一個動物非人地生活著。他對於生命對於死亡都已泯滅了衝動和情感，有時他甚至像一隻野獸一樣殘忍兇暴。他殺死了自己的母親，也殺死了自己的妻子。然而，他自己卻在他們的屍體旁大笑。他成了一個瘋子，一個背叛自我背叛人性的瘋子，一個和時代一同瘋狂了的瘋子。正如小說所說：「天寶作為一個人，一個年輕的人，他只

是一種模糊的記憶，一種屬於過去的東西，羽毛或燈籠，或者是門楣上往年的一道舊符。三元一直認為天寶其實是一箇舊時代裏的人，屬於另外一個世界裏的一個人，三元甚至從來就沒覺得有過天寶這麼一個人。天寶作為一個人，一個活人，其實只是一個空洞的名字，只是一個消逝已久的符號或痕跡，沒有了具體真實的形狀和實物。在山區里人們的記憶中，天寶其實在很多年以前就死去了，又彷彿他從來就沒有活過。」雖然，小說以天雷埋葬天寶，結束了一個無知而罪惡的生命，但是這種上天的懲罰是否能同樣埋葬那個扭曲製造了天寶的時代呢？如果說，天寶的被雷電劈死是一個寓言和象徵，那麼這種寓言何時才能真正兌現呢？

我們發現，當人性的籬笆被拆碎瓦解之後，罪惡在小說中真可謂是肆無忌憚甚囂塵上了。強姦、告密、謀殺、私通……種種醜惡的人性隨風播散幾乎滲透到了小說的每一寸空間。人性的陰雲毒化著平凡的人生，使現實生活圖景裏悲劇叢生。一方面，主人公以無靈魂的姿態目睹自己人性的枯萎、沉淪；另一方面，權力的暴徒們又以自己的無人性瘋狂殘奪著他人的人性。在這裡，一個「紅色的大手」可以掀翻幾乎每一個女人；獸醫的孩子也可把公社的學生當馬騎；院長因姦情敗露可以殘害一個天真少年的生命；趙五幾乎閹割了天寶爹，大元也以光天化日下的強姦陰謀殺死了天寶女人……我深信，生命在萎縮狀態中死去倒是一種幸運，至少他們可以在客觀上完成對土地和時代的告別，死亡在這種意義上正具有了生命意義。而無人性也藉此死亡否定獲得了一種人性的肯定，這也許是一個貧乏時代無法逃脫的生存悖論。從這個角度來說，《黑手高懸》正是以接踵而至的死亡事件使人性的輓歌餘音繞梁。

五

儘管放眼《黑手高懸》滿眼是曠遠和蒼涼，一群灰色的人生，就活動在這個大的背景下，他們活得平凡，平凡得連生命本身都失去了重量；他們活得瀟灑，瀟灑到不知道外面日新月異的世界帶給了他們怎樣的失落。然而，小說深處幾個絕望的告別者仍然憤世疾俗地向我們走來，他們的覺醒是這片土地上最響亮的一聲春雷。我相信《黑手高懸》中陣陣輓歌正是由他們演唱的。他們的人生舞蹈正是跳動在小說時空中的輓歌音符。

第一個音符是由黑衣老頭奏響的。他神出鬼沒地光臨了小說世界，「在那

些如煙似霧的漫長歲月裏，黑衣服老頭的身影幾乎隨處可見，隨時可聞。他像一片烏雲一樣，日夜出沒在那邊遠寂寞的山區裏。他有一種看破紅塵而又超然物外的天賦，在他眼中，「一切都沒有用，都不過是一些過眼雲煙罷了」。他有精湛的冶煉技術，堅信「掌握了這種技術，你就能比一般人活得更好，更自在，就能輕輕鬆鬆地活一輩子。」他對世界和宇宙有自己獨到的體會，認為「世界上真正的獨一無二的絕技和重大的發明創造永遠都在那書本以外的另一個世界裏，那就是一個人的天賦和稟性，聰慧和靈秀之氣。……世界實際上就是因為幾個寥若星辰的天賦超群的聰慧靈秀的人才閃光明亮的，才能永遠進步，向前。」他一輩子無兒無女，孤身一人，四處飄泊，卻從三元身上看到了一種他渴望已久而「世人所沒有的靈秀之氣」，並把自己的冶煉技術傳授給了三元。雖然他終於難免在山里人疑慮和憎惡中消失在「蒼茫迷蒙的雨霧之中」，永遠也不會回來了。但我卻更願意把他的出走當作一次自覺的選擇。他以自己神秘的來到和神秘的隱匿完成了對於山里人的一次有意味的提示，他傳達出了人性覺醒的第一個信息。

　　語文老師是小說中的又一個覺醒者和告別者。在他的記憶裏「他的生涯永遠都是一個無邊無際的，寒風呼嘯大雪紛飛的冬天，永遠是冬天，」儘管他最終陷入人性的迷狂而悲慘地死去了，但他對人生和生命的認識卻是深邃而深刻的。他對兒童有一種近乎崇拜的心理，他認為「十二歲好像是一道生與死的分水嶺，一邊是聰明靈秀，一邊是兇殘愚頑；一邊是純情與天良，一邊是貪婪與萬惡；一邊是天真，一邊是偽飾；一邊是童貞，一邊是虛偽和醜惡，奸詐與齷齪；一邊是浮雲流水，一邊是糞土餘孽；一邊是清風明月，一邊是行屍走肉。十二歲以前，能看到和聽到時間和空間以外的各種事物景象和聲音。十二歲以後便開始日盛一日地走向卑鄙和貪婪，最後徹底成為一個地地道道的無恥之徒，一個徹頭徹尾的卑鄙小人」，「幾乎所有的成年人都那樣出爾反爾，翻手為雲，覆手為雨，全無信義和廉恥可言。」在經歷了生命的諸多磨難之後，他對自己的人生命運有了一種透徹和清晰理解，他堅信「一切都是命，所有大大小小的事情都是命中注定，無法更改，更無力更改。」他瘋了，他死了，但他是作為一個覺醒者死的，這種死把他從那愚昧的混沌中區分出來，因而具有了一種崇高的意味。

　　而黑衣老頭和語文老師對於童心和「靈秀之氣」的追求也並沒有落空，三元和小女孩兒是小說世界裏的兩顆明日之星，他們對這塊土地上的生存方式

的決絕和否定是小說這曲輓歌的最強音符。前面我們就曾談到三元的覺醒和聰秀，他對世界和生命的認識絲毫也不遜於黑衣人和語文老師，面對「福禍難測，生死無常的場面，……他感到其實世上任何一種生命都不堪一擊，形同虛設。」至於小女孩，她彷彿在一瞬間就「覺得自己已經長大了，像一個大人一樣，沉著、冷靜、從容不迫了，能長久地沉住氣了，能永遠地保持一種沉默的心境了。」她的最後失蹤是一次卓有成效的逃亡，她將是《黑手高懸》中第一位真正走出那塊災難之地的人。她的失蹤才真正把小說中悠揚婉轉的輓歌帶向了高潮和結局，告別的儀式最終完成了。

六

對於我們來說，《黑手高懸》文本本身就是懸掛在我們面前的一大「黑手」，這部極富實驗性的長篇小說對我們既往的閱讀經驗構成了全面衝擊。

這不是一部情節小說，裏面少有情節的鋪墊、展開和發展，也少有緊張的懸念、激烈的衝突，有的只是一些相互關聯又實實在在的人生故事。各個故事彼此獨立，沒有因果聯繫地原生態發展，各自彷彿一些遙遠的風景彼此呼應，並渾然一體地構成一個大宇宙背景。作者揚棄了經典現實主義的通常做法，似乎有意淡化情節，但情節的淡化並不代表小說意味的淡化。作者不遺餘力地營造氛圍、刻畫心理，既充分觀照和展示了人物多層次的複雜內心世界，而且也感應了獨特濃鬱的地域文化特徵。統觀全篇，那陣陣無休無止的塞外大風；質感粗糙強烈的枯樹、頑石；色調濃重的煤炭、月牙；寓意昭然的手電筒、古鞋等等一切晉北山區起眼的不起眼的風物次第出現，作者都不惜筆墨地壯其形、寫其貌、繪其聲，而目睹此情此景的主人公卻往往退為一個默然的旁觀者，這種有意的揚物抑人，反而將人置於一種強烈的自然氛圍中，作者對生命與存在的理解也就自在不言中，這種對作品氛圍的精心營構，很大程度上彌補了情節吸引力的那份不足。

《黑手高懸》的敘述方式也正是這部小說的特殊魅力所在。作者採用童年和成人的雙重視角，以一個若有若無的「我」在時空和語言縫際裏的穿行統一整合全篇，第一人稱和第三人稱的功能在小說中都得到了充分的發揮。在小說裏，每一個主人公都是一位敘述者，他們既經歷著故事的發展變幻，又不時地把對人生故事的感知傾吐出來，這就是這部似乎以第三人稱為主的小說卻通篇充滿第一人稱獨白的原因所在。這些「主人公敘述者」對於世界

的言說和獨白構成了小說許多攝人心魄的靈魂風景，使這部幾乎「零度敘述」的文本充滿了強烈的主觀抒情性。而主體敘述者「我」的敘述句式與主人公敘述者正構成一種強烈的反差，「那時候」「那個夏日的午後」「冬天裏的時候」「回憶那些陽光奔放、氣候莫測的夏日時光」等充滿懷舊和埋葬意味的語句不僅構成了文本敘述上的張力，而且也正與小說告別的主題遙相呼應，體現了作家獨具的匠心。

與小說幻覺化的語言形式相適應，這部小說的結構也極其空靈。各種故事和眾多小說場景表面上是鬆散獨立的，似乎以一種「蒙太奇」的方式結構在一起，不著雕琢之痕有「無為而為」的藝術效果。但從整體上說小說仍然於鬆散中見完整和嚴謹。幾個家庭是小說的主要結構單元，他們各自演繹著一種近乎封閉的故事，然而同時這些獨立的單位又服從於整體的背景和人生命運，並共同奔向小說的告別主題。小說主人公之間雖然沒有直接邏輯因果聯繫（也有例外，如：大元之於天寶女人之死，黑衣人之於三元等），但他們卻彼此有一種見證和互文關係。他們共同完成了作家對於群體生存狀態的素描。這種卓越的素描幫助作家輕鬆自如地實現了文化的告別。晉北大地矗立在小說的天空裏，但這將只能是一種永遠的回憶，走出這塊土地的人們（包括作者）是義無反顧的。

第二十五章　《紀實和虛構》：由敞開到重建

　　從某種意義上說，王安憶應該是新時期中國文學的一個奇蹟。從「三戀」到《小鮑莊》到《崗上的世紀》再到《叔叔的故事》，王安憶不僅極少庸作，而且幾乎每部作品都能獲得轟動性的反響。她從來也沒有在理論上張揚過某種新潮旗幟，然而她不斷的文體探索、風格轉型和自我重塑卻總是天然地吻合著新時期小說的潮汐，並在每一個小說潮頭中佔據一個不容替代的位置。顯然，單純的機遇已無法解釋王安憶一次勝過一次的成功，她的小說智慧和人生體驗，她的深厚功底和文學天賦才是其藝術世界真正的發光源！在這樣的大背景上，我們又面對了她的長篇新作《紀實和虛構》（《收穫》1993 年第 2 期），無法避免地又經歷了一場靈魂的震顫和文學的感動。我相信這部在王安憶的文學歷程和整個新時期文學史上都有非凡意義的長篇佳構的面世，應該是我們的文學在世紀末所能達到成就的一次絕好總結，也為正在崛起的新潮長篇小說再次擂響了戰鼓，從而預示了一個新的文學時代的必將到來。在這個意義上看，《紀實和虛構》作為一種文學存在，其價值已經遠遠超越了文本自身，這注定了小說形而上的不可解讀性，也注定了本文的闡釋最終只能是一種嘗試，一種話語欲望的表達。

一、紀實：經驗和往事對於世界的敞開

　　如果說在《叔叔的故事》中王安憶開始了對小說和故事的雙重顛覆的話，那麼這種顛覆到了長篇《紀實和虛構》中可算是徹底實現了。這是一部完全

沒有「故事」的小說，小說的主人公也只有一個「我」（真實作者而非隱含作者）。傳統意義上的「故事」被淡化為散文化的往事和經驗的記錄。而小說其實也被還原成了散文式的心靈寫實，無論「紀實」和「虛構」都只是作者生存心態的真實展露和精神世界的畢肖素描。佔據這部小說中心的是作者的感受、體驗以及對這種感受和體驗的講述與分析。作者對生存境域的敘述總是勾連著主體洶湧的精神潮流，無疑，孤獨正是聯結這兩者的紐帶和這部小說事實上的主題，它也構成了人生存在的實體和背景，並本質上規約了「紀實」的內容和方向。在小說展示的各種記憶碎片和人生往事中，在小說對出身的追尋、戰爭與革命、保姆、鄰人、兒時的玩伴、信差、同學、路遇者、音樂教師、各種方式的反抗、好奇、冥想、欲望、日常快樂和寫作生涯等消亡了或正在消亡的戲劇性情節和人物關係的「紀實」與講述中，一方面我們可以從作者的內心獨白、事後追加的感受、理性的類比和推論中發現一種對意義的抽象追尋，另一方面，我們感受最深的仍然是隱藏在作者對往事和存在的傷悼背後的那種濃得化不開的孤獨氛圍和旋律。

表面上看，《紀實和虛構》的情節和人物具有紛亂性和鬆散性，尤其是各種串聯出場的符號式人物，似乎只是各個往事片斷的嚮導和小說事實上的「過客」，從而使小說喪失了傳統意義上的整體性、有機性和邏輯聯繫。這種顛覆在某種意義上也許是觸目驚心的，然而當我們面對作者敞開生存世界的「紀實」意圖時，這樣的小說方式又實在是再恰當、再自然不過了，這才是以精神漫遊的方式把握紛繁人生的「縱橫」關係的最佳「紀實」方式！何況小說深層還潛隱著孤獨體驗和意義抽象這兩個統一散亂的人生世相的更為本質、更為純粹的結構因素呢？

首先，小說呈示了「我」的孤獨。這無疑是《紀實和虛構》情節和情緒的主體，在小說世界中，「我」的孤獨又分為童年、青年、作家三個階段。「我」是坐在一個痰盂上坐火車進入上海的。但作為一個「同志」的後代，「我」和「我」的家很久以來都像是上海的外來戶，於是「我」從小就「熱衷於進入這個城市，這樣生怕落伍」，並形成了一種極其矛盾的心情，「自卑和驕傲混雜在一起，使我的思想左右搖擺，前後不一。但無論是自卑還是驕傲，都是我心感孤獨的原因」。這種孤獨在「我」童年時代的兩大表徵，一是語言的隔膜，一是找不到夥伴的寂寞。「我」的大部分時間都是獨處的，「我一個人在家裏走來走去」，無法解答那種「刻骨銘心」的孤獨疑團。「我」努力地結交

同伴並隨保姆進入別人的「家庭」；「我」跟鄰居家到過「嚮往它嚮往得發瘋、有些諾亞方舟的味道，還有點苟且偷歡的味道」的國際俱樂部；「我」和孩童們在樓梯口約會，並以「這些口舌官司，建立了我們最初時期的人際關係，也建立了我們獨立的情感世界」；「我」積極地參加學校活動，也熱衷於「開小組」；「我」陶醉於遊行也神往於跟英語教師搗蛋……但每一次人生經歷都把「我」投入了更深的人生困境，並常常有一種「兩敗俱傷」的感覺，因此「無法挽回是我幼年時的最傷心的情感，它常常使我陷入絕望的泥潭」，這樣，孤獨之感不但無法消解甚至還成了「我」的宿命。而在「文化大革命」中，「我」的生命進入了「故事最多的季節」「寂寞只是在一個故事和另一故事的中間才會來臨」，通過與一群高幹子弟的相遇，「我」有生以來第一次有了命運的經驗，「命運的感覺使我生出莊嚴的激情，這就是文化大革命帶給我們的最大好處，它將我們捲入了命運的漩渦」。但最終「我」卻發現被「我」視作那樣神聖的命運關係，於別人僅僅是「社交的一種」。「我」不得不正視「成為路人」這一「我」與人交往的唯一下場，「我們這城市的街道上摩肩接踵卻素不相識的行人，是我們永恆性的關係。我總是在尋找並企圖建設一種命運性的關係，以使我在人群中位置牢固，處境明確，以免遺失自己，陷入渺茫」，然而，一次次的失望終於使「我」明白這城市充滿一股隔絕的空氣，「我好像是這世界的外人，這世界生氣勃勃，我卻參加不進去」。成年之後，「我」總是期待著通信，並盼望愛情來拯救「我」的孤獨，但「我」接觸了相識了幾個男人，最後留下的只是「幾個片斷印象，組織不成故事。我們最終只是夏夜的流星，各穿銀河」，「我」和別人總是處於一種虛無縹渺的具有象徵意味的路人關係中。「我」只能傷感地承認「愛情這種深刻的關係是世上難得」，「我們好像是專門為錯過機會出生於世，我們永遠，也談不上抓住機會，盡是錯過。我們的人生乃是損失，損失了這樣再接著損失那樣。等我們吸取教訓要去建設什麼的時候，腳下已是一片廢墟。」事實上，孤獨已經成了「我」的一種存在方式，「我」最終選擇以一個作家的身份作為自己的生存角色，這也根本上受制約於那種感傷孤獨的心態，作為一個作家「在時間上她沒有過去，只有現在；空間上，她只有自己，沒有別人」，這是一種本質性的孤獨境界。

　　其次，小說作為一種背景展示了母親及人群的孤獨。在《紀實和虛構》中母親是「我」之外的另一個重要小說因素，她是「紀實」和「虛構」的結

合體以及過渡橋樑。她不僅強化了孤獨的人生主題,而且某種程度上她還是「我」孤獨的原因。母親總是堅持講普通話,這使「我」與人交往有了困難;母親還不准「我」和鄰家的孩子往來,認為他們會帶給「我」不好的影響;母親不讓「我」和別人遊戲,讓「我」補習英語⋯⋯這些在「我」幼小的心靈中一直是「我」孤獨的主要原因,因此「我就覺得我的孤獨全是母親一手締造的。母親在我某一個成長時期裏,成為我假想的仇敵」,「我一個人在家裏走來走去心裏恨著母親,覺得是她使我們一家都成了孤兒一樣的人」。但其實作為一個「同志」,母親的內心也是很寂寞和孤獨的,她的堅強和嚴厲其實只是內心的一種掩飾,她反對串門,除了同志外也沒有別的朋友。這種主動的孤獨姿態,其實正反映了母親對於親情和友情的渴望。老同學找上門來她的迷茫和激動就是一個絕好的證明。而且,「我」發現母親原來就是一個孤兒,她是一個浪子的女兒,「集孤兒與被拋棄於一身」,我甚至在那樣小小的年紀就已經感覺到了,作為一個孤兒的寂寞是比做一個上海城市的局外人還要來得大,來得深,並且沒有緩解的辦法。從某種意義上說,「紀實」正是母親一種無可奈何的生存態度,她喜歡並堅持要做一個孤兒,這是她離開孤兒院的原因之一。而對孤獨處境的「紀實」與認同也構成了她保留至今的孤獨習性。「母親是個朝前看的人,從不為往昔嗟歎」,她有著一往無前的現實精神,「所有人將她拋棄,她也將所有人拋棄」,對於她來說拋棄上海一無困難,重返上海同樣一無困難,在她孤獨的一生她無牽無掛,不需要對任何人負責,走到哪裏算哪裏並一次次地切斷歷史。這最終構成了母親的人生孤獨和生存心境,也影響了「我」及「我」們家庭的生命色彩。此外,作為陪襯和參照,《紀實和虛構》還透過張先生家和民族資本家家等幾個家庭敞開了整個人群「類」的孤獨。張先生覺得「他和這房子一樣有一種被拋棄的心情」,他就彷彿站在一個內患重重的「孤堡」上,他絕望地在房子裏跳來跳去的意象總有令人傷懷的淒涼意味。而文明戲女演員的女孩子、小五、資本家的姨太太等人物身上也都無不籠罩著一種孤獨的精神氛圍。甚至,遊行的狂熱在那個特殊的時代也成了拯救人群從一個個孤島式的院子裏走出來的藥方,但「遊行畢竟只是一個臨時的集合,隨聚隨散,具有一種形式上的集合含義,卻沒有實際的內容。它可暫時地使人感受到集體性、社會性的氣氛,卻聯合不起人的命運關係。」「它只是在感情上滿足了我們人類群體性的本能需要,暫時將我們從各自的孤島上挽救出來,集合一會兒,再放逐我們回家」。因此,孤獨仍然是

無法克服的。這樣，孤獨也就具有了一種歷史和文化的意味，它是處在一個「貧乏時代」（「文化大革命」可為典型）的人類的非本真生存狀態的寫真，是人類無法確定自身存在的生存焦灼的反映，是人對於深淵處境的自覺與發現、體驗與忍受。

可以說《紀實和虛構》以對於生存孤獨感的體驗敞開了現實生存中「自己」的本真性，小說人物的抽象化、無個性化和符碼化恰好表示了作者對「我」自己之非本真生存的洞觀與發現，並以直觀感性的「去蔽方式」揭示了「自己」生存的空洞性。但孤獨情態的展示與敞開，其宗旨並不在把人們置入「世界之夜」的黑暗深淵中，而是通過敞開和懷疑引導人們步入一種詩意的「澄明之境」，建立起人們的神性期待和嚮往，並根本上反抗和棄絕孤獨。這就需要從「紀實」向「虛構」的轉化和昇華，而其實在深層這仍然是兩種人生態度和生存心態的轉換，本質上都是人以精神超越存在、擺脫現實牢籠的特定方式。

二、虛構：神話的尋找和家園的重建

正因為「紀實」敞開了時代和世界的「貧乏」，敞開了人的偶然存在的孤寂。於是「虛構」的欲望由此誕生。如果說「紀實」消解了人生存在的意義和家園的話，那麼「虛構」則試圖對被解構被消亡的一切予以重建。這也正體現了一種人創造世界、創造歷史的本能衝動，是一種絕望的反抗，也是一種對於生命的具有浪漫色彩的烏托邦。

「虛構」在孤獨「紀實」的背景上展開，它以現實的「紀實」作依憑，最終只是把現實中的線索經想像系統化、實體化了。某種意義上，它是對「紀實」中被壓抑的各種人生欲望的釋放和實現，它是對「殘缺」的修補和完善，是從另一個角度重新「紀實」。因此，「虛構」總是聯繫著對人生殘缺的一次次「發現」。

在「我」的生命中最大的殘缺和遺憾莫過於祖先的迷失了，沒有一個血脈相因的龐大家族歷史以及沒有一個祖先的神話傳說，使「我」時常處於一種沒有歸宿感的無依無靠的孤獨痛苦中。母親所講的現代新型童話雖然極富教育意義，卻始終不能彌補沒有家庭傳說的遺憾以及由此帶給「我」的巨大苦惱。甚至在「我」們眼中家族神話還具有形而上的意義和神性的宗教意味，「現代童話從現實出發的創作方式告訴人們，這世界是一個後天的充滿選擇

性的世界，使人摒除崇高的觀念。而家族傳說超越了人們的認識，它將世界置於『知』之上的渺茫境界之中，使敬仰之心油然而生。家族神話像黑夜裏的火把，照亮了生命歷久不疲的行程」。「我」是如此崇拜家族神話，以至把人生獲救的希望都寄託在它上面，偏激地認為「將無論哪個階段的家族神話挽留了一點記憶，這樣的家庭是了不起的家庭，它具有強大的向心力，也證明他們的家族神話燦爛輝煌。家族神話是一種壯麗的遺產，是一個家族的文化與精神的財富，記錄了家族的起源。起源對於我們的重要性在於它可使我們至少看見一端的光亮，而不至於陷入徹底的迷茫。」但人仍然無法抗拒家族神話最後墮落的命運，這種墮落和變異也是種反諷式的「紀實」，它隱喻般地昭示了一種存在和一種文化的腐蝕力量與扭曲力量，「家族」神話在此出現了一種荒誕的意味，好像滑稽戲一樣。「祖先脫去了神聖的外衣……他們的騷擾總是以懲惡揚善為名，具有勸世的現實含義。他們失去了家族神話原來的崇高的精神領袖的作用，而總是介入具體的實事。這種家族神話的演化其實帶有社會學的研究意義，它體現了價值觀念和文化面貌的轉變」。另一方面，現實中「人無定居」的頻繁遷址和搬家，不僅使人生具有「流浪的性質」，從而處於永恆的孤獨與漂泊之中，而且它也加快了家族神話墮落的步伐，正如小說中所指出的「遷址切斷了人和鬼的家族聯繫，使人和鬼彼此成了陌生人。遷址造成了一大批流動的鬼，他們無家可歸，在別人家的屋檐下拘束委屈地走動。我想，這正是家族神話最後消散的情景」。也正由於沒有了家族神話，「我們都成了孤兒，棲棲惶惶，我們生命的一頭隱在伸手不見五指的黑暗裏，另一頭隱在迷霧中」，只是在那黑暗當中尚有一線光明，那便是母親的姓氏，這也許正是作者尋根溯源，去編寫和「虛構」「我」們家族神話的唯一線索了。不幸的是，「在上海這城市，姓的家族背景已經徹底消散，姓只是個人的標記，我們喪失了它的原義，只記住了它的表面形式，一種代號的作用，表明了我們身後的那個親情集團與我們的解散」，這事實上也正是「我」追根溯源的真正困難，它注定了「我」精神漫遊的遙遙無期和追尋途程的一無止境。然而，唯有尋找，唯有孜孜不倦的尋找，唯有在尋找過程中義無反顧的「虛構」與重建，我們才有可能面對希望的彼岸，從生存的盲目中返回澄明之境，從非本真的生存返回本真的生存。也正由此才有可能將過去還原給過去，將未來召喚到現在，在另一種「真」的緯度上展開一種新的生存，並重建人與神的聯繫，恢復人的本真，引導人們走出世界之夜，共同歸「家」。

　　前文已經說過，母親是「紀實」和「虛構」的紐結，小說對母親生存心態和孤獨歷史的敞開正是「紀實」和「虛構」共同作用下實現的。而《紀實和虛構》中「虛構」的起點也正是在對母親的「紀實」的基礎上。一方面，母親的「茹」姓是「我」和祖先相隔遙遙的唯一維繫；另一方面，正是母親點滴往事片斷的回憶和人際關係的「紀實」觸發和提供了「我」想像與「虛構」的依據。此外，資料的考證、典籍史冊的查詢、歷史古蹟的尋訪也都是一種「紀實」，而正是這種「紀實」推進了「虛構」的進程，拓寬了「虛構」的線索，從而建立了一種縱向的人生關係。而我們也由此看到了一個完整的家族神話，看到了一個家族從無到有，從盛到衰的生生不息的完整生命過程。如果說小說中「紀實」與「虛構」世界是兩個互為因果的對等人生境域的話，那麼「虛構」世界則無疑更具有系統性、體系性和完整性。這裡有遼闊草原和沙漠風光，也有金戈鐵馬的戰爭；有忍辱負重的逃亡，也有血腥的殘殺和背叛；有攻城掠地的豪邁，也有亡國滅種的悲哀；有生命降生的愉悅，也有死亡來臨的恐懼，甚至還有蒼色狼和白色鹿的美麗傳說和動人景觀……這些都構成了屬於《紀實和虛構》中的一個獨立的小說世界，也可以說是「小說」中的「小說」。而在這部「虛構」的小說中，作者以浪漫的激情塑造了一代又一代具有生命強力的祖先英雄，展示了一種具有生命光彩和神性力量的人生狀態，以此對應於「紀實」小說中疲軟、孤獨的生命景觀。而且儘管在祖先奮鬥不止的家族神話中，「孤獨」仍是時常襲擊英雄們的人生情緒，但這種孤獨已經更具有了人生超越力量，並在根本上刺激和成就了祖先們的輝煌業績，它其實正是對「紀實」狀態中「我」的人生孤獨的昇華。「虛構」中的孤獨喚起的已不是對個體存在的感傷和悲悼，而是對現實存在的拒絕以及超越生存的勇氣。顯然，「虛構」的神話集中表達了「我」的生存理想，而神話的尋找的過程也正是「我」的自我確證與實現的過程，是「我」的家園夢想的具體化和現實化，通過祖先們綿綿不絕的努力，「我」終於獲得了本質意義上的「存在之家」。如果說「紀實」代表一種現實主義的人生態度的話，那麼，「虛構」則是一種浪漫主義的人生態度，而「虛構」世界和神話家園的最終建立則是這兩種人生態度不斷轉化相互作用的產物。

　　「我」追尋家族神話的方式，一是實際的考證和類比推理，一是冥想。而作者「虛構」和編寫家族歷史的主要手段還是冥想。「我祖先艱苦卓絕慘淡經營的時候，我在熟睡……現在我醒著，祖先們沉睡了，我與他們永遠阻隔，

千山萬水，萬載千年。我想，我和祖先的相會是在無知無覺的骨血裏。我的冥想就是我骨血的記憶，這是祖先們留給我的一個紀念」，「我的祖先們在我的冥想中復蘇，就像我的生命在他的骨血中復蘇，我們其實是唇齒相依，不可分離。」在確立了「我」的家族衍生神話後，「我」的具有主題先行意味的歷史「虛構」就開始轉向對「家」和故鄉的尋找，「離開祖先們生存的地方是多麼悲傷，離鄉背井一去不還是多麼傷懷，中原再好也不是我的家，血肉相連的故鄉變成為子孫們人生地疏的地方。他們定是一步三回頭，肝腸寸斷。我想我母親流浪的歷史其實是從這時開始的，我們再不會知道，什麼才是我們真正的故鄉，這是我們家永遠的絕望」。這時，「我」的思想就好像是一艘船，引渡「我」母親的祖先，而「我」的家族也不可避免地進入了它的衰落時期，豪邁的英雄氣概已經淪落為一種悲涼之感，重建家園已是「我」祖先們的現實使命了。無家的焦灼窒息著祖先，也窒息著後代的「我」。在這裡「紀實」和「虛構」又一次遙相呼應。這時候，在「我」祖先們中間，曾外祖母的形象凸現了出來，並對「我」們家族之「家」的建設起著決定作用。當「我」在這城市的街道上茫然地走來走去，像吞食空氣一樣吞食著我的孤獨，想著人多麼像無根的浮萍時，曾外祖母對於「茹家樓」的精神執著就會浮上「我」的心頭，「我感到我曾外祖母的精神與我的匯合起來了。我與她老人家跨越了兩代人：我的甘願做了孤魂野鬼的外公，和我那以吃飯為準則的母親，他們是兩代快樂的流浪漢，他們一個只要尋歡作樂，另一個只要有飯吃，他們根本想不到回家。而我和我曾外祖母卻不同，她老人家是離家不久的飄泊者，而我在整整兩代飄泊之後，已經飄泊得累了。」儘管關於茹家的傳說於今相隔有半個世紀，曾外祖母已化為泥土煙塵，而「我」終於在一個春雨連綿的日子時「於茫然無知」中還了鄉，開始了對充滿歧義的「茹家樓」的尋找。「我」們家族的歷史和傳說也在這次尋找中露出了一連串的破綻，這「使我的尋找進入了一個有趣的境界。好像我所尋找的其實並不存在，但人們為了安慰我，都認真地幫我找。這使我們的尋找還帶有一股荒誕的意味，但這荒誕不象徵虛無，而是象徵了最善良與最善解的同情」，「我」雖然最後到了茹家樓，「接近了我的河流，可卻是條斷頭河」，「當我母親家族確鑿無疑之後，我對這家族所有的嚴密推理卻變成了一場空：遷移不存在了，狀元也不復存在了。」到這裡，「我」「虛構」的一切又重新陷入了一種解構的危機中，追根溯源的結果「我」又不得不再面對傷心的失落，曾外祖父和外公不僅具有「篡改歷

史」的意味而且還根本上顛覆了「我」夢回神繞的「家」，「我曾外祖父是一個嚴格的現實主義者，我外公則是一個自由的浪漫主義者。浪漫主義是我們家歷史的主流，它揮霍了現實主義的積累，注定我們家破產的命運」。曾外祖父的一把天火燒毀了「我」家的一切，而外公則以一個出走的形象結束了我們家族的全部故事，無論怎麼說，這都是一個浪漫的行為。顯然，對於神話和家園的「虛構」至此已無法迴避地滑向對於災難的「紀實」，升騰於「紀實」之上的反抗孤獨的絕望「虛構」最終仍一無遏止地回返和重溫那孤獨的「紀實」心態，這只能說是一個生存的悖論。

三、紀實和虛構：小說與人生的二律背反

對於《紀實和虛構》的閱讀過程在我的印象中也就是感受解構與重建的矛盾運動的過程。「紀實」以徹底敞開生存狀態的方式消解了生存的意義，解散了現實的「生存之家」；「虛構」則以對祖先和神話的尋找試圖創造「世界」、重建「家園」，但最終也因歷史的歧義和祖先的逃遁而陷於虛妄。一切都在消亡，一切都無法挽留，這可以說是「紀實」和「虛構」傳達的共同的生存傷痛。顯然，作者對小說的寫作過程也就是一個對存在的一切予以不斷拆解的過程，她拆解了故事，拆解了人生，拆解了時間，拆解了空間，也拆解了自己夢寐以求的「縱橫」關係。表面上看，「紀實」和「虛構」具有因果關係，「紀實」是「虛構」的背景，「虛構」是對「紀實」的解構。而其實「紀實」本身（史書查證、實地考證等）就是「虛構」的一種方式，因為世界本身就是具有虛構性的，以「語言」的方式來確證自身存在、記錄世界的真實，只能在假想的意義上實現，「語言」畢竟是第二位的。另一方面，「虛構」也是一種「紀實」，是對於欲望的「紀實」，是對當時「我」作家角色的「紀實」。因此，事實上，「紀實」也對於「虛構」具有同樣的解構關係，二者的聯繫是辯證的。

然而，不管《紀實和虛構》顛覆和瓦解了多少神話，多少往事，多少家園夢想，但我們從中得到的仍然不是「虛無」。至少，作家「紀實」和「虛構」的共同媒體「語言」留下了，這種語言的物化產品小說也留下了。也許我們會說作家創造世界的幻想只是一場空洞的烏托邦夢想，但作家創造世界的願望事實上已經在創造小說這一過程中實現了，小說就是一個完整的世界，或者這也就是一個「家」。在這個意義上，我們才真正接近了這部小說的標題。

「紀實」和「虛構」都是小說的方式，而這種以語詞的方式實現的小說本身某種程度上背離了傳統小說的軌道，成為一種特殊的具有綜合性的藝術樣式。在此，我們發現了人生與小說的一個深層悖論：世界是人的建構，又是人生存的前提，世界是隨著人的誕生而誕生的。被建構的「世界在根本上是一種無形的意義關係而不能等同於任何實物，它不是對象而是一種運動過程，這個運動過程就是通過一種意義化將世界內的一切存在者牽連在一起，納入一定的秩序，使之對人敞開其意義。」然而在《紀實和虛構》中對於世界的創造和建構，也即對於世界的意義化卻是以現實乃至歷史人生的無意義為前提和終結的，這就給「紀實」和「虛構」覆蓋了一個慘淡的前途，並根本上否定了以精神超越解救人生淪落的幻想。最終，建構仍然演變為解構：消解意義狀態還原到無意義狀態，消解語言狀態還原到無語狀態，消解無蔽狀態還原到隱蔽狀態。

從敘述的角度看，《紀實和虛構》是一部「獨語」式自白小說，它本質上產生於一種語言的願望，產生於對無法溝通無法對話的孤兒狀態的反動，它是一種純粹的個人化的心理活動的產物。文體形態上，它也沒有傳統意義上「……」式的小說對話，作者以一種徹底的自言自語式的回憶和想像，記述了人生的往事，「虛構」了家族神話，並對生存、對世界、對「紀實」和「虛構」本身進行了精神分析。在對存在置疑的終點，她賦予其作品以啟示的氛圍，一種「自發地擺脫了形式、平行的進步、單獨的高漲的奧義書」特徵，懷疑與信仰，無意義與意義，混亂與秩序……均衡與矛盾的二律背反，虛無主義與相信意義普遍存在的二律悖反，以及反覆地表達出來的心靈的深刻絕望、暗淡和分裂與對生命的形而上的神性的追尋之間的矛盾，就是這部小說的全部主題。在這個主題下面，小說與人生的關係，最終就歸結到了「我」與世界的關係，「我」與「小說」的關係，以及「我」與「紀實」和「虛構」的關係，並從而賦予了小說一種新的闡釋。

正如作者所說：「創造這事……它不僅源於自身的經驗，還源於想像力」，而「小說的別稱就是虛構，它從一出發時就走上了虛擬的道路」，她認為寫小說本質上就是「去建立沙上城堡，從無到有地去創造一個情感與經驗上的世界」，而且它也是我們人生具備意義的最簡便又有效的方式。這裡，作者又從創作的角度對「紀實」作了否定，看來在「紀實和虛構」這個並列詞組中，仍然有著不平衡的關係。「紀實」本身也是以「虛構」的方式來實現的，「虛

構」是作家的一種「最基本的權利」。對於作家來說，《紀實和虛構》就是對「虛構」武器的最好運用，「我以交叉的形式輪番敘述這兩個虛構世界。我虛構我家族的歷史，將此視作我的縱向關係，這是一種生命性質的關係，是一個浩瀚的工程」；「我還虛構我的社會，將此視作我的橫向關係，這則是一種人生性質的關係，也是個傷腦筋的工程」；「我甚至以推理和考古的方式去進行虛構，懸念迭起，連自己都被吸引住了」。而最後我們發現作家其實是在「虛構」自己，穿行於小說中的童年往事和記憶碎片都源於對「意義」和「孤獨」的「虛構」，「童年的往事因現在的我參與，才有了意義。童年的往事往往是一種哲理性的故事，也就是有意義的故事，它的情節發展是一種認識發展」，「我又是一個喜歡回顧的人，當我只有並不多的東西可供回顧時，我就開始了回顧的活動，這又像是一個早衰的人。所以，這種自我關係的故事將永遠伴隨我，我總是不斷地和過去的我發生情感的、哲學的、教育的關係。這也是由於我的孤獨境地所造成。」在此意義上「虛構」不僅對於小說有意義，對於「紀實」有意義，而且對「我」的人生也有了深刻的現實聯繫。同時，它也成了整部小說一個統一的結構因素，使小說的形式和內容，「紀實」與「虛構」統一在一種抽象的精神氛圍中。

　　由此，我們也可以說《紀實和虛構》不僅創造了「世界」，創造了「縱橫」的人生關係，更重要的是它也創造了小說，創造了一種新的小說形式和小說可能性。它模糊了小說時空與現實時空的界限，拓展了小說的結構維度，根本上消解了許多傳統小說因素。事實上，它展示的是一種人的認識過程和意識過程，它可以創造世界也可以評價世界，它只是一個小說的構思過程，「紀實」和「虛構」只是在構思意義上凸現的。小說的第九章就是對於這部小說的解釋，同時也是對作者全部小說創作動機和意圖的解釋，甚至還帶有某種理論色彩。這樣的小說文本形態反映了人認識世界的思維真實，是一種逼真的「紀實」，是對「虛構」的反撥。顯然，我們無法以一種闡釋去規範《紀實和虛構》複雜的文本存在，對它的闡釋和認識也應是一個不斷接近的過程，本章最多只能是這個跋涉過程的起步。

第二十六章　《我的帝王生涯》：淪落與救贖

一

　　儘管蘇童自己不承認，但我仍認為是他挽救了先鋒派。當然，這種挽救首先源於一種背叛，源於對曾經熱衷過的誇張激進的形式實驗的拋棄與改造，源於他在先鋒派曇花一現命運到來之前不露痕跡的抽身而出。首先，蘇童選擇了故事。這個曾經被先鋒派褻瀆、肢解過的小說範疇，重新被蘇童撿了回來。他以傳統的古典韻味極濃的敘述方式精緻地編織著具有充分情節完整性的故事，這對崇尚辭不達意和莫測高深的先鋒派作品無疑是一種莫大的諷刺。不過蘇童這種形式上的古典復歸傾向，並沒有使小說喪失先鋒品格，相反他在作品主題意識上觸及人類靈魂和存在本質的深刻思索，無疑比先鋒派以誇大其辭的變態為表徵的所謂深刻更具震撼人心的力量。而由於故事性的加入也導致了先鋒小說可讀性的增強，這是他們擺脫為讀者拋棄的尷尬處境的良藥。其次，蘇童發現了「歷史」。我不能斷言蘇童就是當前彌漫文壇的「歷史」之風的始作俑者。但我敢說蘇童是在創作中最好地實現了「歷史」的敘事功能和審美功能的作家。在他這裡，「歷史」固然是一種內容，一種小說的現實，但同時，它又是一種形式，一種藝術的方法。「歷史」的原初意義已經消失，它可以是作家藝術思維的框架，也可以是小說中人物生存境遇的象徵。正由於「歷史」與先鋒的相遇，才有了時下文壇方興未艾的「新歷史」小說，也才有了先鋒派創作活力的迅捷復蘇和《米》《呼喊與細雨》等一批優

秀作品的面世。「新歷史」小說把「先鋒」和「歷史」這似乎處於對立兩極的東西統一在一起，摒棄了先鋒小說不知所云的故弄玄虛，以對主題思想多方位深層次的開掘避免了傳統小說難免的一覽無餘。一方面小說的內涵更為凝重渾厚，另一方面，小說形式上也更向讀者開放。作家秘密地完成了對小說某種意義上的強化和某種意義上的削弱，而整體上則以故事維持著小說體系的平衡。脫胎換骨的轉型痛苦被作家們以似曾相識的文學面貌巧妙地掩蓋了，這其實正是文學的機智。對於蘇童來說，他的《米》使讀者感受到這份機智，而長篇新作《我的帝王生涯》又更充滿了此種機智。他的小說常常給人提供咀嚼和思索的巨大空間，讓人在文學美的陶醉之中，更有著哲學層次上的領悟、通融和突破後的豁然洞開。因此，進入蘇童的藝術世界我們首先必須把握住他用輕捷的線條捕捉凝重的感受，用輕鬆的文體開掘沉重的主題這種「舉重若輕」的特殊藝術思維方式。只有這樣我們才能有效地對他屬意於人生困境的揭示和形而上沉思的現代寓言模式做出闡釋。這也是我們解讀《我的帝王生涯》的鑰匙。

二

在某種意義上，「我的帝王生涯」正是對自我個體存在和文化存在的一種象徵隱語，是對宗教意義上「墮落與拯救」的寓言原型的現代詮釋。但是在蘇童這裡「淪落與救贖」首先仍然是呈現為一則淒美動人的故事，這種本分、古典的故事形態成為我們進入《我的帝王生涯》無法超越、難以迴避的第一道門檻。這是蘇童的機智，也是他比余華等先鋒作家更為樸實可愛的地方。

在故事層面上，這部長篇小說和《米》有著幾乎相同的情節構架，都是敘述一個主人公成長過程中的生存心態和生命際遇。只不過鄉野子民五龍和五世燮王端白的存在角色和文化身份大相徑庭，兩者生命掙扎的途程也南轅北轍。但不管怎樣，在他們生命此在中，淪落與救贖、突圍與萎頓、逃離與回歸等存在境界和存在意象則是相同的，他們都是絕望存在中的存在者，都曾經面對過「世界之夜」降臨的黑暗和恐懼。但是端白的故事又根本不能與五龍的故事等同，在端白興衰榮辱的特殊性中寓含著更為豐富深刻的文化意味，同樣是對存在發出疑問，但蘇童的聲音和語調是變化著的。在這部小說中蘇童對他擅長的「歷史」和他筆下的人物都進行了特殊的藝術處理。主人公成為君臨天下、唯我獨尊的皇帝，他本應有著芸芸眾生難以企及的生存自

由和生命境界，但作者揭示的卻是這個生存個體的絕望心態和生存困境。這就使作者對生存方式和存在本質的探詢更具有了普遍性和概括性。另一方面，歷代帝王將相作為一種文化傳統在中國文化中佔有重要的地位。事實上對於漫長的中國封建社會來說，真正的文化主體其實只是帝王。但帝王在中國文化價值體系中是一個具有神聖性和神秘性的神，人們因而無法真正進入這種文化的本質。蘇童把帝王作為一種生存意義上的人而不是宗教意義上的神來審視，正是賦予了這種文化以可闡釋的生命力。更為重要的是蘇童始終把人放在「文化」和「歷史」場的中心，通過人與「歷史」和「文化」的關係來構築故事，傳達自己對於人類終級命運的思索。按照米蘭•昆德拉的意見：「存在並不是已經發生的，存在是人的可能的場所，是一切人可以成為的，一切人所能夠的，小說家發現人們這種或那種可能，畫出『存在的版圖』。」如果說大燮國是象徵一種「歷史」，一種文化，那麼大燮國的毀滅無疑是一種文化的毀滅，歷史的毀滅。不過，這種「歷史」與「文化」正是人存在的「可能的場所」，是一種生存境域，是一種「存在的版圖」。因此小說著力刻畫的生存之境以及人生在其中左衝右突的掙扎，正凝結為一種痛苦的人生體驗。小說所展示的人生絕境和難以言說的人生尷尬，正使我們重溫了錢鍾書先生筆下「城外的人拚命想衝進去，城裏的人拚命想衝出去」的「圍城」境界。人對這個生存怪圈的投入，正是喪失自我、成為文化祭品的肇始。「我的帝王生涯」其實正是演示這個具有悲劇和宿命色彩的人生過程。

在對主人公端白人生形態的表現上，小說自然形成了兩個故事單元。第1-2章作為第一個小說意義群落敘述的是「文化」存在對人的扭曲和對神的謀殺；第 3 章則以神還原為人的掙扎和自我拯救自然形成了小說的另一個意義群落。兩個部分以對主人公生存的展示作為貫穿線索連通一氣，向讀者敞開了一個對存在和生命世界置疑而又充滿詩情、幻想和玄思的藝術世界。

對於 14 歲的端白來說，父王的突然駕崩和自己的意外登基純屬偶然。「我」的浪漫童心對此除了「好奇」，除了對皇甫夫人腰間玉如意的喜愛之外，並無特別的意識。因此，「我」本質上只是這個儀式的旁觀者，但對於大燮宮來說這卻是一次必然的王朝延續和文化接種，這就注定了「我」必須為此虛妄的儀式付出代價。事實上戴上皇冠的那一剎那就宣告了「我」的人性必須服從於帝王文化的需要，「我」獲得的也許是人生中最無價值的東西，但必須放棄的則是人生中最珍貴的東西，這一巨大的生存悖論正是「我」即將來臨的孤獨與痛苦的人

生命運的預言。正如覺空所說：「少年為王。既是你的造化，又是你的不幸」，帝王身份無疑是一把利劍，把主人公的靈魂和肉體徹底劈開了。作為肉體的那部分存在逐步演變為一個文化代碼，一個沒有人性血肉而僅有帝王的文化共性的文化符號。而作為靈魂的那個自我則無疑開始了精神淪亡的痛苦歷程。人性的正常發展被阻遏、中斷和變形，人變成帝王的過程，是人被神化，以至走火入魔的過程，據此人的個體存在異化為一種文化存在。而靈、肉分離導致的也是一種人性的負生長，一種人性的淪落。這樣，「我」就成了一個「空心人」在黑暗的世界游蕩，「我的意見都來源於他們的一個眼色或一句暗示。我樂於這樣，即使我的年齡和學識足以摒棄兩位婦人的垂簾聽政，我也樂於這樣以免卻咬文嚼字的思索之苦」。伴隨著自我的迷失，主人公開始了難以自已的人生淪落。「我」無法逃避文化的規範力和文化腐蝕性，聲色犬馬、紙醉金迷的生活作為一種文化的集體無意識深深侵入了「我」的骨髓，對於國家被外敵入侵的危急，「我」能保持一種「旁觀者」的身份。但猜疑、寵宦、荒淫、殘酷、無信、暴虐等帝王惡性都無一例外地遺傳給了「我」，「我」開始陶醉並自在自為地成了一個真正的帝王。「我有權毀滅我厭惡的一切，包括來自梧桐樹下的夜半哭聲」，「我想殺死誰誰就得死，否則我就不喜歡當變王了」，「我想我既然是變王，我就有權做我想做的任何事……」。這樣，「我」充分體會到了肉體存在的高度「自由」，這種自由甚至包括自由地摧殘別的生存個體的生命，這是一場可怕的人性政變，是一種具有災難血腥味的精神戕殺。但自由是有限度的，一種自由的獲得往往伴隨著另一種自由的散失。端白也是如此，肉體存在的虛假自由，不僅使他倍嘗了精神孤獨痛苦和人性淪喪的恥辱，甚至肉體的物質存在本身也在生命的虛擲中歸於虛無，他的「陽萎」是對他「空心」存在的又一記沉重的打擊。因此，我們只有從生存的絕望和恐懼出發，才能理解端白焦灼自卑的精神狀態和刁怪頑劣的性格。在小說展示的作為存在境域的帝王文化賦予人的生存的最重要的特點就是「人是非人」的強烈危機意識。老瘋子孫信對事物的憂患從一開始就籠罩了小說的時空。而端白與端文的猜忌爭鬥和后妃之間的互相傾軋遙相呼應，也都源於一種生存恐怖。作為一個異己的文化符號，小說中每個生存個體都失去了人的身份和位置。端白之不能挽救蕙妃，正是端白「非人」的生存危機的具體體現，萬人之上的皇帝，竟然無能為力於自己心愛的寵妃，這似乎是一種諷刺，其實更是一種文化真實與生存真實。而農人李義芝的暴動既是普遍的生存危機的體現，同時作為一種背景也強化了「帝王文化」的另一

個特點是對於生命的扼殺。孫信、楊松、李義芝等人的慘死，以及宮妃「殉葬」的噩運，固然強化了這種文化存在的殘酷性，帝王端白生命力的陽萎更是印證了這種殘酷。而小說中「新生兒」出生的艱難也是一個象徵性的隱喻。蕙妃的「胎兒」被文化強制異化為一隻白狐，蘭妃的幼兒在出生前就同母體一道死亡……帝王文化本身正是一道摧殘生命的魔影。

但是蘇童是把「帝王」作為一個存在的人來表現的，因而他揭示的是主人公由人異化為神的過程，他是在人性與文化對峙、搏鬥的背景上來展示端白的人性和生命淪落的。因此人性與存在的衝突和此消彼長的變化，作者是動態立體而不是靜態直觀地表現的，這樣我們就讀到了淪落中的救贖和絕望中的希望，看到了主人公精神生命的另一層面。顯然，正如端白自己所言：「我很敏感。我很殘暴。我很貪玩。其實我還很幼稚。」這種幼稚的童心正是「我」自然人性的延續，「我」對促織的喜愛，「我」對蕙妃的愛情，「我」對燕郎天真與聰明的欣賞，「我」對走索藝人的崇拜……都是「世界之夜」的人性曙光。這是主人公生存孤獨中的心靈慰藉。一方面，他無法阻止自我符號化的人生淪落命運；另一方面，超越存在的心靈幻想與嚮往又使他投入了一場「無望的救贖」。他愛上蕙妃就是因為看上了她學鳥飛翔、學鳥叫的意象，「她是宮中另一個愛鳥成癖的人，她天真稚拙的靈魂與我的孤獨遙相響應。」為了她，他甚至更願意做一個「在潦倒失意中情念紅粉佳人的文人墨客」。他想念走索藝人是因為他「野性奔放的笑容和自由輕盈的身姿」，因此，他斷言「我覺得走索比當孿王威武多了，那才是英雄」。「我不喜歡當孿王，我喜歡當走索藝人」。這是主人公對自己存在角色的一種拒絕，但這種拒絕是無力的，他被綁縛著和文化一同走向毀滅的命運無法改變。他的自我救贖更多的只是一種心靈夢想，而事實上這種夢想已越來越推動了與文化對峙的力量。他在人生淪落的末日來臨之際，只能以悲壯的姿態迎接災難：「我是天底下最軟弱最無能最可憐的帝王……我明知道有把刀在朝我脖子上砍來，卻只能在這裡一聲聲歎息。」他無力拯救自我，只能以虛妄的救贖面對自己的淪落。那麼，這隻折斷了雙翅的死鳥，還有展翅飛翔的希望嗎？

三

然而，災難卻拯救了端白。他被作為一個失敗者趕下了帝王寶座，這和他的少年為王一樣「既是不幸，又是造化」。作為帝王，他只不過在某種文化

存在的規範下進行著異己的常規表演，他不可能完成自我救贖的突圍。因此，由帝王而庶民的生存角色的轉換就成了主人公人生救贖的前提。只有在這個前提下，才有可能實現神性向人性的復歸，達到人的還原。

但對於在帝王文化中浸淫已久幾乎失去了生存能力的端白來說，其救贖的途程依然是那麼遙遙無期。這個世界已經不再屬於他，他所有的只是「一條灼熱的白茫茫的逃亡之路」。因此，一方面，他逃離了京城這個生存地獄，另一方面，他依然無法預測自己的生存前景。正是在漫長的旅程中，他開始與世俗生活不斷摩肩接踵，開始走入了另一種生存境況，體味新的人生遭際和痛苦。土匪剪徑，雖然沒有對端白直接的傷害，但卻毀滅了想衣錦還鄉的燕郎的意志。金錢的喪失對於燕郎來說是直接意識到的損失，而對於端白來說則是一種暫時尚不能意識的人生衝擊。這使他們奔赴採石縣的流亡前途灰暗無比。這也直接導致了老鐵匠不認兒子的殘酷一幕，以及端白寄人籬下的尷尬處境。這個「家」也許屬於燕郎，但絕不屬於端白，他注定了是一個無家的孤獨者，一個屬於飄泊和流浪的生命。面對燕郎「婦人式的尋死覓活」之後關於「我到底是個什麼東西？」的追問，端白一下子對自己的存在發出了疑問：「那麼與燕郎相比，我又算個什麼東西呢？」這是作為一個個體的人的自我意識的真正覺醒，可以說到這裡端白才真正還原為人。這樣真正意義上的救贖才開始了。如果說，逃離京城後的很大程度上端白還是把自己的存在依賴於燕郎的話，那麼此刻他已確立了自己拯救自己的生存準則。他捨棄燕郎的獨自遠行，是他自我救贖的必要步驟，是自我主動的對生存煉獄的投入。他明白自己需要一次「鳳凰涅槃」般的新生，因此，他高喊「我販我自己」，「我賣我自己」，他希望通過肉體的磨難，獲得靈魂的復生。他在隨之而來的艱辛歷程中受到的第一個「最嚴厲的嘲弄和懲罰」是投宿香縣與蕙妃的重逢，對蕙妃的失望，其實也正是一種殘酷的自我否定。這最後一次尋花問柳也是他徹底告別帝王生涯的必要的精神洗禮。他義無反顧地離開了蕙妃尋找自己青年時代的理想，去尋找像「真正的自由的飛鳥」的走索藝人。但品州有瘟疫，他喪失了目的地，「整個夏天的旅程也顯得荒誕和愚不可及」，這是一次更為沉重的打擊，一次絕望的封堵，一個痛苦的輪迴。生存絕境再次降臨到本已險關重重的突圍之路上。他終於達到了某種人生徹悟：「虔誠的香火救不了我，能救我的只有我自己了。」人生的失落激起的是人存在的勇氣，他注定了要自己確立自己的生命價值。他終於最後放棄了夢想般的人生救贖方式，開闢了超越生存虛妄的坦途。

如果說「尋找走索藝人」階段，端白對人生的淪落的救贖還是寄託在過去的幻想中的話，那麼「苦練走索」階段，端白已經事實中完成了自己的精神救贖。重新回到他身邊的燕郎，「主僕關係也正在消失」，正像「一對生死同根的患難兄弟」，這是一種嶄新的人生境界。人性的復蘇和潛能的發揮使他終於有一天練成了「一只會飛的鳥」，一個絕世藝人——走索王。失落的自由已經找回，被拯救的靈魂愉快地飛揚，他不但拯救了自我，同時也拯救了八歲的女孩金鎖，拯救了燕郎。他徹底實現了生命對於自由的幻想。由人→帝王（神）→人→走索王的生命旅程，概括了他由人→非人→人的個體淪落和自我救贖的完整過程。但是，作為一個個體，端白挽救了自己、創造了自己，但他並不能拯救作為一種生存背景的帝王文化，他仍然無法在這種文化壓迫中找到精神樂土。他必須再次面對那個生存境界，抵赴「一場儀式的終極之地」。不過，經過淪落和救贖的精神洗禮，端白再次進京已是一個傲視芸芸眾生的自由之子，一個面對「死亡之邀」無所畏懼的超人。他本想與淪落中的文化存在作一次公開的對峙，用自我自由活潑的生命宣判自己曾經耽於其中的文化的殘廢。但他的願望沒有實現，他目睹的是彭國軍隊的血腥屠殺，淪落中的文化被毀滅了，存在已經沒有救贖的希望，一種黑暗替代了另一種黑暗。生存的殘酷使端白的人生救贖很快失去了意義，走索班的自由生命頃刻就被從存在之門中驅逐而出。端白最終只能選擇師傅為他選擇的生命方式：苦竹寺裏苦度殘生。面對永劫不復和日益淪落的生存境況，《論語》和棕繩又怎能實現平靜如水的徹悟？救贖的希望在荒謬的世界中難道還能存在？

四

和蘇童的其他許多小說一樣，《我的帝王生涯》不僅有上文我們分析過的完美的故事，而且還有著異常完整、對稱的小說結構形態。這與它第一人稱的敘事藝術密不可分。一方面，敘事人和主人公角色的同化導致了小說人生段落與作品結構層次的整合。帝王生涯和庶民生涯正是這部小說兩個自然的結構單元和意義部落。表面上對於小說的題目而言，「庶民生涯」似乎是一種多餘的附著物，是對小說主題的偏離。但實際上「庶民生涯」正是「帝王生涯」的一種延續和必要的補充。「帝王」在蘇童這裡只是一個泛指的存在境界，它事實上象徵的是一種生存的限度。小說揭示的也正是兩種「帝王生涯」，前半部的「帝王」身份是偶然的文化恩賜，因而對於主體來說只是一種異己的

存在。後半部主人公通過自我救贖變為「走索王」的生命歷程，也正是一種成為「帝王」的歷程。如果說前者只是一個作為文化存在的「符號化帝王」的話，那麼後者才是一種真正具有生命意義的精神和人性的「為王」。前者對於個體存在來說只是一種淪落，而後者則是一種救贖，一種不但拯救自我也拯救前者的救贖。因此「帝王生涯」呈現的是生命個體人性淪落和自由的喪失，「庶民生涯」則呈示的是「帝王」身份的捨棄和個體人性的復歸。沒有「庶民生涯」的延伸，「帝王生涯」的意義就不可能完整，這不但會傷害小說的整體結構和情節脈絡，更會造成作品主題意義的中斷、空白和殘缺。作者在意義層面上所表達的關於文化存在與人性對峙中的淪落和救贖的主題，以及對存在本質發問的寓言主題也就根本無從展示。

很顯然，「淪落與救贖」不僅可以概括小說的主題意義，可以描述小說的結構層次，而且同時正可以用來解釋小說結構層面和意義層面之間存在的巨大張力。不過，從根本上說，這種張力首先仍然來自於語言敘事。在這部小說中蘇童可以說把他的隱語敘事的能力發揮到了極限。雖然在他的諸多小說尤其是「家庭」和「新歷史」小說中，他早就有意識地通過語言氛圍的創造來帶動故事和情節的變幻，通過語言意識的表現來張揚和強化主體意識。但先知性的第一人稱敘事的預言色彩從來也沒有《我的帝王生涯》給人的印象如此強烈。正因為敘事人「我」向作為帝王的「我」的歸附，這篇小說就具備了很濃的心理分析色彩。但需要指出的是這篇小說敘事雖然附著於主人公身上，然而這種視角並不是一個與主人公的生命歷程平行的流動視角，他根本上不是要展示一個線性的生命日記，而是更想完成在「苦竹寺」裏的人生回憶。因而，敘事視點其實又正是超越了主人公的，它是一種回視，一種對既往人生的分析和感悟，那種深山高僧的禪思機趣對經歷過的人生故事的重組和沉思冥想式的回述，一方面很大程度上改變了這篇小說的故事形態和結構形態，另一方面，這也使小說文本具備了預言和隱語氛圍下的寓言功能。

首先，這篇小說最為突出的結構要素和故事因素就是「咒語」，它導演了這篇小說敘事和故事的全部魅力。這個咒語就是對於「災難」的預言，它在故事情節和人物命運的每一個轉折關頭出現，成為支配整部小說的籠罩性存在。這個咒語所預言的「災難」有兩個方面，一是指「大變國」，一種文化存在的災難；一是指個體的災難，它催生出絕望的反抗——救贖。可以說這個咒語就是這部小說結構、情節和意義的主體。主人公「我」正是在「災難就

要降臨了」的咒語中經歷和體味生存絕境的。從某種意義上說，「我」只是被這個咒語支配著命運的符號代碼，「我」具體地體現著這個咒語，也實踐著這個咒語，「我」和整部小說一樣從一開始就被規定了在劫難逃的噩運。因此，我們說這部小說事實上的主人公不是「我」，而是這個咒語，這個「災難就要降臨了」將來時態的主謂句型。從開篇到結尾這個咒語句型重複達 15 次之多，人物和情節都沿著這個咒語規劃的方向朝「災難」的「未來」前行。咒語的最終完成是作為一種存在象徵的大燮國的毀滅以及小說的終結。

其次，這部小說在結構敘事上另一個重要特點就是意象的創造。正是通過有象徵性的意象，蘇童組織了這部小說的結構層次和主題意蘊。小說的前半部的主導意象是「白色的小鬼」和「美麗的紙人」。它們是主人公淪落為空心人的絕望生命過程的展示，是一種生存命運的象徵性縮影。「白色的小鬼」一方面是一種生存境況的寫照，另一方面又是主人公生存恐懼的根源，「美麗的紙人」的生命感受其實正是「白色小鬼」壓迫的結果。此外，「鳥」的意象在小說前半部也有重要意味，它在主人公初見蕙妃時第一次出現，其後則經常在主人公心靈幻覺中浮現，它是主人公擺脫生存絕境，嚮往自由生命的人生理想的象徵，它也是聯結著「白色小鬼」和「美麗紙人」意象的中介，體現了在兩者之間的生命掙扎歷程。它正是灰暗生命中的最後一線曙光，是絕望中的希望。不過，從另一方面說，「鳥」又是大燮國這個文化存在的象徵，因此在上半部的最後，我們看到了「鳥」變成「死鳥」的悲劇意象，它是對存在的一種悲歌。而小說的後半部分的主題意象則是「自由的飛鳥」，它代表了主人公「想飛的欲望」，象徵了主人公人生救贖的途程，最終，它與自由馳騁於棕繩之上的「走索王」形象合為一體，「我發現自己崇尚鳥類而鄙視天空下的芸芸眾生，在我看來最接近於飛鳥的生活方式莫過於神奇的走索絕藝了，一條棕繩橫亙於高空之中，一個人像雲朵一樣，升起來，像雲朵一樣行走於棕繩之上，我想一個走索藝人就是一隻真正的自由的飛鳥」，「我知道我在這條棕繩上撿回了一生中最後的夢想……我終於變成了會飛的鳥，我看見我的兩隻翅膀迎著雨線訇然展開，現在我終於飛起來了」。它意味著主人公人生救贖和人生超越的完成。其實不止是下半部，整部小說敘述也正是「我」學飛，並最終成為一隻「自由飛鳥」的過程，只不過，「鳥」在上半部還只是一種生存理想，一種不能實現的心靈承諾，但它卻又正是對後半部分的預言，後半部分因而既是一種應答又是一種實現。因此，我們說蘇童正是以生命意

象的創造完成了對小說的人生象徵和寓言意義，它既形成了小說的情緒氛圍，又有生動直觀的畫面感，同時也是讀者由故事層面進入小說深層意義世界的橋樑，小說美學的魅力很大程度上導源於此。這其實也與蘇童自己所稱的電影思維有關，他說他寫小說不但運用通常的小說思維，而更注意電影思維的引入，注重把人生故事抽象為具體可感的意象和畫面，使讀者體味思索「有意味的形式」中的寓意。《我的帝王生涯》正是這方面成功的藝術實踐。

最後，要理解這篇小說的敘事特點和隱語意義，我們還必須充分注意小說提供的兩個象徵性的語言符號──《論語》和「棕繩」。小說結尾主人公曾這樣感歎：「我埋葬了十七個藝人，背囊中又是空空如洗，只有《論語》和棕繩，我想這兩件風馬牛不相及的事物是對我一生最好的總結。」顯然，這是兩個與主人公人生命運和故事主題內涵密切相關的語言形象。「《論語》」也是貫穿整部小說的語言道具，從內容上說，《論語》旨在「治國平天下」，它體現的是一種特殊的生存方式。而從小說的進程來看，它又是主人公命運變幻的旁證。如果說我們把主人公人生淪落的悲劇歸結為其不讀《論語》，無法真正進入「帝王」生存角色，那麼當主人公最後在「苦竹寺」苦讀《論語》時，他人生的困惑也依然沒能解除。「棕繩」在上半部出現過一次，那就是當走索藝人在品州賣藝時。從此，「棕繩」也成了他心靈幻覺中經常出現的東西，並在下半部終於與主人公現實人生發生聯繫，並成了最終拯救主人公人生的「諾亞方舟」。因此，我們完全可以把《論語》」和「棕繩」作為主人公「帝王生涯」和「庶民生涯」的象徵，其各自的隱語含蘊是相當豐富的。在結構上，二者也都是重要的結構要素，《論語》是師傅覺空所贈，第一章中覺空說「你至今沒讀完這部書，這是我離宮的唯一遺憾」，其實正是一種預言，小說正是以《論語》為見證應驗了主人公人生命運的「遺憾」與「殘缺」。從《論語》到「棕繩」既是主人公走過的生命歷程，又是小說情節、結構乃至故事形態發展變化的主要線索和脈絡。因此，從這兩個語言道具出發，我們同樣可以把握小說關於「淪落與救贖」的深層主題。

當然，對任何一部文學作品來說，其被解讀的可能性是無限的。《我的帝王生涯》也正是如此。本章撇開許多可能性的話題，而僅嘗試從小說意義內涵的把握切入小說世界背後的心靈空間，以求在某種程度上達到與作家精神生命的溝通與對話。但「誤讀」的可能同樣存在。唯願我們的目標不致因「誤讀」而全盤落空。

第二十七章　《一個人的戰爭》：女性的神話和誤區

　　林白能在各種各樣的文化「英雄」紛紛粉墨登場的九十年代脫穎而出取得令人刮目相看的成就，固然與她作為新潮小說第三代的代表人物為推動瀕臨絕境的新潮小說火中涅槃作出的重大貢獻有關，但更重要的原因還在於她的女性文本獨樹一幟的神秘魅力。林白常讓人想起殘雪，但共同的新潮血液和女性話語所建構的文學風景卻迥異其趣。林白不失殘雪的深刻、奇詭，但卻遠沒有殘雪的晦澀。殘雪總是試圖泯滅文本的女性特徵，而林白所孜孜以求的正是對於女性文本的膜拜。發表於《花城》1994 年第 2 期的長篇處女作《一個人的戰爭》就是這樣一部典型的林白式的文本，它綻開在我們這個充滿商業氣息的文化叢林裏，不僅清香撲鼻，而且意味深長。我相信，我們時代每一位真正企圖通過文學閱讀而蹈入精神聖地的閱讀者都無法繞開《一個人的戰爭》這片奇異的風景。某種意義上，《一個人的戰爭》對我們生存世界的女性注視和敘述無疑是標示我們時代文化良心的界碑，它期待著我們心靈的理解與應答。

一

　　許多評論者都已發現，林白的小說文本總是建立在一個風詭雲譎的女性世界的基礎之上，與她文本的整體相平行的是女人自我的整體，她對女性慾望和女性意識的體認和書寫、對女性經驗和女性心理的全方位的敞開都不能不令人蕭然起敬。不管你是否認同矗立於她小說文本中的女性主體，但對它

的存在你永遠也沒法熟視無睹。本章所面對的《一個人的戰爭》自然也正是
這樣一部具有此種藝術力量的女性文本。佔據小說中心的唯一女性就是多
米，她的流動的心理意識、她的想像和回憶、她的夢幻情結導演了一場涉及
女性與自我、女性與男性、女性與社會等方方面面的「戰爭」。這場由女人發
動的沒有硝煙的心理戰爭不僅將男性世界夷為一片廢墟，而且在廢墟之上還
冉冉升起了一個女性王朝。與其說這部具有強烈自傳色彩的小說展示給我們
許多女性的經驗和體悟，不如說這部小說淋漓盡致地向我們描繪了一個女性
自我的成長歷程。作家對女性意識深層結構的解剖應該說是非常精彩而驚心
動魄的。多米無疑代表了一個女性的神話，這個神話的誕生和破滅很大程度
上正是我們時代女性命運的寓言式寫照。在小說世界中，多米女性意識的滋
長或者說多米神話的實現呈現為明顯的階段性：

其一，手淫階段。雖然多米手淫的嗜好萌生於五六歲的幼女時期並一直
陪伴了她一生。但我仍願意把手淫階段視為多米女性意識覺醒的萌芽。多米
從小就與人不同，她從幼兒園開始就陶醉於其中的手淫不僅有明確的意識，
而且她也不和同齡的小孩一樣把手淫單純視為一種遊戲，她是要在這種運動
中獲得生理和心理的滿足與快感。只要燈一黑，她就「放心地把自己變成水，
把手變成魚，魚在滑動，鳥在飛……」，手淫總是伴隨著多米熱烈的渴求和體
驗。在每一個迷人的時刻，小說都會呈現出一些美好而令人回味的幻境和形
象。因此，手淫就不單純是對多米自我色情質激昂而貼切的提問，而更是一
種富有創造力的美學活動。在這種具有激情美的實踐中，多米真正發現和體
認了女性的軀體，充分認識到了女性的魅力和美，並從而激發了探尋女性全
部奧秘的欲望與衝動。此時，「鏡子」就成了多米的寵物，「一鏡在手，專看
隱秘的地方。亞熱帶，漫長的夏天，在單獨的洗澡間沖涼，從容地看遍全身，
並且撫摸。」應該說，「鏡子」是多米自我意識覺醒的標誌，從「鏡子」裏她
真正發現和認識了自己的軀體，並由此對女性的軀體充滿了癡迷和崇拜、渴
望與嚮往。這表明多米已經開始從自我的經驗走向女性的經驗，她的女性意
識也在對別的女性的渴望上超越手淫階段而進入了一個更廣闊的天地。

其二，同性戀階段。多米自己說過：「我有些懷疑自己是具有同性戀傾向
的那一類人」，「我對女性的美麗和芬芳有著極端的好感和崇拜」，「美麗而奇
特的女人，總是在我的某些階段不期而至，然後又倏然消失，使我看不清生
命的真相。生命的確就像一場夢，無數的影像從眼前經過，然後消失了，永

不再回來，你不能確定是不是真正經歷過某些事情。」不但很小的時候，她就和鄰居孩子莉莉在堆滿人體器官模型的閣樓上玩過同性戀的遊戲，而且在 B 鎮漫長的童年歲月中，多米就一直渴望「看到那些形體優美女人衣服下面的景象」。姚瓊是她的第一個迷戀對象。當姚瓊在空無一人的化妝間，脫下她的外衣，戴著乳罩裸露在多米麵前時，多米「眼睛的餘光看到她的乳房形狀姣好，結實挺拔，內心充滿了渴望，這渴望包括兩層，一是想撫摸這美妙絕倫的身體，就像面對一朵花，或一顆珍珠，再一就是希望自己也能長成這樣。」正是姚瓊為多米樹立了第一個女性神話的偶像，對姚瓊的膜拜和欣賞啟示了多米的女性自我。正因為如此，許多年後多米回憶起姚瓊仍心存感激並對她的淪為世俗女性充滿了傷感。不過，姚瓊與多米的關係畢竟還只是一種膜拜關係，並不具有通常意義上的同性戀的實踐性。而南丹對多米的追求才帶有了真正的同性戀意義。多米甚至覺得南丹是一個女巫：「你的語言就像一個無形的魔鬼引導我前行，就像一萬顆帶毒的刺嗚嗚地飛向我，使我全身麻木，只剩下聽覺。」她使多米「找到了一個女人的自我感覺」，「總是使我返回我的原來面目，這是她對我的意義。她闢開一條路，使我走回過去重新沐浴」。她洞悉了多米的「潛質」，啟蒙了多米的愛情意識。作為多米生命中第一個追她的女性，南丹在多米的女性成長史上可謂功不可沒。她對多米的愛和崇拜，給了多米營構「天才」女性神話的自信與勇氣。從此，多米將不僅在對自我的幻想和女性的幻想中描繪她的女性神話，而且將在社會和男權世界中去驗證她的女性神話了。

二

如果說在手淫和同性戀階段多米實現了她的女性自我神話的話，那麼當她試圖介入男權社會建構女性的社會神話時，她的自我神話本身又受到了威脅。

本質上，女性自我神話印證的只是女性軀體的力量，而女性社會神話則力圖顯示女性強大的精神力量。多米對於社會和男性的對話理想是建立一個超越世俗的純粹女性空間，在她的感覺中「房間越小越不能讓人害怕，空間是一種可以讓人害怕的東西，而牆把它們隔開了⋯⋯。」正因為如此，在多米的一生中對女性空間的渴望和尋找就成了她女性意識成長的重要內涵，無論是幼兒園裏的蚊帳，還是大學宿舍裏的上鋪都是她浸泡自我的「個人空

間」，她覺得「蚊帳是小家園，山包是大家園，有了家園的人是多麼幸福，多麼自由，家園裏的一草一木是多麼親切。」顯然，她的「空間」正是一種精神的家園，是她的自我得以展示和擴張的庇護所，她自己就說過她創作的最佳狀態是一個人關在「房間」裏作裸身運動的時刻。在小說中，我們發現，多米實現女性社會神話是和建構女性空間緊緊聯繫在一起的，而她建構女性空間的方式則主要有兩種：

一是「逃」。多米是一個逃跑主義者。她從小就是一個要強的女孩，她的夢想永遠在遠方。正如小說中所說：

> B 鎮的孩子從小就想到遠處去。誰走得最遠誰就最有出息，誰的哥哥姐姐在 N 城工作（N 城是我們這個省份最輝煌的地方），那是全班連班主任在內都要羨慕的。
>
> 誰走得最遠
>
> 誰就最有出息
>
> 誰要有出息
>
> 誰就要到遠方去
>
> 這是我們牢不可破的觀念。遠處是哪裏？不是西藏，不是新疆，也不是美國（這是一個遠到不存在的地方），而是：
>
> N 城
>
> 還有一個最終極的遠處，那就是：
>
> 北京

因此對多米來說，逃離家鄉是她的一個最重要的精神追求和夢想，是她建構女性空間的一個重要步驟。N 城是她第一個飛躍目標，「沒有去過 N 城實在算不了什麼，肯定是要去的，那是一個早就預定了的目的地，我們將長上翅膀，乘風破浪，藍色的風在我們的耳邊呼呼作響，我們就是海鷗，就是船，就是閃電。」事實上，這個夢想多米很快就實現了，她的詩作被《N 城文學》錄用，並在 N 城巧遇了電影廠的宋編劇。其後，多米考取了 W 大學，完成了對家鄉的真正逃離。大學時代，她幾乎割斷了與「家」的一切聯繫而完全沉浸在自己的內心空間裏，她從不想念家鄉，不參加同鄉會，不認老鄉，不說家鄉話。她連著兩三個春節不回家，「擺出一副殉道者的面孔」，實際上這只是一個面具，她拿它來掩蓋對故鄉、家庭和親情的冷漠。正如多米自己所意識到的：「很長時間裏，我對家鄉、母親、故鄉這樣的字眼毫不動心，我甚至

不能理解別人思鄉文章的深情厚意，我不知道我為什麼會如此冷漠，到底是天生的，還是後天長成的。在我的心目中學校永遠比家庭好，我最不喜歡星期天，最怕放假，在這些不需要學校的日子裏，我總是感到十分難熬。學校是我的自由世界，而家庭卻是牢獄……我常常幻想著有一種永遠沒有星期天、永遠沒有寒暑假的學校，幻想著一個人一輩子永遠讀書。」實際上，對家鄉的逃離正是多米闖入社會、獲得自我意的一個人格保證，它堅定了多米重新尋找家園——精神空間的決心。她把自己逃亡的終極目的地定在北京，她覺得，「我第一要去的地方是北京，這是一個深入我的骨髓，流淌在我的血液裏的念頭，它不用我思考和選擇，只要我活著我就要到那裡。很早我就認為，我的目的地在北京，不管那地方多麼遠，多麼難以到達，多麼寒冷，多麼虛幻，我反正就是要去……。」於是，多米用去她大學畢業前兩年的積蓄去漫遊了北京和北海，「這兩次平淡無奇的旅行沒有動搖我的信心，我深信某些事情正在前面等著我，它有著變幻莫測的面孔，幽深而神秘，它的一雙美麗的眼睛穿越層層空間在未來的時間裏盯著我。我深信，有某個契約讓我出門遠行。這個契約說：你只要一人，走到一個不為人知的地方去，那裡必須沒有你的親人、熟人，你將經歷艱難與危險，在那以後，你將獲得一種能力」。在這裡，我們目睹了多米女性社會神話的強大：它不僅義無反顧地要和「家」斷奶，而且執意地把自己的女性空間構建在我們文化的心臟——北京，它對自我的自信、對男性文化的鄙視和佔有欲望可謂昭然若揭。

多米的另一個逃離對象是男性。她從小就對男性有一種鄙視，這不僅因為自己的家庭是一個父親缺席的破損之家，而更因為她是一個傑出的女性，在中學時代她的傑出就使所有的男生黯然失色。而她對女性的崇拜和癡迷本質上也正是拒絕男性的一種方式。此外，她的流浪和旅行，她的獨守「空間」的孤獨也使男性望而生畏。在多米的女性神話中，男性的存在理由只不過是為了證明女性心理的優越性和文化獨立性。

如果說「逃」為多米建構女性社會神話提供了「空間」和條件的話，那麼「寫作」正是多米建構自己神話世界的主要方式。多米幾乎天生對文字有著一種熱情，她常想，「只要我寫下來，用文字把某些事情抓住，放在白紙上，它們就是真正存在過的了」，「只有看到文字我才會心安。」早在 B 鎮看露天電影的那個夜晚，多米對於「寫作」的信仰就已建立了：「眼前銀幕裏的遙遠荒原和頭頂的驚雷從兩個不同的方向將她從凡俗的日常生活中抽取出來，多

米無端地覺得她奮鬥的時候到了，她必須開始了，奮鬥這個詞從她幼年時代就潛伏在她胸中，現在被一場電影所喚起，空蕩地跳了出來」，「她想她日後一定要寫電影，她詛了咒發了誓，生著氣地想，一定要寫電影，寫不了也要寫，電影這個字眼如同一粒璀璨的晶體，在高不可攀的上天遙遙地閃耀，伴隨著閃電來到多米的心裏。」不過，對於多米的「寫作」來說，「電影」只是她的第二階段。她首先是從寫詩開始呈現自我的。詩歌可以說完成了多米人生的第一次飛躍。她實現了進 N 城的願望，也幾乎同時跨進了電影廠的大門。春風得意的多米甚至連高考也只是當作一種自我測試，她輕佻地對人說：「我考上了也是不會去的，我只是試試自己的能力。」但多米最終還是上了 W 大學，四年畢業之後回到 N 城，實踐了進電影廠當編劇的夙願。由詩歌而電影，多米的自我神話和社會理想可以說是初步定型了，但最後完成她社會神話的還是小說。正是一篇篇小說為多米贏得了作家的聲譽，而密密麻麻成群結隊的「文字」更是成了多米建構女性社會神話的「基石」，從這些文字中她看到了強大的自我，看到了自我對於社會、對於時間、對於男性的「佔領」。她甚至不相信電腦，「我的電腦不帶打印機，我在電腦上寫作，存在硬盤和軟盤裏，機子一關，就什麼也沒有了，寫作像做夢，關機就像夢醒，我不能確定我剛剛寫的東西是否真的能再現出來，因為我看不見它們。每當我寫完一個小說，我總是來不及修改訂正，常常是急如救火地找一個可以打印的地方把文字印出來，只有看到文字我才會心安。」可以毫不誇張地說，「小說」是多米女性神話的最高境界，在這裡既包容了她女性自我的侷限，又塞滿了她女性的社會理想。多米其實是把她的社會神話建築在一種強大的語言神話之上，語言對於世界，對於存在，對於社會水銀泄地般的「言說」能力，正是多米對女性力量的一種想像。

三

　　然而，也許正由於多米把她的女性神話建築在語言的根基上，這就導致了其神話空間的虛幻性。也就是說，多米不辭勞苦所營構的神話世界只是一種想像之物而非實在之物，其對世俗社會的超越和佔有也只是在意識和語言層面上而不是實踐層面上。事實上，多米及其神話幾乎天生就伴隨著種種誤區，這就決定了神話破滅的結局正是一種不可抗拒的宿命。在《一個人的戰爭》中，多米所代表的女性誤區至少在三個方面有所體現：

　　首先，愛情誤區。多米雖然自認天生是個同性戀者，但其實她根本就不具備那種行動力量。如她自己所分析的：「在與女性的關係中，我全部的感覺只是欣賞她們的美，肉體的欲望幾乎等於零，也許偶然有，也許被我的羞恥之心擋住了，使我看不到它。」因此，她的強烈的同性戀渴望只是一種潛意識傾向。這種潛意識的另一端也並不是拒絕男性和愛情，而是充滿著愛情的焦慮。她發誓「我一定要瘋狂地愛一次……如果再不愛一次我就來不及了」。此種心態導致她三十歲生日前一段時間在電影廠裏跟 N 一相遇就如同「一個性能良好的自燃體」「奮不顧身地燃燒起來。」她毫不自持，不顧自尊，一無策略地愛上了 N，「剛剛交談了兩次就迫不及待地想把自己交給他。」但愛情是無比殘酷的一件事，「愛得越深越悲慘」。儘管多米全身心地撲在對 N 的愛上，並為他犧牲掉一個孩子，像個受虐狂一樣「無窮無盡地愛他，盼望他每天都來，來了就盼望他不要走盼望他要我。其實我跟他做愛從未達到過高潮，從未有過快感，有時甚至還會有一種生理上的難受。但我想他是男的，男的是一定要的，我應該作出貢獻。只要他有幾天不來，我就覺得活不下去，就想到自殺。我想哪怕他是個騙子，毫無真才實學，哪怕他曾經殺人放火強姦，都會愛他」。但多米這種奉獻式的愛情卻被陷入了一個男性陷阱中，終無法逃脫「棄婦」的命運：當她痛不欲生地做手術時，N 正跪倒在另一個女人的石榴裙下。這就是愛情的殘酷和荒誕之處。多米一直幻想著以一個強大的女性主體的形象聳立在男性面前，但到頭來，她卻發現被耍弄的恰恰正是女性自己。她終於認識到：「我的愛情是一些來自自身的虛擬的火焰，我愛的正是這些火焰。」她決心遠離愛情，平靜度日，並把 N 視作一個幻影而不是真實的存在，並徹悟了「男人和女人沒有共同的目標」。可悲的是，多米是一個永遠掙不脫男性羈絆的女性，不管她內心裏多麼鄙視和洞察男性，她「一碰到麻煩就想逃避，一逃避就總是逃避到男人那裡，逃到男人那裡的結果是出現更大的麻煩，她便只有承受這更大的麻煩」，「她常常不由自主地聽從一個男人，男性的聲音總是使她起一種本能的反應，她情不自禁地把身體轉向那個聲音，不管這種聲音來自什麼方向，她總是覺得它來自她的上方，她情不自禁地像向日葵那樣朝向她的頭頂，她仰望著這個異性的聲音，這是她不自覺的一個姿勢」。顯然，對於男性的矛盾，正構成了多米的一個永恆的悖論，這也是她女性神話最終破滅的一個根源。在小說最後，我們發現，多米也還是通過嫁給一個老頭的行為才實現了她留在北京的心願。

其次，人格的誤區。多米是一個逃跑者也是一個孤獨者，但逃跑和孤獨並無助於建構一個女性神話，正如小說所說：「逃跑是一道深淵。出逃是一道深淵，在路上是一道深淵。女人是一道深淵，男人是一道深淵。故鄉是一道深淵，異地是一道深淵。路的盡頭是一道永遠的深淵。」獨居山頂她不能逃脫王姓男孩對她的強暴，「旅遊」在外也未能抗拒矢村對她初夜權的掠奪，Ｎ對她的傷害更幾乎摧毀了她的全部夢想，而實際上，無論是逃跑和孤獨，多米都無法克服自身人性和人格的弱點與誤區。多米是個沉浸於內心，耽於幻想的女孩，她是一個永遠的幻想者。她的幻想型人格使她把自己封閉起來，「永遠看不見她眼前的事物。」她「不喜歡群體，對別人視而不見，永遠沉浸內心，獨立而堅定，獨立到別人無法孤立的程度。」和她肉體的裸露欲望相反，多米在心理上有著強烈的「隱蔽欲」，「我喜歡獨處，任何朋友都會使我感到障礙。我想裸身運動與獨處的愛好之間一定有某種聯繫……只要離開人群，離開他人，我就有一種放假的感覺，這種感覺使我感到安靜和輕鬆。」她常常在黑暗中想像自己「浮在太空中，沒有空氣，沒有輕，沒有重，宇宙射線像夢中的彩虹一樣呼呼地穿過她的肉體。某個神秘的命中注定的瞬間，黑洞或者某個恒星熾烈的火焰將她吞沒……。」她甚至無法與他人分享內心的快樂，「她無法忍受熟識的人與她一道看電影，越熟越不能忍受，最怕的是跟母親一起看電影，她或她們會妨礙她走進夢幻，她們是平常的現實的日子的見證，多米看電影卻是要超拔這些日子，她要騰空進入另一個世界，她們卻像一些石頭壓著她的衣服。她們的眼睛緊緊地盯著她，使她坐立不安」。幻想，當然是超越現實的一種方式，但幻想也把幻想者和世界隔離了開來，她自我內心的強大無法轉換成現實的強大，自然，強大的女性神話也就注定了只能是一個虛幻的神話。因為，幻想剝奪了多米的行動能力，她自己也意識到：「我覺得我像一個幽靈在生活著，我離人群越來越遠。我對真實的人越來越不喜歡，我日益生活在文學和幻覺中，我吃得越來越少，我的體重越來越輕，我擔心哪一天一覺醒來，我真的變成了一個幽靈，再也無法返回人間」，「我離開正常人類的康莊大道越來越遠了，如果再往前走我就永遠無法返回了。」幾乎影響了她生命的全部進程的「抄襲」事件也正根源於她幻想性的人生方式，正由於她只能在內心深處指出那首抄襲的詩卻不能用語言表達出來，才導致了事後秘密披露的尷尬，「所有的光榮與夢想，一切的輝煌全部墜入了深淵。」

再次，語言或文字的誤區。多米在經過多次挫折後，把「寫作」當作了

拯救自我的最後一張王牌。她覺得文學是她的唯一出路，「我悲觀絕望，又從絕望中誕生。有什麼比文學更適合一個沒有了別的指望的人呢？只需要紙和筆，弱小的人就能變成孫悟空，翻出如來佛的手心，僅憑這當年的一筋斗，文學就永遠成了我心目中最為壯麗的事業。」即使在與 N 的愛情破滅之後，多米也仍然沒有忘記寫小說，沒有了小說她甚至覺得沒法活下去，正是在「穿過苦難和煉獄」之後，多米出現了「文學的繁榮」。固然，對於幻想型的多米來說，豐富的內心生活適宜於文學創作和文學想像，但文學畢竟和真實的世界是兩回事。文學不能拯救她，更不能拯救她那雄偉的女性神話。事實上，儘管在小說中多米不停地「寫作」著，她依然無法迴避「無可奈何花落去」的命運。當她只能憑藉「嫁人」而不是「文學」實現她居住北京的理想之時，多米的那個女性神話是真實地幻滅了，「舊的多米已經死去她的激情和愛像遠去的雷聲永遠沉落在地平線之下了，她被抽空的軀體骨瘦如柴地在北京的街頭輕盈地遊逛，她常常到地鐵去。在多米的小說中，河流總是地獄的入口處，她想著要在一個龐大的城市尋找地獄的入口處，那一定就是地鐵深處某個幽黑的洞口。……她的身上散發著寂靜的氣息，她的長髮飄揚，翻卷著另一個世界的圖案，就像她是一個已經逝去的靈魂。」就這樣，幻想的人格使多米走向了文學，而文學又加劇了多米的幻想，她也許超越了世俗，但她卻失去了進入社會的能力。沒有了對社會「空間」的佔領，她的女性神話注定了只是一座空中樓閣。

當然，多米女性神話的最終破滅，也有著命運和緣份的因素。一個孤獨的女性獨自面對一個強大的男性社會，她的「天才」、她的奮鬥、她的追求固然有助於一個女性神話的建立，但這個神話畢竟需要建立在男性社會裏，一些偶然的機緣就會葬送了她的夢想，這是力所不能及的，哪怕多米超越了她人性和人格的誤區變成了一個完美的女性，也是如此。

四

《一個人的戰爭》作為一部典型的女權主義文本，一方面正如上文所指出的它對女性的神話和誤區作了淋漓盡致的揭示；另一方面，這部小說的敘述也顯露出純粹的女性話語特徵。

這是一部缺少故事甚至連中心情節線也沒有的小說，各種各樣的人生經歷和心理體驗的碎片天女散花般地點綴在小說的文本枝干上。讀這部小說，

我們就如同走進了女性的心理空間，女性的意識和話語成了這部小說的文本結構的真正中心。小說語言充滿了夢幻色彩，敘述者「我」和多米互相重迭又互相分離，「夢幻、想像與真實，就像水、鏡子和事實，多米站在中間，看到三個自己」：水中的自己、鏡中的自己、事實中的自己，「三者互為輝映，變幻莫測，就像一個萬花筒」。事實上，小說所展示的女性自我神話和社會神話正是在具有私語性質的女性話語中誕生的。我覺得，《一個人的戰爭》本身就是一個巨大的語言神話，它的獨一無二的「女性」力量使它在當代小說的叢林中顯得光彩奪目。

餘論　先鋒的還原：新潮小說批判

　　世紀之交的中國無疑經歷著一場聲勢浩大的文化轉型。不絕於耳的文化喧鬧和層出不窮的話語更迭使我們這個商業時代充塞了令人目不暇接的文化鬧劇。「文化」在商品化的普及和推廣中迅速地膨脹著。MTV、卡拉OK乃至我們日常生活中吃、喝、拉、撒等最具世俗性的方方面面都頃刻間被烙上了文化的印痕。一切都「文化」化了，我們已經無法在這個文化的狂歡節中尋找「文化」與「非文化」的區別。顯然，文化在它的普及和世俗化過程中被「非文化」了，文化在輝煌的同時卻蠶食了它自己的本質，從而遠離了它曾經令人炫目的精神屬性。而我們時代的文學在其「文化」化的過程中也逐步遠離了它的邊緣狀態而具有了「轟動」效應。寂寞的文學如今一次又一次地成為了炙手可熱的熱點，這種充滿喜劇性的神話實在讓人目瞪口呆。文學不再神聖也不再高貴，它切切實實地變成了我們日常生活中的一種極普通的文化消費品。我不知道文學這種輕而易舉的民間化和普及化究竟是文學的成功還是文學的失落。也許這是我們這個時代文化轉型期的必然成果。然而，當我在這個時刻面對先鋒（新潮）小說的命運，總有一種無法遏止的黯然神傷。先鋒派的民間性還原和通俗化轉型這樣一個文化事實我很長時間都不願正視和承認。作為一個熱心的先鋒、新潮鼓譟者，我無法面對這個事實帶給我的自我否定和自相矛盾。因此，我很長時間都把有關這一事實的話語壓抑在意識最深層而不願撿起。但不管怎麼說轉型期的先鋒派能在自我還原的同時完成對於先鋒性和通俗性這水火不相容的文學兩極的融化與嫁接，似乎仍然是值得言說並能贏得敬意的。這也就決定了在我們這個時代對新潮小說的轉型和「蛻變」進行批判是相當艱難的。

一

　　雖然,在理智上我們也許會為文化的消費性、經濟性吞沒了文化的精神性和神聖性而痛心疾首,但平心靜氣地想想,這種陣痛性的文化轉型也確實為我們反思文化和文學的本質提供了一種新的尺度和參照。對於先鋒派來說,不僅在作家意義上他們「先鋒」的光圈被剝落了,而且在公民和人的層次上他們也被還原成了普通人。儘管這種還原在我們看來既有自覺和主動的一面,也有不自覺和被動的一面。但無可懷疑的是,在時代的試金石面前,先鋒派已經逐步呈現出了他們的「本真」狀態。在此之前,我們關於先鋒派的期望和幻想在他們還原為自身之後也已經袒露出了一廂情願的烏托邦本質。真實令人痛苦,但真實畢竟讓人清醒,只有在這種真實面前,我們才可能真正走進中國作家的心靈世界。中國的作家和文人有著幾千年的清高傳統,重名輕實,重義輕利,「貧賤不能移,富貴不能淫,威武不能屈」是他們在漫長歷史長河中世代相襲、引以為榮的人生哲學。而在我們的印象中先鋒派作家更是把這種清高哲學發揚光大到了極致。他們呈現在讀者面前的形象是甘於寂寞、「荷戟獨徘徊」的文學清教徒形象。獨居文學的象牙塔內,他們不停地創造出為讀者冷落的文學精品,其不計利害得失、功過榮辱的悲壯令人油然而生敬意。他們的文學眼光更是具有超越性,他們從來也不願為當下讀者寫作,某種意義上說現世讀者的茫然無措正是他們求之不得的事情。他們的一部部「傳世之作」所召喚的本質上並非是當下讀者而是誕生在未來世紀的「假想讀者」。在先鋒派這裡被拒絕非但不是一種恥辱而是一種榮耀,他們不但藉此鞏固和維護了神秘清高的人格形象,而且更證明了作為「陽春白雪」的先鋒、新潮文學的超前性和前衛性。而廣大的世俗讀者雖然對先鋒派的莫測高深望而卻步,但對他們陌生的人生方式仍不失敬意,正如對待某種可望而不可及的事物一樣。這樣,在世俗讀者眼中先鋒派人生和他們的作品被等同了,先鋒小說所描述的對當下世俗性生存圖景的拒絕也就順理成章地被誤讀為先鋒作家自身對世俗的拒絕。這樣的結果就導致了對先鋒派人生和人格的文學化和藝術化的闡釋,也導致了清高作為一種文學和人生境界的神聖化理解。

　　然而,當大規模的文化轉型變成現實,當經濟原則和金錢原則徹底擊潰了精神原則的時候,清高的傳統就一觸即潰了。中國的文人作為一個整體幾乎是轉眼之間就完成了對清高時代的告別和拋棄,紛紛以不同的方式、不同

的手段，重新創造自己的生活史：走進世俗，為爭取更多的實利而奮鬥。而在這個整體性的奔赴世俗的文人大軍中，先鋒派的世俗性還原尤其令人觸目驚心。這些從清高中乍醒過來而落入世俗物慾的「昔日先鋒」甚至比那些天生世俗的人更善於算計和鑽營。他們花樣百出的世俗本領證明了他們從前的自命清高是一個多麼巨大的誤會和騙局。我相信，清高對於先鋒派來說從來就不過是一種姿態，一種偽裝，一種自我安慰，一種生存策略，一種在受到壓抑時聊以自衛、自慰的手段。清高從來也沒有成為他們的稟性，融入他們的人格中並昇華為一種崇高的精神境界。顯然，中國文人的清高不但具有侷限性、脆弱性、虛偽性，而且本身就飽含了世俗的因子。一旦遇到適宜的氣候和土壤（比如我們眼下的文化轉型），這種世俗很快就會抽莖發芽原形畢露。我們終於發現，先鋒作家其實並不是想像中那種淡泊功名的清高之士。他們成名的焦慮實在遠甚於這個商業社會中的任何一位凡夫俗子。他們之心甘情願地居於文學主流之外從事遠離世俗的純粹文學實驗的壯舉實際上不過是一種無可奈何的表演。他們的故弄玄虛，他們的憤世疾俗，他們的離經叛道……事實上都是在臥薪嘗膽地尋找一個突圍而出的缺口。他們是那樣渴望進入意識形態話語的中心，是那樣渴望被注視被談論，以致當他們有機會走出邊緣狀態時都顯得迫不及待。進入九十年代以後，少數評論家（精英讀者）為先鋒派的鼓譟終於被匯入了時代的話筒之中，先鋒作家開始被當作我們時代最傑出的文學精英被言說，先鋒小說作品開始走俏暢銷書場並借助於影視傳媒而聲名遠播。清高的先鋒派們一下子就甩去了先前的清高外衣奔出書齋投入世俗的河流暢遊起來。作為世俗的名人，他們樂此不疲地晃動在全國各地的電視鏡頭和報刊封面上。他們有過寂寞和失落的痛苦，如今是他們加倍收穫和享受榮耀的時候了，而「先鋒」和「新潮」也開始脫離其本身的文學意義而純粹作為一種榮譽被先鋒派享用著。正是在一次次的粉墨登場中先鋒派走到了前臺，走出了他們的清高和神秘，從而徹頭徹尾地還原為一個個俗人，一個個以名人的面目出現的俗人。

　　另一方面，先鋒派也絕非「喻於義」的君子。當他們還原為俗人之後其對金錢利益的追逐絲毫也不遜於普通民眾。文學的經濟效益在他們這裡可以說被實現得淋漓盡致。他們一旦撕去從前文學實驗的偽裝，創作的生產性特徵就一覽無遺。現今的先鋒作家比任何時代的作家都要高產，不僅一年可生產數部長篇小說，而且選集、文集、全集鋪天蓋地。幾乎是一夜之間中國的

文學大師就雨後春筍般地湧現了。他們一方面以自己的赫赫大名佔據各地的報刊雜誌，另一方面又收穫大量的金錢。先鋒作家們顯然正以他們卓爾不群的適應能力，成為我們文化轉型期中最先富起來的文化階層。而電腦的介入則更加速了他們的高產和資本積累。這時的先鋒派可以堂而皇之地下海、經商，也可以毫無顧忌地遊樂消費。他們淹沒於世俗的河流如此不著痕跡以至於我們常常能在世俗的人群中與先鋒派摩肩接踵。先鋒走進了我們，融化在我們之中，卻沒有一絲餘響。我們茫然回顧只發現四濺的水珠，先鋒派卻永遠地消失了逝去了。這樣的結局令我們感傷。也許，先鋒派作為一種文學存在其最高的價值本就不是其實在性而是其理想性，我們是把先鋒派作為一種精神宗教信奉著以對抗世俗的。我們盼望先鋒的火炬能永遠照耀我們的靈魂，這種企盼雖然不無一廂情願的性質，但卻是絕對真誠的。然而，先鋒派的本意卻與我們的願望背道而馳。他們燃燒自己而發出的些微精神火光不僅不是為了照亮和引渡他人的靈魂，而且甚至也無意於照亮自己的黑暗。那純粹是一星照明的火花，一旦他們找到跨入世俗領地的臺階和路徑之後，火光就自然熄滅了。這真是一個陰錯陽差的誤讀，一個巨大的時代誤會。當我們從這個誤會中醒悟過來時，那種我們用理想和熱情澆灌起來的先鋒派的清高已經煙消雲散了。與此同時，我們關於先鋒文學的理想也就注定了要遭受一次同樣沉重的打擊。因為真正的清高對於文人來說是絕對需要的。這種清高是根植於對物質文明本質的深刻瞭解和徹底藐視之上的，它將牢固地以人格的形式存在，決不會一受到物質的誘惑就潰不成軍。相反，這種清高將有助於作家個人精神高度獨立、昇華和擴張並最終衝破整個物質世界的圍困。正因為如此，對於我們時代這些棄絕清高而沉入世俗河流的先鋒作家，我們還能期待他們有何作為？

二

當我們時代的文化轉型把先鋒作家們打回原形之後，他們世俗化的人生景觀也隨即顛覆了先鋒小說文本的先鋒性和超越性。面對先鋒文本的迅速通俗化，我們閱讀策略的調整也注定了無法避免。先鋒派顯然已經修改了他們早期對通俗小說深惡痛絕不屑一顧的態度，如今甚至表現為一種忘乎所以的喜愛，通俗乃至媚俗成了先鋒小說文本的典型表徵。作為一種現象，先鋒小說的通俗化傾向首先體現在下面兩個文化熱點上：

　　其一，先鋒小說的暢銷情結。九十年代以來，經過精心商業包裝的先鋒小說紛紛以新的形象出現在各種各樣的街頭書攤上。「跨世紀文叢」「先鋒長篇小說叢書」等為傳媒哄炒的先鋒小說文本甚至成了大眾閱讀的搶手貨。這種奇蹟至少從客觀上證明了先鋒作品通俗性的一面。而洪峰、趙玫、蘇童、葉兆言等先鋒作家直言不諱地打出招牌製作「布老虎」之類的暢銷書這一文化事實更從主觀上提示了先鋒作家對於通俗化血脈相因的親近感。通俗化實在不是商業文化對先鋒小說侵蝕與誘惑的結果，而是先鋒作家一種非常主動的文化選擇。

　　其二，先鋒小說的影視情結。自從莫言、蘇童、劉恒等先鋒作家的小說經張藝謀之手搬上銀幕獲得巨大聲譽之後，先鋒作家對影視傳媒的心向神往就變得不可遏止。而王朔的火爆則更是一種致命的誘惑，在他的大旗之下先鋒作家一個個躍躍欲試。不僅楊爭光等人步其後塵直接辦起了影視製作公司，而且蘇童、格非等先鋒作家也在品嘗名利雙收的影視「禁果」之後一發不可收地投入了影視劇本的創作。時下正被大眾傳媒炒得沸沸揚揚的《中國模特》這個通俗劇作，其十一位作者就幾乎是清一色的先鋒作家。更令人莫名驚詫的是，先鋒作家為了迫不及待的「觸電」，許多人甚至心甘情願地淪為張藝謀的「電影妃子」。一時間，張藝謀成了我們這個時代最具權威的文化英雄，那些曾經不可一世、睥睨一切的先鋒作家也不得不向他頂禮膜拜。以至於當張藝謀要拍攝電影《武則天》的號令一下，竟有六位聲名赫赫的新潮作家共同出手炮製出六部《武則天》。我真不知道，這是我們時代的一個文化奇蹟還是一齣文化鬧劇？在我眼中，先鋒小說的影視化也就是它的通俗化。導演的任務無疑就是抹去先鋒文本的先鋒性，從觀眾的趣味出發把先鋒小說改寫成通俗性的畫面和音樂。先鋒作家能夠毫不心疼地目睹電影對自己作品的任意篡改和肢解，這一方面證明了先鋒作家對通俗化的熱情，另一方面也提示了先鋒文學自身的軟弱性。毫無疑問，當先鋒小說以通俗畫面和通俗音樂的形式呈現時，它事實上已淪落為一種文化快餐。我們只能感歎在現代商業文明和科技革命的春風吹拂下，通俗化的潮流是如此銳不可擋，以至於我們只能再一次無可奈何地面對它對時代和人類精神花朵的吞食。

　　顯然，這兩個熱點所涉及的先鋒小說的通俗化問題還僅限於現象和背景的描述，這種描述具有顯而易見的時代性和階段性。當我們從當前的視角出發對先鋒小說的歷史作一總的回顧時，我們不得不正視這樣一個更為慘不忍

睹的現實：通俗性其實正是先鋒小說的一種潛在的本質屬性，無論從閱讀意義創作意義還是從文本意義上來審視都是如此。

首先，小說的模式化傾向正是通俗小說的最典型特徵。恐怕誰也無法否認通俗小說的模式化創作方式，其在主題、結構、講述方式等方面都有相沿成習的「程序」。這種「程序」不僅被廣大讀者認同和接受，而且它本身就構成了通俗小說的一種特殊價值。而先鋒小說雖然其最初的文本形態相對於通俗小說和傳統小說具有某種革命性，並對中國讀者的閱讀和審美習慣構成了巨大衝擊，但這種革命性很快就消失在不同的作家周而復始的「複製」式寫作中。中國先鋒小說的歷史雖然不長，但在主題結構、語言方式、敘事原則等方面卻均已形成了共同的「模式」與規範，天知道，這是一個神話還是一個悲劇！可以肯定的是，當先鋒作家的革命以其模式化的創作為終結時，其所謂的革命已經毫無意義。我甚至相信，先鋒小說能在時下走紅也正與它這種「模式化」的重複呈現溝通了讀者通俗化的閱讀記憶有關。不僅先鋒小說主題逃不出「歷史」「暴力」「色情」「災難」「宿命」等通俗性話語，而且敘述方式上也是驚人一致地回憶、孤獨、痛苦、癡想。讀他們的小說總使人懷疑這些先鋒作品全出自一人之手。有人曾指出，對於先鋒小說可以讀單個作品而不能讀作品集，可以孤立地進入一個作家的小說而不能接觸先鋒小說群體，這其實就是針對先鋒小說的模式化而言的。先鋒小說可以說是最無法經受整體審視和比較閱讀考驗的文本，它們文本詞彙、敘述語氣、時空處置似乎都比通俗小說先進和現代化，但在模式化方面不僅與通俗小說殊途同歸，而且毫無高明之處。

其次，先鋒小說寫作方式的模仿化也是通俗小說慣常的創作手法。如果說八十年代初國門初敞之際，先鋒派的寫作還呈現出很強的陌生性的話，那麼當西方文學的經典紛紛進入我們的閱讀視野之後，先鋒小說模仿的本性就暴露無遺了。可以說，先鋒小說的創新事實上只不過是對西方現代派小說甚至是已經被摒棄的傳統小說的模仿。至此，先鋒小說呈現在閱讀意義中的先鋒性頃刻就變成了一個深刻的諷刺。有人甚至苛刻地說只要五部外國小說就可以概括中國當代文學尤其是先鋒（新潮）文學史，這話雖然不無偏頗，卻實實在在地擊中了先鋒小說的本質。我們知道，模仿是一種製作行為而不是一種創造行為，通俗小說對通俗文本和讀者趣味的模仿除了能帶給讀者短暫的消閒快慰之外，並不能提供任何人生體驗和靈魂震撼。在這方面，先鋒小

說與通俗小說相比不僅如出一轍，而且往往有過之而無不及，其對作家人生
體驗的放逐可以說正是先鋒小說走向末路的根本原因。具體地說，先鋒小說
的模仿方式有兩種：一是翻譯，二是改寫。前者主要是針對先鋒小說的敘述
方式而言，在先鋒文本裏我們可以發現兩個西方文學的圖騰，這就是馬爾克
斯和法國新小說。由衷的崇拜和熱愛使得先鋒作家甚至在遣詞造句等最微小
的小說層面都師法和模仿著他們的大師，這樣的結果就使得「馬爾克斯句式」
席捲整個先鋒文壇，而談玄說怪的拉美式魔幻、機械分類按圖索驥的略薩式
結構、情緒宣洩毫無節制的福克納式意識流、末流相聲般的海勒式黑色幽默
以及吞吞吐吐不得要領的博爾赫斯式語言遊戲更是攪得文壇風生水起。這些
作品彷彿都經由同一位外國文學教授翻譯而出，每一部作品都被其模仿「母
本」的光輝照耀著。我們確實應該佩服中國先鋒作家有如此出神入化的語言
模仿能力，這也應該是他們才華橫溢的一個證明。而後者主要是針對先鋒作
家對於中國古典典籍的態度而言的，中國先鋒小說總是逃避當下生存而遁入
「歷史」的霧障中，這一現象曾經頗令人費解。我曾經把這種「歷史」癡迷
解釋為一種獨特的審美追求，如今聯繫先鋒派的創作方法考察，我發現這種
理解實在是太幼稚和理想化了。其實，「歷史」只不過是一種障眼法，先鋒作
家躲在「歷史」的外衣裏面可以輕鬆自如地獲得創作的靈感和素材。經過西
方敘述和語言方式的「改寫」，中國傳統經典文本如「三言二拍」、《聊齋》《紅
樓》《金瓶梅》等紛紛改頭換面活躍在先鋒小說的舞臺上。我現在終於可以理
解先鋒作家的「高產」了，「翻譯」和「改寫」實在不需要什麼生活積累和人
生體驗，只要大量的閱讀、適當的想像力和一定的語言表達能力閉門造車實
在可以做到輕鬆自如。這也就是說，「玩」文學不僅完全可能，而且非常有效
率。想當初我們聽到蘇童桌上堆滿了宋元話本之類的古籍時，內心是多麼高
興於先鋒作家古典文化修養的深厚；而當先鋒作家的創作談裏總是開出一長
溜西方文學大師的名單時，我們心中又是多麼自豪於先鋒派的學貫中西。然
而，在我們徹底消化了閱讀層面上的創新快感之後，先鋒派還留給我們什麼
呢？先鋒作家對故事的承諾也曾令我們欣喜若狂，但當這些故事總是以近似
的面孔從東西方的經典之中浮現出來時，那種受騙感又是何等的刻骨銘心
呢？重複、模仿、重複，這樣的循環總令人不寒而慄。其實，就我個人而言，
我一點也不輕視模仿，我覺得模仿也是藝術創造的一個必經階段和一種特定
方式，關於文學藝術的起源不是至今仍有一個無法抹煞的模仿說嗎？但問題

在於，我們的先鋒作家似乎太熱衷於模仿了，他們早就應該跨過模仿的門檻了，這些名聲上已是大師和準大師的先鋒，如果在創作上仍停留在學童階段像永遠不能長大的孩子，這難道不令人大失所望？

再次，先鋒小說喜濃厭淡的審美趣味也與通俗小說不謀而合。眾所周知，通俗小說是以強烈的傳奇性、故事性、動作性等感官刺激手段來娛悅讀者的，往往在瞬間的閱讀快感消失之後，讀者就很難再體味什麼深度意義更不用說去期望什麼人文關懷和精神向度了。而作為陽春白雪登上中國文學舞臺的先鋒小說，其審美追求本應是與通俗小說背道而馳的，但不幸的是在文學觀念和審美理想上先鋒小說和通俗小說竟表現出了驚人的一致。這就是棄清淡而追求濃豔的審美趣味。看來先鋒小說能如此迅速地滑入通俗小說的泥淖中這絕不是偶然的而是有著其內在的必然性的。不僅在故事性和情節性上先鋒小說與通俗小說直接接軌，使遠離當下生存的傳奇在先鋒小說世界裏色彩紛呈，而且在主題層面上，先鋒文本也對色情、暴力、秘史等通俗小說的經典詞彙進行了淋漓盡致的渲染。先鋒小說幾乎沒有不描寫「性」的，如果剝去先鋒小說性描寫過程中故弄玄虛的語言外套，我們會發現他們筆下的「性」比任何一部通俗小說都要更變態、更沒有節制、更赤裸裸地渲染了「色情」。而暴力則更是先鋒作家共同的心理嗜好，一個時期以來中國先鋒文壇可謂黑雲壓城，不僅土匪橫行、豺狼當道，血雨腥風、天災人禍的場景層出不窮，而且復仇、兇殺甚至食肉寢皮的罪惡畫面也鋪天蓋地，讀者彷彿置身於香港暴力「三級」片的血淋淋的世界，恐怖、緊張、窒息，感官上的刺激可謂驚心動魄。至於神秘，則幾乎融化在先鋒小說從主題至結構的各個層面，宿命、預兆、感應、鬼魂、報應等等神秘的語彙鑲嵌在先鋒文本的各個部件上，成為了先鋒文本正常運轉的潤滑劑。一方面，它們為先鋒小說破綻百出的故事編織了種種藉口；另一方面，它們也是先鋒文本迎合讀者獵奇心理的一個卓有成效的手段。而一旦先鋒作家通過藝術方式上不顧一切的誇張和鋪陳去經營色情、暴力、神秘等閃閃發光的趣味符碼，它們就會以濃得化不開的色彩和聲響在先鋒文本中對通俗讀者發出親切的召喚。我現在絲毫也不奇怪先鋒小說能在短時間內征服如此眾多的通俗大眾了，其在本質上與通俗小說的相通無疑使它獲得了毫不遜色於通俗小說的文本快感。作為通俗小說家庭中的一員新兵，先鋒小說沒有理由再度被通俗讀者拒絕。

三

　　應該說明的是，本章例舉和描述新潮作家世俗化和先鋒文本通俗化的種種表徵，目的卻不在於對文化轉型期這一特殊的文化現象進行口誅筆伐，儘管作為一個先鋒信奉者，我內心的失望可想而知。我真正的意圖只在於通過對一個文化現實的陳述，讓我們從文學的烏托邦幻想中走出來，正視文化轉型期文學的實際境況。文學已經失去了過去曾經擁有的榮耀和輝煌，它充其量只是一種文化產品，一種消費品，一種商品。這樣的結論雖然殘酷，但卻是真實的。文學在商業文化的氛圍中蛻變了，蛻變後的文學已經是商業文化的重要組成部分，而不僅僅是犧牲品。我們應該平靜地面對現實，浮躁於事無補。我們該慶幸，時代造就了先鋒派的轉型和還原，它撩去了先鋒派的神秘的面紗，給了我們真正面對先鋒派的機會。感情的痛苦往往會帶來理性的收穫，也許在這個時刻，我們正視先鋒派的還原並尋繹其「意義」已經可能。一方面，先鋒派的還原和通俗化轉型是先鋒小說走出生存困境的一個標誌。至少先鋒作家生存的焦慮感可以消除，而功成名就的喜悅也會給這批有才華的作家更大的文學信心。很難說在通俗化河流上漂泊一段時間之後先鋒派不會重新登上實驗之船，也很難說通俗化本身就不是先鋒實驗的一種形式和一個階段。因為先鋒本應最崇尚創造性，它本質上棄絕任何清規戒律，它充滿魅力也充滿各種可能性。也許通俗化寫作也正是先鋒派的一種可能性，一次陣痛。單就目前而言，先鋒作家仍可不斷地「寫作」，不斷地推出「產品」，這就足以令人欣慰，它起碼證明了先鋒作家沒有被埋沒，沒有消失，沒有沉淪。存在著就是希望。

　　另一方面，先鋒派的轉型也提升了通俗文學。文學就其本質來說仍然是通俗的，離開了大眾接受的文學是不能想像也是不會存在的。任何優秀的作品都無法迴避現實效應，迴避當前讀者的閱讀期待。很難設想，不具當前時效的作品，能取得未來的時效。那種企望同現時相割離的所謂將來時的「不朽」，不過是自欺欺人之談。從這個意義上說，先鋒小說在通俗性上幡然醒悟仍不失進步意義。更重要的是，先鋒文學和通俗文學的並軌，無疑為通俗文學肌體注入了新的生機和活力。即使同是模式化，先鋒小說所具有的先進性的敘述模式也會給通俗小說帶來衝擊和某種意義上的革命。而在語言、結構等小說技術的其他層面，先鋒文學也會給通俗小說確立新的藝術參照。我覺得這種自我犧牲式的對通俗文學的改良和接管也不失為一種值得尊敬的「和

平演變」策略。我們有理由期待通俗文學在質量和數量上的革命。

　　唯其如此，我才視先鋒派的世俗化還原和通俗化轉型為平民文學時代到來之際一起具有進步性的文學事件。而本章對於新潮小說的批判最終也演化成了對於它的無窮期待，這是本人的悖論，也是一個時代的悖論。

參考文獻

1. 〔美〕哈羅德‧布魯姆：《西方正典——偉大作家和不朽作品》，江寧康譯，上海：譯林出版社，2015 年版。

2. 〔英〕以賽亞‧伯林：《浪漫主義的根源》，呂梁等譯，南京：譯林出版社，2008 年版。

3. 〔美〕哈羅德‧布魯姆：《影響的焦慮》，徐文博譯，江蘇：江蘇教育出版社，2006 年版。

4. 〔法〕雅克‧德里達：《解構與思想的未來》，杜小真、胡繼華等譯，長春：吉林人民出版社出版社，2006 年版。

5. 〔德〕尤爾根‧哈貝馬斯：《現代性的哲學話語》，曹衛東譯，南京：譯林出版社，2004 年版。

6. 〔英〕彼得‧奧斯本：《時間的政治——現代性與先鋒》，王志宏譯，北京：商務印書館，2004 年版。

7. 〔英〕戴維‧哈維：《後現代的狀況》，閻嘉譯，北京：商務印書館，2004 年版。

8. 〔德〕比格爾：《先鋒派理論》，北京：商務印書館，2002 年版。

9. 〔英〕雷蒙‧威廉斯：《先鋒派的政治》，閻嘉譯，北京：商務印書館，2002 年版。

10. 〔英〕齊格蒙‧鮑曼：《流動的現代性》，歐陽景根譯，上海：三聯書店，2002 年版。

11. 〔加〕查爾斯‧泰勒：《現代性之隱憂》，程煉譯，北京：中央編譯出版社，2001 年版。

12. 〔加〕查爾斯‧泰勒：《自我的根源：現代認同的形式》，韓震譯，上海：譯林出版社，2001 年版。

13. 〔法〕皮爾・布迪厄:《藝術的法則:文學場的生成與結構》,劉暉譯,北京:中央編譯出版社,2001 年版。

14. 〔美〕安尼・吉登斯:《現代性的後果》,田禾譯,上海:譯林出版社,2000 年版。

15. 〔美〕雷蒙德里克・傑姆遜:《政治無意識》,王逢振等譯,北京:中國社會科學出版社,1999 年版。

16. 〔英〕特里・伊格爾頓:《歷史中的政治、哲學、愛欲》,馬海良譯,北京:中國社會科學出版社,1999 年版。

17. 〔英〕馬・布雷德伯里,詹・麥克法蘭:《現代主義》,胡家巒等譯,上海:上海外語教育出版社,1992 年版。

18. 〔荷〕佛克瑪、伯頓斯:《走向後現代主義》,王寧等譯,北京:北京大學出版社,1991 年版。

19. 〔法〕羅朗・巴特:《符號學原理》,李幼蒸譯,北京:三聯書店,1988 年版。

20. 〔美〕W・C・布斯:《小說修辭學》,華明譯,北京:北京大學出版社,1987 年版。

21. 〔美〕雷蒙德里克・傑姆遜:《後現代主義與文化理論》,唐小兵譯,北京:北京大學出版社,1986 年版。

22. 〔英〕福斯特:《小說面面觀》,廣州:花城出版社,1984 年版。

23. 〔德〕庫舍爾:《神學與當代文藝思想》,上海:上海三聯書店,1995 年版。

24. 〔捷克〕米蘭・昆德拉:《小說的藝術》,唐曉渡譯,北京:作家出版社,1992 年版。

25. 〔匈〕盧卡奇:《審美特性》,徐恒醇譯,北京:中國社會科學出版社,1987 年版。

26. 〔美〕利昂・塞米利安:《現代小說美學》,西安:陝西人民出版社,1987 年版。

27. 〔美〕露絲・本尼迪克特:《文化模式》,北京:華夏出版社,1991 年版。

28. 〔俄〕M・巴赫金:《巴赫金文論選》,北京:中國社會科學出版社,1996 年版。

29. 〔德〕恩斯特・卡西爾:《人論》,上海:上海譯文出版社,1985 年版。

30. 〔法〕丹納:《藝術哲學》,傅雷譯,北京:人民文學出版社,1983 年版。

31. 〔德〕海德格爾:《存在與時間》,陳嘉應、王慶傑譯,北京:三聯書店,2006 年版。

32. 〔法〕列維・斯特勞斯:《野性的思維》,李幼蒸譯,北京:商務印書館,1997 年版。

33. 〔德〕尼采:《悲劇的誕生》,北京:人民文學出版社,1986 年版。

34. 〔美〕馬歇爾‧伯曼:《一切堅固的東西都煙消雲散了——現代性體驗》,徐大建、張輯譯,北京:商務印書館,2003 年版。

35. 〔瑞士〕榮格:《原型與集體無意識》,徐德林譯,北京:國際文化出版公司,2011 年版。

36. 〔美〕愛德華‧希爾斯:《論傳統》,傅鏗、呂樂譯,上海:上海人民出版社,2014 年版。

37. 〔英〕喬納森‧雷班:《現代小說寫作技巧》,戈木譯,西安:陝西人民出版社,1984 年版。

38. 〔美〕浦安迪:《中國敘事學》,北京:北京大學出版社,1996 年版。

39. 伍蠡甫、胡經之主編:《西方文藝理論名著選編》,北京:北京人學出版社 1987 年版。

40. 曹文軒:《20 世紀末中國文學現象研究》,北京:北京大學出版社,2002 年版。

41. 曹文軒:《中國八十年代文學現象研究》,北京:人民文學出版社,2010 年版。

42. 陳思和:《中國當代文學史教程(第二版)》,上海:復旦大學出版社,2013 年版。

43. 陳曉明:《中國當代文學主潮(第二版)》,北京:北京大學出版社,2013 年版。

44. 陳曉明:《無法終結的現代性——中國文學的當代境遇》,北京:北京大學出版社,2018 年版。

45. 陳曉明:《剩餘的想像:九十年代的文學敘事與文化危機》,北京:華藝出版社,1997 年版。

46. 陳曉明:《無邊的挑戰》,長春:時代文藝出版社,1993 年版。

47. 費振鍾:《江南士風與江蘇文學》,湖南:湖南教育出版社,1997 年版。

48. 黃發有:《準個體時代的寫作——20 世紀 90 年代中國小說研究》,上海:三聯書店,2002 年版。

49. 洪治綱:《無邊的遷徙》,山東:山東文藝出版社,2004 年版。

50. 洪子誠:《中國當代文學史(修訂版)》,北京:北京大學出版社,2007 年版。

51. 南帆:《文學的維度》,上海:三聯書店,1998 年版。

52. 謝有順:《先鋒就是自由》,山東:山東文藝出版社,2004 年版。

53. 楊守森:《20 世紀中國文學問題》,廣州:花城出版社,2000 年版。

54. 張清華:《中國當代先鋒思潮論(修訂版)》,北京:中國人民大學出版社,

2014 年版。

55. 孫立平:《斷裂──20 世紀 90 年代以來的中國社會》,北京:社會科學文獻出版社,2003 年版。

56. 林建法:《中國當代作家面面觀──文學的自覺》,上海:復旦大學出版社,2010 年版。

57. 孟繁華:《游牧的文學時代》,北京:作家出版社,2009 年版。

58. 莊錫昌、顧曉鳴、顧雲深編:《多維視野中的文化理論》,杭州:浙江人民出版社,1987 年版。

59. 錢中文主編:《巴赫金全集》,石家莊:河北教育出版社,1998 年版。

60. 楊義:《中國敘述學》,北京:人民出版社,1999 年版。

後　記

　　當我在泉城濟南的瑟瑟秋風和蕭蕭落葉中整理完這部寫於南方的書稿時，我對於那炎熱而多雨的南方故鄉的思念和懷想終於不可遏止。南方的風物景致連同南方師長、親人、朋友的話語、容貌都以一種特殊的精神形式影響、感動著我此刻的心情。而寫作本書的那些令人難忘的日日夜夜更是猶如昨天一樣清晰生動、栩栩如生。對於新潮小說的熱愛最早萌生於我在揚州讀研究生的時期。那時雖然我的專業是現代文學，但我卻對剛剛在文壇嶄露頭角的蘇童、余華、格非、殘雪、孫甘露等新潮作家們充滿熱情，他們的幾乎每一部小說都會引起我閱讀的衝動和癡迷。也就是從那個時刻我開始了對新潮小說的最初研究，並在《當代作家評論》上發表了關於蘇童的第一篇新潮作家論。隨後，我進入蘇州大學攻讀范伯群教授的博士研究生，並在范先生的指導下決定以「中國當代新潮小說論」作為博士論文的課題。應該說，進入九十年代以後新潮文學研究的形勢還是相當好的，一方面蘇童等新潮作家的創作地位已經得到了文學界和全社會的普遍認同與肯定；另一方面更年輕一代的新潮作家的創作也已引起了廣泛的關注。更重要的是這幾年來學術界的空氣已經大為寬鬆，多元化的格局無論對於創作和研究來說都是難能可貴的。這也是我的新潮小說研究能順利進行的一個背景。這使我在這本書稿即將付梓的時刻首先對我們的時代充滿了感激。

　　三年來我的研究得到了評論界和新潮作家朋友的許多支持和幫助，我與他們建立了深厚的友誼。大概由於我們都是同齡人的關係吧，我對新潮作家的心態、行為以及他們的文本總是有一種天然的親近感和理解。我追蹤他們的創作，關注他們的人生，並總是試圖對他們創作中的新因素作出迅速的反

應。對於九十年代新潮長篇小說和對於九十年代新生代作家我多作出了比較快的評價。本書的結構分為三大部分即「綜論」「作家論」和「作品論」。為了節約篇幅和避免重複，「作家論」部分我主要選擇的是晚生代作家而把原計劃中的許多新潮作家捨棄了，「作品論」部分則重點闡釋新潮長篇小說。本書傳達的只是我個人對於新潮長篇小說的理解和認識，這裡面有許多我個人的偏見在裏面。但這些偏見之能順利表達出來，實在還是仰仗了我的作家、批評家和編輯朋友們的信任與鼓勵。這裡，我要特別感謝《文藝評論》的韋健瑋先生、《小說評論》的解洛成、李星先生、《當代作家評論》的林建法、許振強先生、《當代文壇》的黃樹凱先生、《作家報》的魏緒玉先生、《時代文學》的李廣鼎先生、《文學世界》的王光東先生等對我的厚愛與關懷，本書的一些章節發表之後能引起一定的反響完全是這些師長、朋友辛勤工作的結果。

　　這個時刻，我特別不能忘懷我的兩個導師范伯群教授和曾華鵬教授多年來對我的教導和培養。他們的善良、寬容和博大人格是我一生永遠的精神財富。曾華鵬先生一直把我們這些學生比作「小雞」，把他自己當作「母雞」。范伯群先生則把我們完全當作了他的朋友、孩子。我在蘇州的幾年是范伯群先生精神上很痛苦的幾年，慈祥、溫和待我們如親子女一樣的范師母患上癌症而過早地離開了先生，離開了她的學生。我們能感受到這對於先生的沉重打擊，但作為學生我們卻除了悲痛之外再不能為先生做一點什麼。我們只能眼看著先生的頭上又增添了幾縷白髮。即使如此，先生也一天也沒有放鬆對我們學業上的要求。而為了我博士畢業後的工作和去向范先生更是花費了大量的心血和時間。我願用我這本小書來表達我對范師母的深深懷念並再一次對我的兩位恩師說一聲感謝。作為現代文學研究界著名的「雙子星座」，他們三年前共同為我的第一本書寫了序，今天又再度聯手為我的第二本書作序。這是令我感動不已的榮譽，我將深深銘記兩位先生對我的教誨並在學術之路上堅定地走下去。同時，我也要感謝參加本人博士論文答辯的賈植芳、錢谷融、潘旭瀾、陳思和、王曉明、張德林幾位教授對於這部書稿的肯定和鼓勵，感謝他們為書稿的修改所提的大量珍貴意見。

　　我是 1995 年 6 月離開蘇州奔赴齊魯大地的。對我來說，放棄揚州、蘇州、上海、南京無疑是痛苦的，但泉城濟南也是一個巨大的誘惑。我相信宋遂良先生給我信中的話：「一個南方人感受一下北方的地氣是必要的，它有利於人性的健康發展。」我要感謝山東師範大學給了我一個體驗「北方地氣」的機

會，感謝朱德發、韓之友、蔣心煥、宋遂良、王萬森、鄭太春、袁忠嶽等老師對我的無微不至的關懷，感謝他們對於本書出版的關心和支持。如今，當我站在北方的土地上回首南方時，我的懷念沒有悲傷也沒有後悔，我相信在我所期待的將來我的南方歲月將為我的北方形象而自豪。

最後，我要特別感謝江蘇文藝出版社吳星飛社長對於本書出版的大力支持，感謝責任編輯陳飛、郭濟訪先生為本書所付出的大量勞動，感謝我的帥兄徐德明的辛勤奔波。這部寫於南方的書稿能夠在南方出版可以說是我最大的心願，它是我南方生活的記錄和總結，也是我對南方最好的懷念與告別，它使我在北方的日子會同時擁有一份南方的心情和南方的記憶。為此，我將永遠心存感激。

謹以此書獻給我的妻子 HJL 和兒子 WH！他們構成了我當下寫作的唯一動力與靈感。

吳義勤

1996 年 10 月於泉城

再版後記

　　這本書寫於 20 世紀 90 年代初，是我個人研究興趣從現代文學轉向當代文學後的第一本書。寫作的時候還很年輕，對研究對象充滿激情和喜愛，行文難免主觀溢美之辭，誇讚有餘，鼓吹有餘，冷靜沉澱不足，自然留下了諸多遺憾。可以說，出版之後，一直就期待著有修訂再版的機會。

　　非常感謝青年作家劉汀，兩年前，他還在中國人民大學出版社工作時，主動聯繫我修訂再版這本書。我當然大喜過望，並與他立即簽訂了合同。但遺憾的是，簽下合同後，我就被組織派到西安掛職鍛鍊，修訂的事就耽擱下來了。等兩年後回到北京，發現劉汀已經離職了，我很內疚，覺得對不起劉汀的熱情，同時也以為修訂再版的事人民大學出版社可能不會繼續下去了。沒想到，5 月份，我又接到了周瑩女士的電話，她說，她接手劉汀的合同，希望我盡快完成修訂工作。這真給了我意外之喜，立即著手開始修訂工作。

　　對於本書的修訂，總的原則還是尊重原書原貌，基本結構、基本框架和基本觀點都不變，只在微觀和局部做一些調整和修訂，這主要集中在三個方面：

　　一是，對文字上的「硬傷」進行訂正。因為本書當初出版的時候正是我從江蘇往山東調動工作的時候，排版和校對時的一些錯誤，包括一些錯別字和不準確的表述，因為自己校得匆忙，當時沒能發現，這次重新進行了校改。

　　二是，對一些觀點進行了完善和修正。比如，綜論部分，對新潮小說觀念、母題、敘事風格的論述進行了重新的調整，改正了一些明顯有失偏頗的觀點。同時，作家論部分也補充了葉兆言、畢飛宇兩個代表性的作家。

　　三是，對一些不符合學術規範的地方進行了糾正。寫作本書的時候，因

本人同時還在揚州大學講授當代文學課，有些章節就是同步進行課堂講授的講稿。因為講課時間的關係，涉及到的有些內容在講課的時候，研究還不能同步跟上，因此講稿就會不時參照相關學人的已完成的研究成果，他們對某些作品的分析、他們的學術觀點會成為課堂講授和介紹的主要內容。作為講稿，這些介紹，多是採取的間接引用和參閱的方式，注釋只是注明參閱某文某著作，並沒有進行嚴格的直接引用和頁碼標注。這種方式作為講稿當然是可以的，但作為學術著作就不符合學術規範。當初在成書出版的時候，因為工作調動等原因，奔波於南北幾個城市之間，未有時間和心情認真審校，這類問題沒有能及時發現和修正。雖然，我也在後來發現這點後隨即跟諸位學界朋友就此作了專門說明，他們對此也都表示諒解，但內心終究還是很不安的。這次，有機會對這方面的欠缺做認真的彌補和糾正，既可反省自己的不足，也可使我得以再次對諸位師友表示深深的謝意。

年輕時的書，畢竟有著青春浮躁的痕跡，雖是一段難忘的人生回憶和記錄，但自己的淺薄和無知終究是掩藏不住的。有些觀點，在今天看來，難免過時，難免武斷，甚至是完全錯誤和站不住腳的。作為一面鏡子，它既可以照亮過去，也可以啟示未來，無論如何，文學沒有錯，對文學的熱情沒有錯，只有不斷的反省自我、超越自我，我們才會與文學一同進步。

是為後記。

2016 年 10 月於北京